Feuer im Blut

BROKEN BOW
BUCH FÜNF

ASHLEY A QUINN

TCA PUBLISHING LLC

Buchcover-kunst: Christine Riley

ISBN: 978-1-959943-41-9

Verlag: TCA Publishing, 216 N Hayes St., Bellefontaine, OH 43311

Ansprechpartner: ashley@ashleyaquinn.com

KAPITEL
Eins

Schweiß tropfte von der Stirn des Feuerwehrleutnants Declan Briggs und brannte in seinen Augen, als er durch die Rauchwolke trat und nach draußen kam. Er ging zum Feuerwehrauto, legte den Schlauch ab und nahm seinen Helm und die Maske ab. Beides klemmte er sich unter den Arm, während er die rauchgeschwängerte Luft einatmete und sich den Schweiß aus dem Gesicht wischte. Ein kurzer Blick auf seinen Partner Sam Reeves zeigte, dass auch er seine Ausrüstung ablegte.

»Höllisches Feuer, Lou.« Declans neuester Feuerwehrmann, Jameson Gehring, kam mit Wasserflaschen auf sie zu.

Declan nahm die ihm angebotene Flasche und trank die Hälfte, bevor er antwortete. »Ja. Es ist definitiv ein heißes. Aber wir gewinnen jetzt die Oberhand.«

»Wurde auch Zeit. Soll ich übernehmen?«

»Nein.« Declan schüttelte den Kopf. »Mach weiter mit dem, was du tust. Dieses Feuer ist noch etwas zu wild für dich.« Jameson war ein guter Junge, aber sehr jung und unerfahren. Declan würde ihn nicht ohne weitere Ausbildung in ein

solches Feuer schicken. »Kannst du mir einen neuen Sauer-
stoffflasche besorgen? Mit dieser stimmt etwas nicht.« Die
Flasche, die er benutzt hatte, hätte doppelt so lange halten
sollen, aber vor ein paar Minuten hatte er nach unten geschaut
und gesehen, dass der Sauerstoffstand im roten Bereich war.
Er vermutete eine schlechte Dichtung oder ein defektes Ventil.

Mit einem Nicken eilte Jameson zur anderen Seite des
Wagens, um eine andere Flasche zu holen. Declan löste seine
alte ab, während er wartete, und erkundigte sich bei den
beiden anderen Einheiten vor Ort, die halfen, den Hausbrand
zu bekämpfen und ein Übergreifen auf die Nachbarhäuser zu
verhindern. Sie machten Fortschritte bei der Bekämpfung des
Feuers, aber es ging nur langsam voran. Das Haus stand
bereits in Vollbrand, als sie ankamen. Ein kurzer Blick hatte
gereicht und Declan hatte weitere Einheiten angefordert.

Jameson kehrte mit einer neuen Flasche zurück. Declan
schloss sie an und testete sie, bevor er Sam zunickte. »Ich bin
bereit. Lass uns wieder reingehen.«

Sam zog seine Maske herunter. »Los geht's.«

»Achte darauf, dass diese Flasche nicht mit den anderen
vermischt wird«, wies Declan Jameson an. »Sie muss repariert
werden.«

»Alles klar.«

Declan brachte seine Ausrüstung in Position und folgte Sam
zurück zum Haus. Sie nahmen ihren Schlauch auf und
erklommen die Stufen der Veranda. Als Sam die Schwelle
überschritt, veränderte sich die Luft um sie herum. Das Feuer
zog sich von ihnen zurück, und Declans Augen weiteten sich,
als er begriff, was geschah. Bevor er ein Wort der Warnung
aussprechen konnte, schleuderte ihn eine Explosion aus Hitze
und Flammen durch die Luft zurück, als das Feuer

aufflammte und im Bruchteil einer Sekunde exponentiell anwuchs.

Schmerz durchzuckte seine Hüfte und seinen Rücken, als er auf dem Boden aufschlug. Die Luft wurde aus seinen Lungen gepresst, und er rollte sich auf die Seite, nach Atem ringend. Als seine Lungen endlich wieder arbeiteten, durchzuckte ein stechender Schmerz seine Rippen. Stöhnend legte er seinen Kopf auf das nasse Gras. Seine Ohren klingelten, die Geräusche um ihn herum verblassten, während das Klingeln überhand nahm.

»Lou! Leutnant! Geht es Ihnen gut?«

Declan umklammerte seine Rippen und rollte sich, um zu Gehring hochzusehen, dessen besorgtes Gesicht über ihm schwebte.

»Sir, geht es Ihnen gut?«

»Ich denke schon.« Er versuchte sich aufzusetzen, aber ein brennender Schmerz jagte durch seinen Brustkorb. Stöhnend hielt er seine Seite fest und manövrierte sich in eine sitzende Position. »Wo ist Sam?«

Gehring zeigte nach links vor ihnen. Declan kniff die Augen zusammen und versuchte, seinen Blick zu fokussieren, und sah Sam auf dem Gras ausgestreckt liegen, regungslos.

»Scheiße.« Immer noch benommen von der Explosion, kam Declan auf die Knie. Jameson half ihm auf, und er stolperte zu Sam hinüber. Zwei Sanitäter kamen an und knieten sich über ihn, um seine Verletzungen zu beurteilen.

»Sam!«

Einer der Sanitäter sah auf. »Leutnant, Sie sollten sich nicht bewegen.« Sie schaute sich um, vermutlich nach einem anderen Sanitäter, der sich um ihn kümmern könnte.

Declan ignorierte sie und fiel auf die Knie. »Sam, kannst du mich hören?«

»Er ist bewusstlos«, sagte der zweite Sanitäter. »Seine Pupillen sind gleich und reagieren, aber etwas träge.« Er legte eine Blutdruckmanschette um Sams Arm. Ein dritter Sanitäter kam und hockte sich neben Declan.

»Leutnant, darf ich Sie untersuchen?«

Declan wandte sich dem jungen Mann an seiner Schulter zu, Denton Truesdale. Dentons Stimme – und die aller anderen um ihn herum – klang, als ob er durch einen Tunnel schrie.

»Sie können jetzt nichts für Sam tun. Kara und Mike haben alles unter Kontrolle. Lassen Sie mich Sie untersuchen. Die Explosion hat Sie beide ziemlich weit geschleudert.«

Declan nickte widerwillig und verzog das Gesicht, als er sich auf die Füße stemmte und ein wenig schwankte. Denton und Jameson packten seine Arme, um ihn zu stützen.

»Mir geht's gut.« Er schüttelte ihren Griff ab und ging auf die Krankenwagen zu. Denton eilte voraus und öffnete die Rückseite des rechten Wagens. Mit wackeligeren Beinen, als Declan zugeben wollte, kletterte er hinein und setzte sich auf die Trage. Er blickte zu Gehring, der draußen stand und zusah. »Geh und such Walters. Sag ihm, dass er die Leitung hat, und finde heraus, wo er dich einsetzen will. Wenn er dich ins Haus schicken muss, tust du *alles*, was dein Partner sagt, verstanden?«

Jameson nickte. »Jawohl, Sir.« Er rannte los, um Sergeant Walters zu finden, der die Leitung von Leiter Drei hatte.

Da er die Auswirkungen der Explosion nun spürte, ließ Declan seinen Kopf gegen die Trage fallen und schloss die Augen. Alles tat weh.

»Ich werde Ihre Vitalwerte überprüfen.«

»Nur zu«, murmelte Declan.

Eine Blutdruckmanschette wurde um seinen Arm gelegt und ein Pulsoximeter über seinen Finger geklemmt. Er hörte einige Pieptöne, als die Geräte ihre Ergebnisse lieferten.

»Die Werte sehen gut aus, den Umständen entsprechend.«

Declan öffnete die Augen. Denton hielt eine kleine Taschenlampe hoch.

»Folgen Sie dem Licht.«

Er tat wie geheißen.

»Gut. Wo haben Sie Schmerzen? Und sagen Sie nicht, dass es Ihnen gut geht. Sie sind zwanzig Meter weit geflogen.«

Ein Mundwinkel von Declan zuckte. Seine Leute kannten ihn gut. »Meine Rippen schmerzen.« Er zeigte auf die linke Seite seiner Brust. »Und meine linke Hüfte. Sie hat den Großteil der Landung abbekommen.«

»Können Sie Ihren Mantel ausziehen, damit ich Ihre Brust untersuchen kann?«

Mit einem Stöhnen setzte er sich auf. Seine Brust brannte. Gebrochene Rippen waren genau das, was er brauchte. Er zog seinen rechten Arm aus seinem Einsatzmantel und ließ dann die Jacke von links abgleiten. Denton beugte sich vor und untersuchte seinen Brustkorb. Declan unterdrückte ein Schmerzens-Grunzen, als er eine schmerzhafte Stelle berührte.

»Sie sollten wahrscheinlich Röntgenaufnahmen machen lassen. Nur um sicherzugehen, dass keine Splitter oder verschobene Brüche lauern, die Ihre Lunge durchbohren könnten. Ich bin ziemlich sicher, dass Sie mindestens zwei gebrochen haben. Es gibt ein Krepitationsgeräusch um die sechste laterale Rippe, und Sie sind darüber und darunter druckempfindlich.«

Er nickte. »Ich werde mich untersuchen lassen. Kann ich jetzt gehen?«

»Solange Sie versprechen, nicht wieder ins Feuer zu gehen. Sie müssen jetzt das Funkgerät bedienen, Sir.«

Da er kaum seinen Arm heben konnte, war das Hantieren mit einem Feuerwehrschlauch unter Druck definitiv ausgeschlossen. »Ich werde mich benehmen.« Er rutschte von der Trage. »Ich werde nach Sam sehen.«

»Ich hoffe, es geht ihm gut. Nach dem, was seinem Bruder passiert ist, scheint es nicht richtig, dass auch er schwer verletzt wird.«

Declan stimmte zu. Austin begann gerade, sich zu erholen, nachdem er vor ein paar Wochen im Dienst angeschossen worden war. Es war ein Auf und Ab für mehrere Tage. Er hatte viel Blut verloren, und eine Infektion setzte ein. Der Junge verbrachte zwei Wochen im Krankenhaus, bevor er gesund genug war, um nach Hause zu gehen. Er hatte jedoch noch einen weiten Weg vor sich, bevor er die volle Funktion seines Arms und seiner Schulter wiedererlangen würde.

Seine Rippen schützend, stieg Declan aus dem Krankenwagen und machte sich auf die Suche nach Sam, den er im nächsten Wagen fand. Er war bei Bewusstsein, wirkte aber benommen.

»Wie geht es ihm, Ericson?«

Kara Ericson, die Sanitäterin von vorhin, warf ihm einen Blick zu, bevor sie ihre Aufmerksamkeit wieder auf die Infusionsleitung richtete, die sie gerade anschloss. »Er wird okay sein. Leicht gehirnerschüttert und ein paar Prellungen, aber ansonsten gut. Sie beide hatten Glück.«

»Wir alle hatten Glück.« Er und Sam waren die einzigen Feuerwehrleute, die nahe am Haus waren, als das Feuer aufflammte. Wäre einer von ihnen innen gewesen, als es passierte, wäre es eine ganz andere Situation gewesen.

»Wurden Sie untersucht?«, fragte sie.

Er nickte. »Ein paar gebrochene Rippen. Mir geht's gut.«

»Gut. Wollen Sie mit uns ins Krankenhaus fahren für Röntgenaufnahmen?«

Er schüttelte den Kopf. »Nein. Ich muss hier bleiben und bei der Koordination helfen.«

Sie warf ihm einen scharfen Blick zu.

Er hob eine Hand, um die drohende Standpauke abzuwehren. »Ich gehe nach meiner Schicht, ich schwöre.«

»Oder wenn Sie Atemnot bekommen. Eine dieser Rippen könnte sich verschieben und eine Lunge durchbohren.«

»Das ist mir bewusst.« Er griff hinein und tätschelte Sams Stiefel. »Pass auf dich auf, Kumpel. Ich schaue später nach dir.«

Sam schenkte ihm ein schwaches Lächeln und nickte. Declan trat zurück und schloss die Türen. Einen Moment später fuhr der Krankenwagen davon. Während er zu Leiter Drei ging, um Walters zu finden, wünschte er, er hätte Truesdale zumindest nach Ibuprofen gefragt. Er müsste im Feuerwehrauto nachsehen. Irgendwo musste eine Flasche sein. Wenn nicht, wusste er, dass eine in seinem Büro in der Feuerwache war.

»Walters.« Er ging auf den älteren Mann zu, der neben dem Leiterwagen stand und zum Feuer hochstarrte. Es brannte immer noch, die zuvor erzielten Fortschritte waren durch die Explosion zunichte gemacht worden.

»Herrgott, Briggs. Sind Sie und Reeves okay? Das war eine heftige Explosion. Ich kann kaum glauben, dass das Haus noch steht.«

»Uns geht's gut. Gerissene Rippen bei mir und eine Gehirnerschütterung bei Reeves. Er ist auf dem Weg ins Krankenhaus. Wissen wir, was die Explosion verursacht hat? Ich dachte, wir hätten es unter Kontrolle.«

»Das dachte ich auch. Es gibt noch kein Wort darüber. Es ist zu heiß, um reinzukommen, aber wir sind auf dem Weg.«

Declan nickte. »Okay. Sam und ich haben es nicht bis zum hinteren Teil des Hauses geschafft, bevor es explodierte, also haben wir die Räume dort hinten nie überprüft.«

»Ich mache das zur Priorität. Ich hoffe, das Haus war unbewohnt. Die Nachbarn sagten, es sei leer, weil es ein Flipprojekt war, aber das heißt nicht, dass es keinen Hausbesetzer gab, von dem sie nichts wussten.«

»Oder einen Bauunternehmer, der spät arbeitet. Okay. Ich übernehme hier. Koordinieren Sie ein Eintrittsteam.«

»Wird gemacht.« Er joggte davon, und Declan sackte gegen den Wagen. Er hob das Funkmikrofon an seinen Mund und drückte die Sprechtaste. »Gehring.«

Das Funkgerät knackte. »Sir?«

»Bring mir etwas Wasser, ja?«

»Jawohl, Sir.«

Declan drückte die Taste erneut, dieses Mal um seine Teams zu überprüfen. Er koordinierte ihre Bemühungen, den Brand niederzuschlagen, für die nächsten paar Stunden weiter. Aufgrund der Intensität konnten sie nicht wieder hineingehen, bis sie ihn auf ein Schwelen reduziert hatten. Das Feuer hatte sich durch den Boden zum Keller durchgebrannt, und sie brauchten die Sichtbarkeit, um durch das Haus zu gehen, ohne einzubrechen. Sich der Gefahr wohl bewusst, schickte Declan Walters mit einem anderen erfahrenen Feuerwehrmann hinein, sobald es sicher war.

Sein Funkgerät erwachte zum Leben. »Briggs.«

»Ja, Walt.«

»Rufen Sie den Gerichtsmediziner. Wir haben eine Leiche.«

Declan fluchte, laut und lang, bevor er antwortete. »Verstanden.« Er wechselte den Kanal, funkte die Einsatzzentrale an und bat sie, Dr. Randall sowie Sheriff Archer anzurufen.

Verdammt! Konnte dieser Einsatz noch schlimmer werden? Er stieß sich vom Wagen ab und suchte nach dem Medizinkoffer. Er brauchte jetzt die Schmerzmittel. Seine Rippen waren nicht mehr das Einzige, was pochte.

»Die Forensik ist gerade eingetroffen«, sagte Gehring und lief eine Stunde später zu Declan.

Declan hob den Kopf von der Stelle, wo er ihn gegen den Türrahmen des Feuerwehrautos gelehnt hatte.

»Alles in Ordnung, Lou?«

»Mir geht's gut.« Ihm tat alles weh. Die Schmerztabletten dämpften seine Schmerzen nur zu einem lauten Brüllen, aber er hatte immer noch seinen Job zu erledigen. Er würde damit einfach klarkommen müssen. »Du sagtest, die Forensik ist hier?«

Der junge Mann nickte und zeigte nach links. »Sie sind da drüben.«

»Danke.« Declan schwang seine Beine aus der offenen Tür und ließ sich auf den Boden hinab, wobei er ein Stöhnen unterdrückte, als die Bewegung seine gebrochenen Rippen verschob. Er hielt seinen linken Arm nah am Körper und ging zum Forensik-Van. Als er näher kam, konnte er hören, wie Dr. Randall und die Chef-Forensikerin Katie Mitchum stritten.

»Ich bitte nur um Farbe, Alex.«

»Für den gesamten Raum. Ich musste beim ersten Mal eine Crew anheuern wegen der hohen Decken.«

»Dann machen wir das eben wieder.«

»Was ist falsch an der Farbe, die es ist?«

»Sie ist – langweilig.«

Er lachte. »Nicht alles muss in Regenbogenfarben sein, Liebes.«

»Ich bitte nicht um Lila oder Rot. Ein schönes Salbeigrün wäre toll. Ich meine, wenn ich dort leben soll, sollte ich es doch lieben, oder?«

»Ich dachte, du liebst mein Haus.«

»Tue ich auch. Nur nicht das Weiß im Wohnzimmer. Es ist zu hart mit all dem natürlichen Holz.«

Declan blieb vor ihnen am Heck des Vans stehen. Alex stand auf dem Boden und nahm die Dinge entgegen, die Katie ihm reichte, während sie sich zankten. »Warum streitet ihr beide über Wandfarben?«

»Die Wände werden endlich von der Schießerei repariert«, sagte Alex.

»Und ich ziehe ein«, warf Katie ein.

»Sie will den ganzen Raum in einer anderen Farbe streichen,

anstatt nur die neue Trockenbauwand in der gleichen Farbe zu streichen.«

»Hast du sein Haus gesehen?«, fragte Katie.

Declan schüttelte den Kopf.

»Es ist alles schönes Hartholz. Mit weißen Wänden.«

»Sie sind eierschalenfarben«, entgegnete Alex.

Sie verdrehte die Augen. »Das gleiche. Mein Punkt ist, die Farbe ist schrecklich. Es ist doch nicht zu viel verlangt, neu zu streichen, oder?«

Declan hob die Hände. »Ich mische mich nicht in eure häusliche Auseinandersetzung ein. Ihr zwei könnt das ganz alleine lösen.« Auf keinen Fall würde er sich dazu hinreißen lassen, Partei zu ergreifen. Er war mit beiden befreundet und Kollege.

Sie schnaubte. »Wo ist eine Frau, wenn man sie braucht?«

Alex lachte und half ihr aus dem Van. »Du weißt, dass ich dich machen lasse, was du willst. Lass den armen Mann in Ruhe.« Er drückte einen Kuss auf ihre Wange.

Ein hübsches Lächeln breitete sich auf ihrem Gesicht aus. »Na gut.« Sie band ihr mehrfarbiges Haar zu einem Pferdeschwanz zusammen. »Also, was haben wir? Die Einsatzzentrale sagte, ihr habt eine Leiche im Haus gefunden.«

»Ja. Habt ihr zwei alles, was ihr braucht?«

Alex nickte. »Führe uns.«

Declan drehte sich um und führte sie zu der ausgebrannten Struktur. »Walters wird euch zum Opfer führen.« Er zeigte auf den Mann in Einsatzkleidung, der in der Nähe des Hauses stand, den Helm unter den Arm geklemmt, während er aus einer Wasserflasche trank.

»Du gehst nicht rein?«, fragte Alex. Er runzelte die Stirn und ließ seinen prüfenden Blick über Declan wandern. »Was ist passiert? Du stehst komisch.«

»Das Haus flammte auf. Sam Reeves und ich waren zu nah und wurden weggeschleudert. Ich habe einige Rippen gebrochen. Sam ist im Krankenhaus mit einer Gehirnerschütterung.«

»Oh mein Gott!« Katie blickte zu Alex hoch. »Wer wird sich um Austin kümmern, wenn Sam ausgefallen ist?«

»Ich weiß nicht, aber ich bin sicher, dass die Polizei- und Feuerwehrabteilungen zusammenkommen werden, um sicherzustellen, dass die Brüder ordentlich versorgt werden, während sie sich erholen.«

»Darauf kannst du wetten. Und wenn nicht, werde ich es selbst tun.«

Alex tätschelte Katies Schulter. »Ruhig, Mädchen.«

Sie schnaubte. »Entschuldigung.«

Declan winkte ab. Er wusste, dass sie nach dem, was sie durchgemacht hatten, eine Schwäche für Austin hatte. »Alex hat Recht. Wir werden sicherstellen, dass sie versorgt sind.«

»Gut.«

Sie erreichten Walters. »Keith wird euch zur Leiche führen und euch helfen, sie herauszuholen. Passt auf, wo ihr hintretet. Der Boden ist ein Minenfeld.«

Walters winkte sie nach vorne. »Es wird einfacher sein, wenn wir durch den Hintereingang hineingehen. Das Opfer ist in der Küche.«

Declan ging zurück zum Wagen, er musste sich setzen. Würde dieser Einsatz jemals enden?

Während Alex, Katie und Walters daran arbeiteten, das Opfer nach draußen zu bringen, hielt Declan sich beschäftigt und versuchte, sich von den Schmerzen in seiner Brust abzulenken. Er durchsuchte den Medizinkoffer erneut, diesmal nach Paracetamol.

Ein weiteres Fahrzeug traf am Einsatzort ein, als er die Tabletten schluckte. Declan beobachtete, wie Sheriff Sebastian Archer aus seinem Wagen stieg. Seb entdeckte ihn und joggte herüber.

»Entschuldige, dass es so lange gedauert hat, bis ich hier bin. Ich musste früher nach Colorado Springs. Gibt es schon Neuigkeiten?«

Declan schüttelte den Kopf. »Nein. Sie werden wahrscheinlich bald draußen sein. Es ist fast dreißig Minuten her, seit Walters die Forensik da rein gebracht hat.«

»Hast du schon mit den Nachbarn gesprochen?«

»Sie sagten, das Haus stehe leer, also wissen wir nicht, wer das Opfer ist.«

»Verdammt. Okay. Ich werde noch einmal mit ihnen sprechen und sehen, ob sich jemand daran erinnert, in letzter Zeit jemanden in der Nähe gesehen zu haben.« Er nahm Declans angespannten Gesichtsausdruck wahr. »Alles okay? Ich habe von dem Flammenüberschlag im Scanner gehört.«

»Mir geht's gut.«

Seb zog eine Augenbraue hoch. »Sicher. Wie geht es dir wirklich?«

»Als wäre ich in die Luft gesprengt worden«, antwortete er ehrlich. »Aber es wird schon wieder.«

»Bist du sicher? Walters kann das übernehmen. Oder wir

können Crichton rufen.« Er erwähnte den anderen Leutnant, Matt Crichton.

»Mir geht's gut«, knurrte er, seine Stimme hart. Er würde auf keinen Fall gehen und den Vorgesetzten einen weiteren Grund geben, an ihm zu zweifeln. Er erholte sich noch davon, vor ein paar Monaten als Mordverdächtiger bezeichnet worden zu sein.

Seb hob die Hände. »Okay. Weißt du schon, was den Brand verursacht hat?«, fragte er und wechselte das Thema.

Declan schüttelte den Kopf. »Nein. Wir konnten noch nicht reingehen und die Struktur auf einen Entzündungspunkt untersuchen. Es war wahrscheinlich elektrisch. Das Haus wurde renoviert.«

»Ist das der Grund, warum es so heiß brannte?«

»Ja. Wenn Baumaterialien drin waren, würde das das Feuer befeuern.«

Unruhe von der Seite des Hauses zog ihre Aufmerksamkeit auf sich. Walters kam heraus und half Dr. Randall, einen Leichensack zu tragen. Seb und Declan gingen nach vorne, und Seb öffnete die Rückseite des Forensik-Vans, kletterte hinein, um ihnen zu helfen, die Leiche zu verstauen.

»Was kannst du mir sagen?«, fragte Seb, als er heruntertrat.

Alex runzelte die Stirn und stemmte die Hände in die Hüften. »Noch nicht viel. Es ist ein Mann. Ich muss ihn ins Labor bringen, bevor ich dir mehr sagen kann.«

»Okay. Ich werde die Eigentümer ausfindig machen und herausfinden, wer Zugang zum Haus gehabt haben könnte.«

»Und ich werde hindurchgehen, um zu sehen, ob ich die Entzündungsquelle bestimmen kann«, fügte Declan hinzu.

»Klingt gut«, sagte Seb. »Alle halten mich auf dem Laufenden.«

Die Gruppe teilte sich auf, und Declan ging zurück zum Feuerwehrauto, um seine Ausrüstung zu holen.

»Lou, was machen Sie da?«

Declan blickte zu Gehring zurück, nachdem er in seine Jacke geschlüpft war, und verzog das Gesicht bei der Bewegung. »Meinen Job.«

»Sie sollten wirklich draußen bleiben und Sergeant Walters die Sache überlassen.«

»Wahrscheinlich, aber das ist immer noch mein Einsatz, und ich habe die meiste Ausbildung in Bezug auf Entzündungspunkte.« Declan mochte mit 36 Jahren jung für einen Leutnant sein, aber er hatte fast zwei Jahrzehnte Erfahrung. Er trat direkt nach der High School den Marines bei, und sie steckten ihn in eine Feuerwehreinheit. Die Arbeit faszinierte ihn, und er nahm jeden Kurs, den das Militär ihm erlaubte, bis er Zertifizierungen auf hohem Niveau sowohl in gefährlichen Materialien als auch in Brandstiftung hatte. Niemand war besser qualifiziert, die Quelle des Feuers zu bestimmen, als er.

»Wie wäre es, wenn du mit mir kommst? Du kannst meine Hände sein.« Declan nahm seinen Helm und Handschuhe auf.

Das Gesicht des jungen Feuerwehrmanns erhellte sich. »Gerne.«

Die beiden bahnten sich ihren Weg über das durchnässte Gras zum hinteren Teil des Hauses.

»Pass auf, wohin du trittst. Teste deinen Halt, bevor du dein volles Gewicht auf einen Punkt legst, und versuche dort zu treten, wo ich trete.«

Gehring nickte und folgte Declan hinein. Als er das tat, streckte Katie ihren Kopf um die Ecke von der Garagenseite der Wand, eine Kamera in den Händen.

»Etwas gefunden?«, fragte Declan.

»Vielleicht. Komm und sieh dir das an.«

Er ging näher und trat durch die vom Feuer freigelegte Öffnung in die Garage.

Katie zeigte auf den Türrahmen der Stahltür. »Genau da.«

Declan beugte sich so weit vor, wie seine Rippen es zuließen, und untersuchte die Stelle, auf die sie in der Nähe des Türknaufs zeigte. Ein kleines Stück Holz steckte zwischen der Tür und dem Rahmen. »Ist das ein Keil?« Er blickte zu ihr auf.

Sie nickte. »Ich denke schon. Jemand wollte nicht, dass diese Tür von innen geöffnet werden kann.«

Er schloss kurz die Augen. *Scheiße.* »Dieses Feuer war kein Unfall.«

»Nein. Ich würde sagen, es war wahrscheinlich auch ein vorsätzlicher Mord.«

»Verdammt. Okay. Ich werde Seb Bescheid geben. Hast du irgendwelche Anzeichen für Brandbeschleuniger gesehen?«

Sie schüttelte den Kopf. »Noch nicht, aber ich habe auch nicht wirklich danach gesucht.«

»Okay.« Er blickte zurück zu Gehring, der gerade innerhalb der Küche stand, mit großen Augen aufgrund ihres Gesprächs. »Lass uns die Quelle dieses Feuers finden.« Declan trat zurück ins Haus, seine Augen schweiften über die Wände und den Boden, auf der Suche nach den verräterischen Zeichen von Brandstiftung. »Hol den PID vom Feuerwehrauto. Er ist bei der Feldt-Testausrüstung.« Der

Photoionisationsdetektor würde ihm eine gute Vorstellung davon geben, ob der Brandstifter einen Beschleuniger wie Benzin oder etwas Ähnliches verwendet hatte.

Gehring nickte und verließ das Haus durch die Hintertür. Declan setzte seine Untersuchung des Hauses fort und bemerkte eine Stelle in der Nähe der Tür, wo der Boden stärker verkohlt war, als er hätte sein sollen. Er verließ die Küche und betrat, was wahrscheinlich das Esszimmer war. Weitere Stellen wie in der Küche verdunkelten den Boden unter jedem Fenster. Er machte vorsichtige Schritte und ging um die Treppe herum ins Wohnzimmer, wo er ein ähnliches Muster sah. Wer auch immer dieses Feuer gelegt hatte, hatte sichergestellt, dass jeder Ausgang blockiert war. Die Person in der Küche hatte niemals eine Chance.

KAPITEL
Zwei

Ein leichter Schauer lief durch Maggie Archers Körper, als sie vor Declans Haustür stand. Sie hätte heute Morgen einen dickeren Mantel mitnehmen sollen. Der Winter war in vollem Anmarsch. Aber sie hatte nicht damit gerechnet, mehr zu tun, als von ihrem Auto ins Büro und zurück zu laufen. Höchstens zwanzig Schritte, in beide Richtungen. Sie hätte sich definitiv nicht vorstellen können, dass sie vor Declans Haus stehen und darauf warten würde, dass er die Tür öffnet. Wie Macy sie dazu überredet hatte, hier vorbeizuschauen, wusste sie nicht.

Sie klopfte noch einmal, diesmal lauter. Vielleicht hatte er sie vorher einfach nicht gehört. Er hatte schließlich einen anstrengenden Tag gehabt. Sie wippte auf ihren Zehenspitzen und umarmte sich selbst. Verdammt, es war kalt.

»Declan! Mach die Tür auf. Ich bin's, Maggie.« Sie hämmerte erneut an die Tür.

Wenige Sekunden später hörte sie, wie das Schloss gedreht wurde. Die Tür öffnete sich und enthüllte Declans grimmigen Gesichtsausdruck auf seinem gutaussehenden Gesicht.

Außerdem enthüllte sie seinen nackten Oberkörper und eine schwarze Sporthose, die tief auf seinen Hüften hing.

Ihr lief das Wasser im Mund zusammen, und Hitze durchzuckte ihren Bauch beim Anblick all dieser harten Muskeln. Zumindest bis sie die tiefen lila Blutergüsse bemerkte, die die linke Seite seiner Brust zierten.

»Oh mein Gott. Declan, das sieht furchtbar aus.«

»Kein Scheiß. Es fühlt sich auch nicht gut an. Was willst du, Maggie?«

»Macy hat mich gebeten, nach dir zu sehen. Sie wollte eigentlich selbst vorbeikommen, aber sie hängt im Café fest.«

»Ich bin kein Kind. Ich brauche weder sie noch dich, die nach mir schauen.«

Sie hob eine Augenbraue, immer noch wippend. Wie war ihm nicht kalt? »Hast du dir ein Röntgenbild machen lassen, wie du solltest?«

Seine Stirn verfinsterte sich. »Nein.«

»Ha! Dann brauchst du doch jemanden, der auf dich aufpasst. Geh und zieh dir ein T-Shirt und Schuhe an. Ich bringe dich hin.«

»Mir geht's gut. Ich gehe morgen. Ich will mich nur ausruhen.«

Sie hörte auf zu wippen. »Glaubst du wirklich, dass du das ohne stärkere Schmerzmittel schaffen kannst? Ich wette, du hast im Bett gelegen – oder wahrscheinlicher in deinem Sessel gesessen – und versucht zu schlafen, aber ohne viel Erfolg, weil du zu viele Schmerzen hast. Habe ich recht?«

Seine blauen Augen funkelten, als er sie böse anstarrte. Sie grinste nur.

»Das ist lächerlich. Geh nach Hause. Mir wird's gut gehen.«

»Ich gehe nicht nach Hause. Ich habe Macy versprochen, dass ich sicherstelle, dass es dir gut geht. Das ist es nicht, also bleibe ich. Können wir reingehen? Es ist eisig hier draußen.«

Er verdrehte die Augen. »Das ist deine eigene Schuld, weil du diesen Trenchcoat trägst. Ich weiß, er sieht gut zu deinem Outfit aus, aber er ist nicht sehr praktisch an einem Tag wie heute.«

Sie kam näher und zwang ihn, einen Schritt zurückzutreten, was ihr genug Platz gab, um hineinzuschlüpfen. Maggie überschritt die Schwelle und drehte sich dann zu ihm um. »Ich hatte nicht vor, draußen zu stehen. Du hättest früher die Tür öffnen können.« Sie wackelte mit den Zehen in ihren High Heels. Die waren auch gefroren.

Seine Augen wanderten über sie, verweilten auf ihren Beinen und ihrer Brust. Ein Kribbeln lief ihr den Rücken hinauf bei seiner offensichtlichen Anerkennung. So schön das auch war, wollte sie diese Angelegenheit vorantreiben; sie musste sich noch auf die morgige Gerichtsverhandlung vorbereiten und wollte gerne vor Mitternacht im Bett sein. Das war wahrscheinlich schon eine Fantasie, da sie jetzt mit ihm in der Notaufnahme sitzen musste.

»Ich hatte gehofft, wer auch immer es war, würde wieder gehen. Als ich deine Stimme hörte, wusste ich, dass du das nicht tun würdest.«

»Hartnäckigkeit ist mein zweiter Vorname.« Sie ging weiter in sein Haus hinein.

»Wo gehst du hin?«

»Um dir ein T-Shirt zu suchen.« Sie blickte über ihre Schulter zu ihm. »Oder willst du so in die Notaufnahme gehen? Ich meine, die Krankenschwestern würden es wahrscheinlich lieben, aber...« Sie ließ den Satz ausklingen und zuckte mit den Schultern, wobei sie ihm ein freches Grinsen schenkte.

Er brummte und folgte ihr. »Ich habe dir gesagt, ich gehe morgen.«

»Aha. Genau wie du Seb und deinen Kollegen gesagt hast, du würdest nach deiner Schicht gehen?«

Die Muskeln in seinem Kiefer arbeiteten, aber er blieb still.

»Das dachte ich mir.« Sie steckte ihren Kopf um eine Türöffnung, auf der Suche nach seinem Schlafzimmer. Sie war noch nie weiter als in sein Wohnzimmer und seine Küche gekommen. Dieser Raum enthielt einen Schreibtisch und Stapel von Papieren und Büchern. Sie ging weiter. »Stimm mir einfach zu und lass mich dich hinbringen. Das spart uns beiden viel Zeit und Stress.« Sie steckte ihren Kopf durch die nächste Tür und sah ein zerwühltes Bett. Bingo.

Maggie ging hinein und ging zur Kommode, öffnete die oberste Schublade. Stapel von Unterwäsche und Socken begegneten ihr. Ein Bild von Declan, der nichts als diese engen grauen Boxershorts trug, huschte durch ihren Kopf. Ihre Wangen brannten, und sie schob die Schublade zu, öffnete dann die nächste. Ordentliche Reihen gefalteter T-Shirts lagen darin. Sie nahm das oberste heraus und hielt es ihm hin.

Er verschränkte die Arme, ließ die Muskeln anschwellen, und starrte sie trotzig an.

Ihre weiblichen Teile jetzt hellwach, sah sie zur Decke hoch, sowohl um dem sexier-als-Sünde-Anblick vor ihr zu entgehen, als auch um ihre Verzweiflung auszudrücken. »Zieh einfach das verdammte Hemd an, Deck.« Sie sah wieder nach unten und warf das besagte Kleidungsstück nach ihm. Es traf sein Gesicht und fiel dann in seine Hände.

»Du wirst nicht weggehen, wenn ich es nicht tue, oder?«

»Nö.«

Er seufzte und zog sich das T-Shirt über den Kopf. Als er versuchte, seinen linken Arm durch den Ärmel zu stecken, grunzte er vor Schmerz. Maggie eilte nach vorne.

»Lass mich dir helfen.«

»Ich kann ein verdammtes T-Shirt anziehen.« Er versuchte es erneut, Schweiß trat auf seine Stirn.

»Vielleicht sollten wir es mit einem Hemd zum Zuknöpfen versuchen«, schlug sie vor, während sie zusah, wie er sich abmühte.

»Ja«, stöhnte er. »Lass uns das tun.«

Sie half ihm, das T-Shirt auszuziehen, ging dann in seinen Kleiderschrank und fand einen Hoodie mit Reißverschluss. Es würde wärmer sein als ein Hemd zum Zuknöpfen, und er müsste nicht auch noch einen Mantel anziehen.

Maggie trat neben ihn und hielt den Pulli offen. Er schob seinen linken Arm hinein, und sie zog ihn über seine Schulter, damit er seinen anderen Arm hineinstecken konnte. Er nahm die beiden Enden und zog den Reißverschluss zu.

»Zufrieden?«

»Ja.« Sie zeigte auf das Bett. »Setz dich.«

»Warum?«

»Damit du Socken und Schuhe anziehen kannst. Es ist ein bisschen frisch für Flip-Flops.«

Seine Lippen zuckten, aber er hielt sein Starren aufrecht, während er sich auf das Bett setzte. Sie holte ihm ein Paar Socken, wobei ihre Augen bewusst die Stapel Unterwäsche in der Schublade vermieden, dann machte sie sich auf die Suche nach seinen Schuhen und fand sie aufgereiht auf dem Boden seines Kleiderschranks.

Sobald er angezogen war, dirigierte sie ihn zurück in den Flur und zur Haustür hinaus, erlaubte ihm nur, anzuhalten, um seine Brieftasche und sein Handy zu holen.

»Dir ist klar, dass wir stundenlang im Krankenhaus festsitzen werden, oder?« sagte er, während er sich anschnallte.

»Jap.« Sie fuhr rückwärts aus der Einfahrt.

»Ich bin sicher, du hättest andere Dinge zu tun, als auf mich aufzupassen. Lass mich einfach absetzen.«

Sie schnaubte. »Als ob du bleiben würdest, wenn ich gehe? Und alles, was ich heute Abend vorhatte, war die Vorbereitung auf die Gerichtsverhandlung morgen. Aber das kann ich überall machen. Alles, was ich brauche, ist in meiner Aktentasche.« Sie nickte in Richtung der Ledertasche auf dem Rücksitz.

Er gab ein leises Brummen von sich und sackte in seinem Sitz zusammen. Maggie unterdrückte ein Lächeln. Sie hatte gewonnen. Zumindest für jetzt.

Sie machten die kurze Fahrt zum Krankenhaus schweigend. Sie parkte das Auto, und sie gingen hinein. Die Frau am Anmeldeschalter machte kurzen Prozess mit seinen Informationen. Die Notaufnahme war nicht voll, also winkte ein Patientenbetreuer sie nach hinten durch, sobald Declan angemeldet war.

»Du kannst hier draußen warten«, sagte Declan zu Maggie.

Der Blick, den Maggie ihm zuwarf, hätte selbst die robusteste Pflanze verdorren lassen können. »Ja, nein. Ich kenne dich. Du gehst da rein und sagst dem Arzt, dass es dir 'gut' geht, obwohl das nicht stimmt.« Sie machte Anführungszeichen in der Luft. Es gab keine Möglichkeit, dass sie in der Lobby sitzen würde, während er das tat. Sie wusste, wie viele Probleme gebrochene Rippen verursachen konnten. Ihr Bruder, Brady, war vor Jahren von einem Pferd gefallen und hatte sich mehrere gebrochen. Er hatte eine Operation gebraucht, um sie zu richten. Declans Brust sah nicht verformt aus, also hoffte sie, dass der Arzt ihm einfach stärkere Schmerzmittel geben und ihn nach Hause schicken konnte. Aber es bestand immer die Chance, dass er eine ernstere Behandlung benötigte.

Er verdrehte die Augen. »Was auch immer. Bringen wir es einfach hinter uns.«

Mit einem süßen Lächeln ging sie an ihm vorbei, um dem Betreuer nach hinten zu folgen. In einem Triage-Raum nahm die junge Frau Declans Vitalzeichen auf und brachte sie dann in einen Untersuchungsraum, um auf die Krankenschwester zu warten.

Maggie setzte sich auf den einzigen Stuhl und überließ Declan das Bett. Er betrachtete es mit Verachtung, setzte sich aber auf die Kante und zuckte zusammen.

»Möchtest du lieber hier sitzen?« fragte sie und betrachtete seine gebeugte Haltung.

Er schüttelte den Kopf. »Es tut weh, egal wie ich sitze.«

Ihr Gesicht verzog sich zu einer Grimasse. »Es tut mir leid.«

»Das ist nicht deine Schuld. Du hast das Feuer nicht gelegt.«

Sie zuckte mit den Schultern. »Ich weiß, aber -« Sie brach ab. »Warte. Das Feuer gelegt? Es war absichtlich? Macy hat das nicht erwähnt.«

»Ja, das war es. Wir haben eine Leiche in der Küche gefunden, und jemand hat an allen Eingängen im Erdgeschoss Feuer gelegt.«

»Oh mein Gott. Das ist schrecklich! Was ist denn hier in letzter Zeit los?«

»Ich weiß nicht, aber es muss aufhören. Ich bin all das Drama leid.« Er zuckte erneut zusammen, als er sich bewegte.

»Seb bestimmt auch. Er hat kaum einen freien Tag gehabt, seit Abigail Amy Beckett gefunden hat.«

Die Tür der Kabine öffnete sich wieder und ließ die Krankenschwester herein, die Maggie als eine Klassenkameradin aus der Schule erkannte, Jodie Dunlap.

»Lieutenant, hallo. Was bringt Sie als Patient in meine Notaufnahme? Oh!« Jodie hielt inne, als sie Maggie erblickte. »Maggie Archer, bist du das?« Sie lächelte.

Maggie erwiderte ihr Lächeln. »Hi, Jodie. Schön, dich zu sehen. Es ist lange her.«

»Das ist es.« Sie blickte zu Declan, mit einem neugierigen Stirnrunzeln. »Ich wusste nicht, dass ihr beide zusammen seid.«

»Sind wir nicht«, sagte Declan in trockenem Ton.

»Mann, Deck. Kannst du diese Idee noch unappetitlicher klingen lassen?« Maggie schüttelte den Kopf. »Er hat aber recht. Wir sind nur Freunde. Ich bin hier, um sicherzustellen, dass er tatsächlich den Arzt sieht und nicht abhaut, sobald niemand hinschaut.«

Jodie lachte. »Er wäre nicht der erste Mann, der das tut.« Sie setzte sich auf den Rollhocker und rollte zum Computer. »Was führt Sie her, Lieutenant?«

»Ich wurde bei demselben Brand verletzt wie Sam Reeves. Er kam früher mit einer Gehirnerschütterung durch.«

»Oh je. Gut. Was tut weh?«

»Alles, aber hauptsächlich meine Rippen und Hüfte. Die Sanitäter vor Ort dachten, ich hätte mir ein paar Rippen gebrochen, was ich auch glaube.«

Sie tippte das in den Computer ein. »Waren Sie jemals bewusstlos?«

»Nein.«

»Gut. Welche Seite ist es?«

»Links.«

Ihr Kopf nickte, während sie das in seine Akte eintrug, dann wechselte sie den Bildschirm, um seine Krankengeschichte durchzugehen. Als sie fertig war, entfernte sie sich vom Computer und stand auf. »Ich werde der Ärztin Bescheid geben, dass Sie bereit sind. Es sollte nicht zu lange dauern.«

Declan dankte ihr, und sie ging.

Maggie öffnete ihre Aktentasche und nahm ihre Fallakten und einen Stift heraus. Sie musste sich wirklich auf die morgige Gerichtsverhandlung vorbereiten.

»Woran arbeitest du?«

Sie blickte auf. »Ich habe morgen Gericht. Ich will nur sicherstellen, dass ich in allen meinen Fällen auf dem neuesten Stand bin.«

»Solltest du das nicht inzwischen wissen?«

Sie verdrehte die Augen. »Es schadet nie, nochmal zu überprüfen. Und einige davon sind heute Morgen auf meinem Schreibtisch gelandet. Es sind Anklageverlesungen von Verhaftungen der letzten paar Tage.«

»Warum hast du dich überhaupt entschieden, Verteidigerin zu werden? Ich meine, ich bin dankbar. Du warst großartig, als ich dich brauchte. Aber warum?«

»Warum nicht? Ich weiß, wir haben den Ruf, geldgierig zu sein, aber wir sind nicht alle so. Und ich bin nicht aufs Jurastudium gegangen mit der Absicht, Strafverteidigerin zu werden. Ich wollte Unternehmensrecht machen. Aber wir mussten als Teil des Lehrplans ein bisschen Praktika machen. Strafrecht war viel interessanter. Je mehr ich mich damit beschäftigte, desto mehr wurde mir klar, dass es das war, was ich tun wollte. Und ich habe die Verteidigung gewählt, weil ich zu viele Staatsanwälte getroffen habe, die Angeklagte einfach überrollen wollten, nur um die Verurteilung zu bekommen. Ich wollte sicherstellen, dass die Wahrheit bekannt wird und dass jeder eine faire Chance beim System bekommt.«

»Selbst wenn das bedeutet, dass du einige wirklich schuldige Personen verteidigen musst?«

Sie nickte. »Ja. Selbst die Schuldigen verdienen einen fairen Prozess.«

»Also, verteidigst du Richter Brandt oder die Paulsons?«

»Auf keinen Fall. Selbst wenn sie mich fragen würden, würde ich nein sagen. Nach dem, was sie getan haben, nicht nur diesen Kindern, sondern auch Rayna, hoffe ich, dass sie im Gefängnis verrotten.« Sie gab ihm ein verlegenes Lächeln. »Ich denke vielleicht, dass sie einen fairen Prozess verdienen, aber das bedeutet nicht, dass ich diejenige sein will, die ein Schlupfloch findet, das ihnen eine mildere Strafe gibt.«

»Du könntest es einfach ignorieren.«

»Nicht wirklich. Es würde irgendwann bei Berufungen auftauchen. Dann könnte ich meine Anwaltszulassung wegen eines Ethikverstoßes verlieren.«

»Ernsthaft? Wie ist es unethisch, wegzusehen, um sicherzustellen, dass Leute, die Kinder wie Autos gemietet und ruiniert haben, bekommen, was sie verdienen?«

»Moralisch ist es das nicht, aber rechtlich? Deshalb werde ich diesen Fall nicht anfassen. Ich überlasse ihn und solche wie ihn jemandem, der keine Skrupel hat und nachts schlafen kann, wenn eines dieser Monster frei kommt.«

»Welche Art von Fällen nimmst du denn an?«

»Meistens nur häusliche Dinge und zivilrechtliche Streitigkeiten. Du warst der erste Mordfall, den ich je angenommen habe.«

»Wie kommt es, dass du auswählen und wählen kannst? Werden sie dir nicht zugewiesen?«

»Nein. Ich habe meine eigene Praxis. Mama und Papa haben das Kapital vorgestreckt, um mir beim Aufbau zu helfen.«

»Hm. Ich dachte, du arbeitest für die Pflichtverteidigung und hast mich nur als Pro-bono-Nebenfall angenommen.«

»Das habe ich. Dich pro bono angenommen, meine ich. Aber nein, ich bin keine Pflichtverteidigerin.«

»Wie wurden dir diese Fälle dann zugewiesen?«

»Sie wurden nicht zugewiesen. Ich wurde angeheuert. Die Leute haben eine Wahl, wenn sie verhaftet werden, ob sie einen Pflichtverteidiger wollen oder ob sie jemanden anheuern wollen. Diese Leute haben sich entschieden, einen externen Anwalt zu engagieren. Ich bin zwar neu im Job, aber ich habe mir bereits einen Ruf als kompetent, tough und fair aufgebaut.« Maggie hatte während des Jurastudiums hart gearbeitet, um zu lernen, was sie konnte, um eine geschickte Anwältin zu werden. Sie wusste, dass sie nach Hause kommen und in Boone County Recht praktizieren wollte, aber nicht in der Pflichtverteidigerkanzlei. Sie arbeitet immer noch hart daran, so gut wie möglich zu sein.

Die Kabinentür öffnete sich erneut, und eine Frau mit hellbraunem Haar, die einen Laborkittel und blaue OP-Kleidung trug, kam herein. »Hallo. Ich bin Dr. Demarco.« Sie setzte sich auf den Rollhocker. »Sie wurden bei dem Brand heute Nachmittag verletzt?«

»Ja, Ma'am.«

»Erinnern Sie sich, was passiert ist?«

Er nickte. »Ich war nie bewusstlos.«

»Okay. Was ist passiert? Ich war nicht hier, als Ihr Partner eingeliefert wurde, aber ich habe gehört, dass ein Feuerwehrmann durchkam.«

»Das Feuer hat einen Flashover verursacht, was zu einer kleinen Explosion führte. Es schleuderte mich und Reeves etwa sechs Meter weit. Ich landete auf meiner Hüfte und der Seite meiner Brust.«

»Und das tut weh, richtig?«

Er nickte.

»Haben Sie irgendwelche Prellungen?«

»Ein bisschen.«

Maggie schnaubte. »Die gesamte linke Seite seiner Brust ist ein riesiger lila Bluterguss. Ich stelle mir vor, seine Hüfte sieht genauso aus.«

Declan funkelte sie böse an.

Sie starrte zurück, sprach aber mit der Ärztin. »Lassen Sie ihn den Hoodie ausziehen. Sie werden es sehen.«

Dr. Demarco hob eine Augenbraue. »Hat sie recht?«

Declan starrte sie stoisch an.

»Um Himmels willen, Declan. Zeig ihr einfach deine Brust. Es könnte ihr helfen zu entscheiden, was zuerst zu tun ist, damit du schneller hier rauskommen kannst«, sagte sie und appellierte an seinen Wunsch, nach Hause zu gehen.

»Gut«, presste er heraus. Er zog den Reißverschluss herunter und ließ den Kapuzenpullover von seinen Armen gleiten.

Die Ärztin rollte näher, ihre Augen auf die Prellung gerichtet. »Junge, sie hatte nicht Unrecht. Das ist ziemlich farbenfroh. Tut es weh zu atmen?«

»Ja.«

»Allgemein? Oder nur, wenn Sie tief einatmen?«

»Hauptsächlich nur bei tieferen Atemzügen.«

»Das ist gut. Ich sehe keine Verformungen, und ich werde nicht herumstochern, um Beulen oder Dellen zu finden, die nicht da sein sollten, weil das schmerzhaft aussieht. Ein Röntgenbild wird uns alles sagen, was wir wissen müssen. Nun, zu Ihrer Hüfte. Bemerken Sie ein Klicken, wenn Sie gehen?«

»Nein. Sie schmerzt nur.«

»Irgendwelche Schwellungen?«

»Vielleicht etwas.«

»Prellungen?«

»Ja.«

»Okay. Ich denke, wir werden das auch röntgen, nur um sicher zu sein. Nachdem Ihre Aufnahmen zurück sind, werden wir von da aus weitersehen. Klingt das gut?«

Declan nickte.

Sie rollte zum Computer und tippte Informationen in seine Akte ein, ihre Finger flogen über die Tastatur.

»Jemand von der Radiologie sollte bald kommen. Wir sprechen später noch.«

»Okay. Danke, Doc.«

Sie verließ den Raum, der Vorhang flatterte hinter ihr, als sie die Tür schloss.

Maggie hielt ihren Blick auf ihre Akten gerichtet und nicht auf Declans durchtrainierten Oberkörper. Er hatte sich dafür entschieden, das Hemd nicht wieder anzuziehen. Sie konnte es ihm nicht verübeln. Er müsste es für die Röntgenaufnahme sowieso wieder ausziehen.

Wie von der Ärztin versprochen, tauchte wenige Minuten später ein Röntgentechniker auf. Maggie blieb auf ihrem Platz sitzen und arbeitete weiter, während Declan ging. Er kam kurze Zeit später zurück, immer noch ohne Hemd.

Sie bemühte sich, nicht zu starren. Der Mann war einfach zu sexy für sein eigenes Wohl. Sie wusste, dass er nicht versuchte, es zu sein – besonders jetzt nicht – aber er war es trotzdem. Mit seinen welligen rotbraunen Haaren, tiefblauen Augen und seinem durchtrainierten Körper verkörperte er genau den Typ Mann, der auf einem Feuerwehrkalender abgebildet wird.

»Wie ist dir nicht kalt? Ich würde erfrieren, wenn ich ohne Oberteil herumlaufen würde.«

Er schenkte ihr ein Grinsen. »Das würde ich gerne sehen.«

Maggies Wangen glühten, als ihr klar wurde, was sie gesagt hatte. »So habe ich das nicht gemeint. Und ich dachte, ich wäre nicht dein Typ.«

Er setzte sich auf das Bett und stieß ein leises Stöhnen aus, als er sich hinlegte. »Ich habe nie gesagt, dass du nicht mein Typ bist.«

»Nicht in diesen Worten, aber du hast deutlich gemacht, was du von der Idee hältst.«

»Das ist nicht, weil ich dich nicht schön finde.«

Seine Worte erzeugten eine Wärme in ihrer Brust, aber sie wurde durch die Tatsache gedämpft, dass er irgendetwas an ihr irritierend fand.

»Was ist es dann, das du so abscheulich findest?«

Declan seufzte. »Ich finde dich nicht abscheulich. Du bist nur aufdringlich. Und eine Anwältin.«

Was zum Teufel hatte ihr Job damit zu tun? »Warum spielt das eine Rolle? Ich meine, das mit dem Aufdringlichen verstehe ich. Ich bin mit vier älteren Geschwistern aufgewachsen. Ich musste aufdringlich sein, um zu überleben. Aber mein Job?«

Er versuchte mit den Schultern zu zucken, wobei sich seine rechte Schulter nur einen Bruchteil hob. »Ich mag keine Anwälte. Meine Erfahrung mit ihnen war nicht die beste.«

»Wann hattest du außer mit mir Erfahrung mit Anwälten?«

»Als Kind.« Seine Stimme war leise.

Maggies Augen weiteten sich. Sie wollte sich am liebsten ohrfeigen. Declan und Macy waren in und außerhalb von Pflegefamilien aufgewachsen. Sie konnte sich gut vorstellen, warum er eine so ungünstige Sicht auf das Rechtssystem hatte. »Es tut mir leid, Deck. Ich wollte keine schlechten Erinnerungen hochholen.«

»Hast du nicht. Ich denke nicht über meine Kindheit nach. Es lohnt sich nicht.«

Sie runzelte die Stirn, ihr Herz schmerzte jetzt. Das war traurig. Sie hatte schöne Erinnerungen an ihre Kindheit.

»Nur zur Info, ich versuche wirklich, nicht so eine Art Anwältin zu sein. Solche Leute widern mich an. Kinder verdienen Besseres.«

Er schenkte ihr ein freundliches Lächeln. »Ich glaube nicht, dass du wie diese Leute sein könntest, selbst wenn du es versuchst. Du und deine Familie gehören zu den besten Menschen, die ich je getroffen habe. Die Freundschaft mit deinen Brüdern hat wahrscheinlich mein Leben gerettet. Und was deine Eltern für die Kinder aus dem Menschenhandelsring tun, ist unglaublich. Dank ihnen haben sie jetzt eine Chance auf ein normales Leben.«

Maggie lächelte bei der Erwähnung ihrer Eltern. Sie waren wirklich großartig. Sie war nicht wirklich überrascht gewesen, als sie ankündigten, dass sie die Kinder aufnehmen würden, die keine andere Familie hatten. Ihre Mutter und ihr Vater hatten die größten Herzen, die sie kannte.

»Ich wünschte, sie hätten dich und Macy aufgenommen, als ihr jung wart. Vielleicht wären die Dinge dann anders für euch gelaufen.«

»Sie haben es versucht.«

»Was?« Das war neu für sie.

»Dad wurde wieder verhaftet und Mom war Gott weiß wo. Ich war zwölf und Macy war zehn. Das Gericht steckte uns in eine weitere Pflegefamilie. Deine Eltern haben beantragt, unsere Pflegeeltern zu werden, aber es wurde abgelehnt.«

»Warum?«

»Es hatte mit diesem Landstreit zu tun; als der Bauunternehmer versuchte, Anspruch auf einen Teil der Broken Bow zu erheben. Das Gericht entschied, dass das Zuhause nicht stabil genug sei, bis die Angelegenheit geklärt sei. Zu groß das Risiko, dass die Archers alles verlieren könnten.«

Sie starrte ihn einige Momente lang verdutzt an. »Mir war nicht klar, dass sie so kurz davor standen, die Ranch zu verlieren.«

Er zuckte wieder mit der halben Schulter. »Ich kenne die Details nicht oder was genau passiert ist. Ich weiß nur, dass Brady mir erzählte, dass sie versuchten, uns aufzunehmen, und später, dass sie es nicht konnten, weil fraglich war, wo wir alle leben würden, wenn der Bauunternehmer gewinnen würde.«

Sie würde ihre Eltern danach fragen müssen. Ihr Wissen über die ganze Sache kam aus dem, was man ihr erzählt hatte. Sie war erst vier, als es passierte.

»Warum bist du dann nicht später zu ihnen gekommen, nachdem alles geklärt war?«

»Mom tauchte wieder auf und schaffte es, einen Job zu bekommen und lange genug nüchtern zu bleiben, um uns zurückzubekommen. Danach kamen wir nur für kurze Zeit ins System. Meistens, wenn Dad aus dem Gefängnis kam und lange genug zu Hause war, um Probleme zu machen. Er verschwand endgültig, als ich sechzehn war.«

Maggies Herz schmerzte für den Jungen, der er war, und für alles, was er und Macy durch die Menschen ertragen mussten, die sie eigentlich lieben sollten, und durch andere, die ihnen eigentlich helfen sollten. Das System musste verbessert werden.

»Aber das spielt keine Rolle. Es ist Vergangenheit«, sagte er. »Und ich habe nichts mehr mit meinen Eltern zu tun.«

»Es ist wahrscheinlich besser, dass sie nicht mehr in deinem Leben sind, aber ich weiß nicht, ob das alles keine Rolle spielt. Es hat dich zu dem gemacht, der du bist, also spielt es in gewisser Weise eine Rolle.«

»Es hat mich nur härter gemacht. Und dafür bin ich dankbar. Die Welt ist kein schöner Ort.«

Da würde sie ihm nicht widersprechen. Obwohl sie in einem wunderbaren Zuhause aufgewachsen war, wusste sie, wie hässlich die Welt sein konnte. Sie sah es jeden Tag. Aber sie dachte nicht, dass es so düster war, wie sein Tonfall implizierte. Es gab auch noch viel Gutes in der Welt.

Er rutschte auf dem Bett nach oben und lehnte sich mit einem Stöhnen an die Rückseite, als er versuchte, es sich bequem zu machen. »Ich werde versuchen, etwas zu schlafen. Weck mich, wenn die Ärztin hereinkommt, falls ich eingeschlafen bin.«

Sie nickte, und er schloss die Augen. Mit einem Seufzer schlug sie ihre Fallakte wieder auf.

Die Minuten verstrichen schnell, während sie arbeitete. Declans leises Schnarchen begleitete bald das Rascheln ihrer Papiere. Ehe sie sich versah, war eine Stunde vergangen.

Da sie eine Denkpause brauchte, nahm sie ihr Handy heraus und öffnete eine Puzzle-App. Sie scrollte durch die Bilder und fand eines vom Strand, das ihr gefiel. Sie war dabei, es wieder zusammenzusetzen, als die Tür aufging und Dr. Demarco hereintrat.

Declan sog bei dem Geräusch die Luft ein, und seine Augen flatterten auf. Er rieb sich mit der Hand übers Gesicht, während er gähnte.

Die Ärztin setzte sich auf den Hocker und loggte sich in den Computer ein, während sie sprach. »Gut. Mit Ihrer Hüfte ist alles in Ordnung, aber Sie haben einige Rippen gebrochen. Die sechste und siebte. Die siebte Rippe ist ein glatter Bruch, aber Ihre sechste Rippe macht mir etwas Sorgen.« Sie öffnete sein Röntgenbild und drehte den Monitor, damit sie es sehen konnten. »Sie ist in drei Teile zerbrochen.« Sie zeigte auf den Bildschirm. Zwei offensichtliche Brüche stachen hervor. »Dieses Stück hier ist leicht verschoben.« Sie fuhr mit dem Finger über einen der Brüche. »Normalerweise würde ich bei diesem geringen Verschiebungsgrad empfehlen, dass wir eine Nervenblockade durchführen und Sie sich vier bis sechs Wochen schonen, aber ich habe das Gefühl, Sie würden die Anweisungen nicht sehr gut befolgen.«

»Was schlagen Sie dann vor?«, fragte Declan, ohne ihr zu widersprechen, wie Maggie bemerkte. »Soll ich die Zähne zusammenbeißen, bis sie heilen?«

»Nein. Ich denke, Sie sollten sich für eine chirurgische Korrektur stationär aufnehmen lassen. Sie würden wahrscheinlich beide Rippen zur Sicherheit operieren.«

»Was? Inwiefern ist das besser?«

»Ich weiß, es klingt schlimmer, aber in Ihrem Fall denke ich, dass es von Vorteil wäre. Sie werden schneller mehr Beweglichkeit zurückgewinnen, und Sie müssen sich keine Sorgen machen, dass das Fragment weiter rutscht, wenn Sie die Anweisungen nicht befolgen. Meine Sorge ist, dass es durch den Verschiebungswinkel tiefer in Ihren Brustkorb rutscht und Ihre Lunge durchbohrt. Dann liegen Sie mit einem anderen Problem im Krankenhaus. Und müssen sich trotzdem einer Operation unterziehen, um die Rippe zu reparieren.«

Declan stöhnte und schloss die Augen. Maggie lehnte sich vor und nahm seine Hand, weil sie spürte, dass er wissen musste, dass er nicht allein war. Er sah zu ihr und dann zur Ärztin.

»Wie lange müsste ich bleiben?«

»Nur ein oder zwei Tage, um sicherzugehen, dass keine Komplikationen auftreten. Ich sehe keine Anzeichen für freie Luft in Ihrem Brustkorb, daher sollte es ziemlich unkompliziert sein. Innerhalb weniger Wochen sollten Sie weitgehend wieder normal funktionieren.«

»Und wenn ich mich gegen eine Operation entscheide? Wie lange dauert es dann, bis es geheilt ist?«

»Wenn Sie sich benehmen und nichts heben, ziehen oder schieben, dauert es mindestens vier Wochen. Und das unter der Annahme, dass es von selbst heilt. Bei der Verschiebung besteht die Chance, dass das nicht der Fall ist.«

Er murmelte einen Fluch. »Gut. Machen Sie die Operation.«

Sie lächelte ihn an. »Ausgezeichnete Entscheidung. Ich werde das kardio-thorakale Team anrufen und wir werden alles in die Wege leiten. Halten Sie durch.« Sie stand auf und ging rasch aus dem Zimmer.

Maggie drückte Declans Hand, selbst ein wenig geschockt darüber, wie die Dinge sich entwickelt hatten.

»Alles okay bei dir?«

Er grunzte. »Bestens.«

»Sieh es von der positiven Seite – du wirst mit der Operation tatsächlich schneller heilen.«

»Ja, aber ich muss trotzdem im Krankenhaus bleiben.«

»Es wird nicht alles schlecht sein. Macy wird dich verhätscheln.«

Er stöhnte. »Gott, erinnere mich nicht daran. Bei meiner letzten größeren Verletzung hat sie sich zwei Wochen lang auf meiner Couch einquartiert. Ich liebe sie, aber ich liebe auch meinen Freiraum.«

Maggie kicherte, und Declan lächelte. »Ich werde ihr den Wind aus den Segeln nehmen.«

»Wie? Hast du meine Schwester kennengelernt?«

»Ja.« Sie verdrehte die Augen. »Ich sage ihr, dass ich mich um dich kümmere.«

Er schnaubte. »Das wird sie nicht aufhalten.«

»Doch, wird es. Sie wird vielleicht nach dir sehen kommen, aber es wird sie von deiner Couch fernhalten.«

»Nicht, wenn ihr klar wird, dass du nicht da bist, um über mich zu wachen.«

»Wer sagt, dass ich das nicht sein werde?«

Seine Augen weiteten sich. »Ich tausche nicht eine aufdringliche Frau gegen eine andere.«

Maggies Lippen zogen sich zusammen. »Nun, du kannst entweder die aufdringliche Macy nehmen, die über dir schwebt, oder einfach die aufdringliche mich. Was davon?«

»Jesus, was habe ich getan, um solch hartnäckige Frauen in meinem Leben zu verdienen?« Er fuhr sich mit der Hand durch die Haare und legte den Kopf gegen das Bett, den Blick zur Decke gerichtet.

Maggie grinste. »Du liebst uns, lüg nicht.« Sie stupste seine Schulter an.

Ein Mundwinkel zuckte, aber er funkelte sie an. »Klar.«

Sie kicherte wieder, tätschelte dann seine Hand und stand auf. »Ich werde deine Schwester anrufen und ihr sagen, was los ist. Sie flippt wahrscheinlich schon aus, weil ich es noch nicht getan habe. Wenn du nicht genau hier bist, wenn ich zurückkomme, werde ich sie nicht nur bitten, dich aufzuspüren, sondern auch Brady, Thomas und Seb anrufen. Du wirst dich nicht verstecken können.«

Er winkte ab. »Ja, ja. Ich gehe nirgendwo hin. Es gefällt mir vielleicht nicht, aber der Plan der Ärztin ist gut. Ich werde hier sein.«

»Gut.« Sie nahm ihr Handy. »Ich bin bald zurück.« Sie drehte sich auf dem Absatz um und ging aus dem Zimmer, um Macy die Neuigkeiten mitzuteilen.

Declan klickte zum vierten Mal durch die Fernsehkanäle des Krankenhauses in der Hoffnung, etwas anderes zu finden. Er sah selten fern, und jetzt erinnerte er sich, warum. Er schaltete ab und nahm sein Handy, öffnete seine Internet-App, um die Nachrichten zu lesen. Die Schwarzmalerei, die er sah, verbesserte seine Stimmung nicht.

Seine Tür öffnete sich, und er schaute auf, begierig auf eine Ablenkung, auch wenn es nur ein Labortechniker war, der kam, um mehr Blut abzunehmen. Aber es war nicht so. Es war Maggie.

Nachdem sie mit Macy gesprochen hatte und er aufgenommen worden war, war sie gegangen, um seine Toiletten-artikel und saubere Kleidung zu holen. Sie hatte auch bei sich zu Hause angehalten, um sich umzuziehen, wie es aussah. Er musterte ihr Outfit, das sich von dem vorherigen unterschied. Schwarze Leggings umhüllten ihre langen Beine, und ein rubinroter Pullover hing ihr bis zu den Oberschenkeln. Ihr langes, dunkles Haar fiel in Wellen über ihre Schulter, befreit aus dem Knoten, in dem es gewesen war. Sie raubte ihm mit ihrer Schönheit den Atem.

»Hi. Eingelebt?«

Er nickte. »Ich schätze schon.«

»Wann ist die Operation?«

»Sieben Uhr morgens.«

»So lange?«

»Sie brauchten Zeit für die Bluttests, und ich habe gegessen, als ich nach Hause kam. Aber ich bin morgen der Erste auf dem Plan.«

Sie setzte sich auf die Kante seines Bettes. »Na sowas. Ich hatte gehofft, ich könnte hier sein, aber ich muss um neun vor Gericht.«

»Das ist okay. Macy wird hier sein. Sie hat angerufen, während du weg warst. Danke, dass du sie auf dem Laufenden gehalten hast.«

»Natürlich. Sie hat mich da reingezogen. Und du solltest mir auch dafür danken, dass ich sie davon überzeugt habe, heute Abend zu Hause zu bleiben und nicht über dir zu schweben. Sie war bereit, in ihrem Schlafanzug herzufahren, als ich ihr erzählt habe, was los ist.«

Er grinste. »Ja. Das war sie immer noch, als ich mit ihr gesprochen habe. Aber ich konnte hören, wie müde sie war. Sie hat während unseres Gesprächs immer wieder gegähnt. Apropos, du solltest nach Hause gehen, damit du dich auf morgen vorbereiten kannst. Ich schätze es, dass du mich hergebracht und dann meine Sachen geholt hast. Macy hätte sie morgen früh mitbringen können.«

»Hätte sie, aber dann hättest du das hier nicht.« Sie öffnete die Tragetasche, die sie trug, und zog das Buch von seinem Nachttisch heraus.

Declan nahm es mit eifrigen Händen. »Danke. Mir ist so langweilig. Fernsehen ist Mist.« Er hatte sie nicht gebeten, das Buch mitzubringen, aber er war so froh, dass sie es getan hatte.

Sie lachte. »Ich erinnerte mich, dass du davon gesprochen hast, wie du lieber lesen würdest als fernzusehen. Du und Brady seid euch in dieser Hinsicht sehr ähnlich, also dachte ich, du würdest das wollen.«

»Das will ich. Du hast gerade meinen Verstand gerettet, danke.«

»Gern geschehen.« Sie legte ihre Hand über seine.

Wärme breitete sich von ihrer Berührung aus in Declans Arm aus. Er drehte seine Hand um und verschränkte seine Finger mit ihren. Ihre Augen weiteten sich ein wenig, bevor sie sich räusperte und wegschaute, während sie aufstand.

»Ich sollte wahrscheinlich gehen. Es wird wirklich spät.«

Enttäuschung durchfuhr ihn. Er hatte gerade das Gleiche gesagt, also war er sich nicht sicher, warum er sich so fühlte. »Ja. Nochmals danke für alles, was du heute Abend für mich getan hast.«

»Gern geschehen.« Sie schenkte ihm ein sanftes Lächeln. »Ich schaue morgen so bald wie möglich vorbei. Ich hoffe, alles läuft gut.«

»Ich denke, es wird in Ordnung sein, aber danke.«

Sie summte eine nicht-Antwort und trat zurück zur Tür, ließ die Tragetasche auf einem Stuhl. »Gute Nacht, Deck.«

»Nacht, Maggie.«

Er hielt ihrem Blick stand, bis sie sich schließlich umdrehte und ging, dann atmete er so tief aus, wie seine Rippen es zuließen. Er musste etwas wegen dieser Frau unternehmen. Wegen diesem Summen des Verlangens, das ihn in den Magen boxte, wann immer sie einen Raum betrat. Selbst gebrochene Knochen konnten es nicht aufhalten.

Declan war nicht völlig ehrlich gewesen, als er ihr sagte, warum er gegen die Idee einer Beziehung mit ihr war. Es hatte nichts mit ihrem gewählten Beruf zu tun. Die Wahrheit war, sie jagte ihm eine Heidenangst ein. Sie hatte so eine Macht über ihn. Je mehr er um sie herum war, desto mehr wollte er tun, worum auch immer sie ihn bat, nur um sie glücklich zu machen. Nur Macy hatte diese Macht. Seine Mutter hatte sie einst, aber sie verriet ihn, und er schwor, sie sei die letzte Person, die er jemals so verletzen lassen würde. Aber wenn er nicht vorsichtig wäre, könnte Maggie das im Handumdrehen tun.

Mit klackenden Absätzen auf dem Fliesenboden eilte Maggie den Korridor zu Declans Zimmer hinunter, endlich frei. Die Arbeit hatte sich heute hingezogen. Sie wollte weder im Gericht noch in ihrem Büro sein. Nur hier bei ihm. Was verrückt war. Sie waren Freunde. Und nicht einmal besonders enge. Sie verbrachten keine Zeit miteinander. Sie sah ihn nur, wenn er mit ihren Brüdern oder Macy zusammen war und sie zufällig in der Nähe war. Aber das spielte keine Rolle. Ihre Gedanken waren den ganzen Tag bei ihm. Sie wollte ihn einfach nur sehen und sicherstellen, dass es ihm gut ging.

Sie erreichte sein Zimmer und öffnete die Tür, trat so leise ein, wie ihre Schuhe es erlaubten, für den Fall, dass er schlief.

Macy blickte von ihrem Platz neben dem Bett auf. »Hi«, flüsterte sie.

»Hey. Wie geht es ihm?« Maggie ging auf Zehenspitzen über den Boden, um neben ihnen zu stehen. Declan schlief, sein Mund leicht geöffnet. Sein rostfarbenes Haar fiel in weichen Wellen über seine Stirn, und Stoppeln bedeckten seinen Kiefer. Ein Infusionsschlauch schlängelte sich aus seinem

Unterarm und ein weißer Verband bedeckte die linke Seite seiner nackten Brust.

»Gut. Er hat sich nur ausgeruht. Nichts hat sich wirklich verändert, seit ich früher mit dir gesprochen habe.«

Maggie war froh. Macy hatte sie angerufen, nachdem er aus der Operation heraus war, um ihr mitzuteilen, dass sie erfolgreich verlaufen war und dass er sich gut ausruhte. Sie streifte ihren Mantel ab und legte ihn über die Rückenlehne eines Stuhls, bevor sie sich auf den Sitz sinken ließ. »Hast du schon gegessen?«

Macy schüttelte den Kopf. »Noch nicht. Der Arzt wollte später zur Abendvisite noch einmal vorbeikommen. Ich wollte ihn nicht verpassen.«

»Weißt du schon, wann er nach Hause kann?«

»Noch nicht, nein. Ich hoffe, dass sie mir das sagen können. Ich muss Vorkehrungen für den Laden treffen.«

»Ich kann helfen. Nicht im Café. Du willst mich nirgendwo in der Nähe deiner Espressomaschine haben. Aber mit Declan. Ich kann von seinem Haus aus arbeiten. Ich muss erst nächste Woche wieder vor Gericht.«

»Das wäre toll. Er hat heute Morgen etwas darüber erwähnt, dass du bleibst, aber ich war mir nicht sicher, ob du das wirklich tun könntest. London und Rayna haben heute das Café geführt, aber sie haben ihre eigenen Verpflichtungen, um die sie sich kümmern müssen, also wäre es schön, Hilfe zu haben.«

»Dann planen wir das so. Ich bleibe bei ihm.«

Macys Schultern sackten nach unten, etwas Anspannung verließ sie. »Das wäre toll. Ich habe den ganzen Tag darüber gestresst, was ich tun werde.«

»Es ist wirklich kein Problem.« Sie bevorzugte es sogar. Sie wäre in ihrem Büro nutzlos. Alles, was sie tun würde, wäre sich zu fragen, wie es ihm geht, auch wenn sie wusste, dass Macy gut auf ihn aufpassen würde.

Die Tür öffnete sich. Maggie und Macy drehten sich um und sahen einen Mann in seinen Fünfzigern hereinkommen, ähnlich gekleidet wie Dr. Demarco in der Notaufnahme gestern. Ein jüngerer Arzt und eine Krankenschwester folgten ihm.

»Hallo. Ich bin Dr. Calvin.« Er streckte Maggie die Hand entgegen.

»Maggie Archer. Schön, Sie kennenzulernen.« Sie schüttelte seine Hand.

Er lächelte, dann wandte er sich Declan zu, der jetzt durch den Trubel wach war. »Wie geht es unserem Patienten?«

»Wund.« Declans Stimme war rau vom Schlaf.

»Das ist zu erwarten. Übelkeit oder Erbrechen nach dem Aufwachen?«

»Nein.«

»Gut. Wie steht es mit Kurzatmigkeit?«

»Nein.«

»Perfekt. Sie haben sich sehr gut geschlagen, Herr Briggs. Ich vermute, Sie werden in kürzester Zeit wieder fit sein. Ich nehme an, Sie wollen hier raus?«

»Verdammt, ja.«

»Morgen früh. Nach der Visite. Lassen Sie uns sicherstellen, dass wir Ihre Schmerzen unter Kontrolle haben, und geben wir Ihrer Schwester eine Chance, Ihre Ankunft zu Hause vorzubereiten. Sie werden für ein paar Tage Hilfe brauchen.«

»Wie bald kann ich wieder arbeiten?«

»Sie sollten in etwa einer Woche leichte Tätigkeiten – und damit meine ich Schreibtischarbeit – wieder aufnehmen können. Danach können Sie Ihre Arbeitsbelastung allmählich steigern. Aber kein Laufen in brennende Gebäude oder Training für mindestens vier Wochen. Wir werden das zu diesem Zeitpunkt neu beurteilen.«

Declan nickte, sein Gesichtsausdruck grimmig.

»Okay. Wir werden Sie auf orale Schmerzkontrolle umstellen und sehen, wie es Ihnen geht. Ruhen Sie sich aus.«

»Ja. Danke, Doc.«

Dr. Calvin gab ihm ein Nicken. »Haben Sie eine gute Nacht.« Er und seine Entourage verließen den Raum.

Maggie lehnte sich vor und nahm Declans Hand. »Wie fühlst du dich wirklich?«

»Als hätte mich ein Lastwagen überfahren. Meine Brust fühlt sich an, als würde ein Elefant darauf sitzen.«

Macy runzelte die Stirn. »Warum zum Teufel hast du nichts gesagt?«

Er warf ihr einen Blick aus dem Augenwinkel zu. »Mir geht's gut, Mace. Es ist nur unangenehm.«

»Dir geht es nicht gut, du sturer Esel.« Sie schlug ihm auf den Arm.

»Macy. Ich bin okay. Wirklich.«

Sie schnüffelte. »Mach das nie wieder. Diesmal hast du mir wirklich Angst gemacht.«

»Ich weiß. Es tut mir leid. Es ist nicht so, als hätte ich geplant, in die Luft gejagt zu werden.«

Sie verdrehte die Augen und stieß ein kurzes Lachen aus. »Ich weiß. Es ist nur – du bist die einzige Familie, die ich habe, Deck.«

Er ließ Maggies Hand los, um Macys zu ergreifen. »Ich liebe dich, Macy. Es tut mir leid, dass ich dir Angst gemacht habe.«

Sie beugte sich vor und drückte einen Kuss auf seine Schläfe. »Ich liebe dich auch, du großer Tölpel. Ich bin froh, dass es dir gut geht.«

»Ich auch.«

»In Ordnung.« Sie schniefte und wischte sich die Augen. »Ich werde dich bei Maggie lassen. Ich habe noch nichts gegessen und muss nach dem Café schauen. Sie kann dir den Plan für deine Rückkehr nach Hause erklären.« Sie drückte ihm noch einen Kuss auf den Kopf. »Bis später.« Sie nahm ihre Handtasche und ihren Mantel und ging.

Declan bemühte sich aufzusitzen, nachdem er während des Schlafens abgerutscht war. Maggie stand auf und half, seine linke Seite zu stützen, während er sich mit seinem rechten Arm abstützte.

»Verdammt, das ist Mist«, sagte er durch zusammengebissene Zähne. Er legte seinen Kopf zurück gegen das Bett, nachdem sie ihn positioniert hatten. Schweiß stand auf seiner Stirn, und er stieß kurze Atemzüge aus.

»Alles okay? Soll ich die Krankenschwester holen?«

»Nein«, knurrte er und starrte auf die gegenüberliegende Wand. »Mir geht's gleich wieder gut. Ich brauche nur eine Sekunde.«

Maggie nahm seine Hand, und er umklammerte ihre Finger. Sie strich mit den Fingern ihrer anderen Hand über seinen Unterarm, um ihn zu beruhigen. Nach einigen Momenten beruhigte sich seine Atmung und sein Griff lockerte sich.

»Bist du sicher, dass du keine weiteren Schmerzmittel willst? Es ist nicht männlich zu leiden.«

Ein Mundwinkel hob sich. »Ich weiß. Und es geht nicht ums Macho-Sein. Ich mag nur nicht, wie das Zeug mich fühlen lässt.«

»Also extra-starkes Ibuprofen, hmm?«

»Ja. Also, was ist der Plan, den Macy erwähnte?«, fragte er und wechselte das Thema.

Sie ließ sich wieder in ihren Sitz sinken, immer noch seine Hand haltend. »Oh, das. Es ist das, worüber wir gestern Abend gesprochen haben. Ich werde für ein paar Tage bei dir bleiben, bis du mobiler bist. Macy muss sich um das Café kümmern. Ich kann praktisch von überall aus arbeiten. Es machte einfach Sinn.«

»Ich brauche trotzdem keinen Aufpasser.«

»Du kannst dich nicht bewegen, ohne fast ohnmächtig zu werden.«

Er blinzelte sie an.

»Es wird Spaß machen. Wie eine Übernachtungsparty.«

»Wenn du mir im Schlaf die Nägel lackierst, werde ich all deine High Heels an wohltätige Zwecke spenden.«

»Nein, wirst du nicht. Du magst meine Absätze.«

Seine Augen leuchteten auf, ein bisschen Feuer verdrängte den Schmerz. Ein Schauer lief ihr über den Rücken. Das ging nach hinten los.

»Gut. Dann deine Handtaschen.«

Sie winkte ab. »Du bist für die absehbare Zukunft ein Invalide. Das gibt mir Zeit, sie woanders zu verstecken.«

Er lachte und stöhnte dann, seine Rippen umklammernd. »Oh, bring mich nicht zum Lachen. Das tut weh.«

Sie kicherte. »Tut mir leid. Aber du steckst trotzdem für den Rest der Woche mit mir fest.«

»Ich habe keine Wahl, oder?«

»Nö. Es ist das Beste für dich und für Macy. Und ich helfe gerne meinen Freunden.«

»Also, seit wann sind du und Macy so dicke Freundinnen?« Er hob eine Augenbraue.

Sie konnte erkennen, dass ihm der Gedanke nicht gefiel, dass sie mit seiner Schwester hinter seinem Rücken konspirierte, obwohl sie bereits darüber gesprochen hatten, dass sie statt Macy bei ihm bleiben würde. Maggie zuckte mit den Schultern. »Wir sind enger geworden, seit ich nach dem Jurastudium zurück in die Stadt gekommen bin. Kaffee ist das Lebenselixier jedes Anwalts, also verbringe ich viel Zeit bei Peppy Brewster.«

Declan brummte. »Ich schätze, das macht Sinn. Ich bin mir aber nicht sicher, ob es mir gefällt. Es muss keine fünfte in dieser Freundesgruppe geben. Die vier bekommen schon genug Ärger.«

Sie grinste. »Das tun sie, und ich glaube, dieser Zug ist bereits abgefahren. Sie haben mich zu ihrem monatlichen Buchclub eingeladen.«

Er begann wieder zu lachen, zügelte es aber schnell. »Du meinst den Buchclub, wo sie nie über das Buch sprechen?«

Sie lachte. »Genau der. Ich weiß nicht einmal, welches Buch wir für diesen Monat lesen sollen. Ich weiß nur, dass ich auftauchen soll. Wir werden wahrscheinlich über Taras Hochzeit sprechen, da sie an diesem Wochenende ist.«

»Ich hoffe, dieser Schmerz ist bis dahin viel besser. Ich habe keine Lust, stundenlang in einem Smoking zu verbringen, während meine Brust brennt.«

Sie klopfte auf seinen Arm. »Ich denke, du wirst bis dahin fast so gut wie neu sein. Aber nur, wenn du dich ausruhst, wie du sollst.«

Er verdrehte die Augen. »Warum habe ich das Gefühl, dass du mehr auf den Nerv gehen wirst als Macy?«

Maggie neigte ihren Kopf und schaute nach oben. »Wahrscheinlich, weil ich das werde. Und ich fange jetzt an. Schlaf etwas.« Sie stand auf und nahm ihren Mantel. »Ich gehe nach Hause und packe ein paar Sachen, um sie zu deinem Haus zu bringen. Ich werde morgen früh zurück sein.« Sie schüttelte einen Finger in seine Richtung. »Tu, was die Krankenschwestern dir sagen.«

»Ja, Liebling.« Ein überhebliches Lächeln teilte sein müdes Gesicht.

Sie grinste. »Sei einfach brav.«

»Ja, ja. Hau ab, damit ich mich ausruhen kann.« Sein Kopf fiel zurück auf das Kissen und er schloss die Augen.

»Wir sehen uns morgen früh. Wenn dir etwas einfällt, was du vor der Entlassung brauchst, lass es mich wissen, und ich bringe es mit, wenn ich komme.« Sie zog ihren Mantel an, während sie sprach und ging zur Tür.

»Okay. Maggie?«

Sie hielt mit der Hand am Türknauf inne und schaute fragend zurück.

Er räusperte sich, diese indigoblauen Augen auf ihre gerichtet. »Danke. Für alles.«

Ein sanftes Lächeln breitete sich auf ihren Lippen aus. »Gern geschehen. Bis morgen.«

»Gute Nacht.«

»Nacht.« Mit einem Winken öffnete sie die Tür und verließ sein Zimmer. Wärme erfüllte ihre Brust bei ihrem Austausch. Sie wusste nicht so recht, was sie von dieser Veränderung in der Dynamik ihrer Beziehung halten sollte. Sie war sich nicht einmal sicher, wie sie es nennen sollte. Eine tiefere Freundschaft, vielleicht. Aber das erklärte nicht die Art und Weise, wie er sie angesehen hatte, als sie ihre Schuhe erwähnte.

Müde und verwirrt schob sie diese Gedanken in den Hintergrund. Sie hatte eine Million andere Dinge, auf die sie sich konzentrieren musste, um bereit zu sein, Declan morgen nach Hause zu bringen. Sie ging durch die Eingangstüren, ihre Absätze machten ein stetiges Klacken auf dem Pflaster, zu ihrem Auto, um genau das zu tun.

Die Tür zu Declans Krankenhauszimmer öffnete sich. Er sah auf und sah Seb hereinkommen.

»Seb. Hey. Was machst du hier?«

Der große Gesetzeshüter durchquerte den Raum in zwei Schritten und setzte sich in den Stuhl neben dem Bett. »Ich wollte mit dir reden.«

Declan bemühte sich, etwas höher zu sitzen und runzelte die Stirn über den ernsten Ton in Sebs Stimme. »Worüber?«

»Alex hat die Autopsie an dem Mann aus dem Feuer durchgeführt. Er wurde erstochen, bevor er mit Benzin übergossen und in Brand gesetzt wurde.«

»Ist das dein Ernst?«

»Ja. Das Messer hat die Wirbelsäule gestreift, und Katie hat Benzinrückstände an ihm gefunden.«

»Wisst ihr schon, wer er ist?«

Seb rutschte unruhig hin und her und holte tief Luft. »Da wird es noch seltsamer. Ich bin mir noch nicht hundertprozentig sicher, aber ich denke, es ist einer der Rancharbeiter von der Broken Bow.«

Declans Augenbrauen schossen in die Höhe. »Was? Warum sollte er in diesem Haus sein, und was bringt dich auf die Idee, dass es einer deiner Arbeiter ist?«

»Brady hat mir vor ein paar Tagen gesagt, dass einer der Arbeiter, Jed Stafford, nicht zur Arbeit erschienen ist. Er fand das ungewöhnlich, weil der Junge ein harter Arbeiter war. Ich habe die anderen gefragt, ob sie von ihm gehört haben, aber niemand hatte das, aber ein paar von ihnen erwähnten, dass er einige Nebenjobs im Bauwesen angenommen hatte. Ich nehme an, er versuchte, genug Geld für einen neuen Truck zu sparen.«

»Und du denkst, er hat an diesem Haus gearbeitet?«

»Ja. Ich habe nichts Konkretes. Es ist nur ein Gefühl. Zu viel Zufall für mich.«

»Warum sollte ihn jemand erstechen und dann das Haus niederbrennen?«

»Um das Verbrechen zu vertuschen.«

»Vielleicht.« Declan starrte aus dem Fenster, während er über Sebs Theorie nachdachte. Etwas stimmte nicht.

»Was?«

»Was?« Declan sah seinen Freund an.

»Ich kann die Rädchen arbeiten sehen. Was denkst du?«

»Wer auch immer dieses Feuer gelegt hat, wusste, was er tat. Ich glaube nicht, dass es das erste Mal war, dass er es getan hat.«

»Wir hatten in letzter Zeit keine anderen Brandstiftungsfälle im Landkreis.«

»Richtig, aber das bedeutet nicht, dass er nicht an anderen Strukturen geübt hat, von denen wir nichts wissen. Wenn er irgendwo abgelegen wohnt, könnte er kleine Schuppen auf seinem eigenen Grundstück gebaut und verbrannt haben. Mein Punkt ist, was ist, wenn es hier nicht um deinen Rancharbeiter geht, sondern um den Brandstifter? Vielleicht war Stafford einfach zur falschen Zeit am falschen Ort.«

»Kollateralschaden?«

»Genau.«

Seb lehnte sich in seinem Stuhl zurück und fuhr sich mit der Hand über den Kiefer, während er darüber nachdachte. »Verdammt. Wenn das der Fall ist, bin ich wieder bei Null, ohne den geringsten Anhaltspunkt, wo ich nach einem Verdächtigen suchen soll.«

»Ich könnte mir den Tatort noch einmal ansehen und–«

Seb wedelte mit den Händen und unterbrach ihn. »Nein. Macy und Maggie würden mich häuten. Dann meine Frau auch, weil ich sie verärgert habe. Nein. Du sollst von der Arbeit fernbleiben, bis der Arzt sagt, dass du zurück kannst.«

»Warum zum Teufel bist du dann hier und erzählst mir das alles?«

Seb lachte selbstkritisch. »Keine Ahnung. Ich dachte wohl, du verdienst ein Update, da du bei der Bekämpfung des Brandes verletzt wurdest. Ich hatte nicht damit gerechnet, dass du alternative Theorien aufstellst.«

»Nun, ich denke immer noch, dass du alle Beweise und Tatortfotos früher als später mit mir teilen solltest. Wenn ich mit Stafford als Kollateralschaden recht habe, wird dieser Kerl wieder zuschlagen. Ich kann mit Maggie arbeiten und sie für die Idee empfänglicher machen.«

Seb runzelte die Stirn. »Mit ihr arbeiten, wie? Und warum ist sie diejenige, die bei dir bleibt, und nicht deine Schwester?«

Oh, da haben wir's. Der große Bruder bezog Position. Declan beschloss, ein wenig Spaß zu haben. »Wusstest du das nicht? Wir treffen uns heimlich seit Juni, als du mich wegen Mordes verhaftet hast. Sie wohnt praktisch bei mir.«

Sebs Stirnrunzeln wurde donnernd. »Was? Ich schwöre bei Gott, Declan, wenn du ihr das Herz brichst–«

Declan kämpfte, um das Lachen zurückzuhalten, zuckte zusammen, als etwas davon ausbrach. »Entspann dich. Es läuft nichts. Macy hat sie neulich gebeten, nach mir zu sehen, weil sie beschäftigt war, und es ist einfach von da an weiter-gelaufen. Ich habe sie nicht angefasst.« Obwohl dieser Gedanke mit jeder Minute, die er in ihrer Gesellschaft verbrachte, attraktiver wurde.

»Wenn du nicht so kaputt wärst, würde ich dich schlagen. Arschloch.«

Declan hielt ein weiteres Lachen zurück. »Du bist so ein leichtes Ziel.«

»Ja? Nun, warte, bis du herausfindest, dass irgendein Clown mit Macy ausgeht, dann komm und rede mit mir.«

»Verdammt, ich wäre froh. Vielleicht würde sie dann aufhören zu versuchen, mein Leben zu führen.«

Seb grinste. »Du wärst verloren ohne sie, und das weißt du.«

Ja, das wäre er. Er liebte seine Schwester bis zur Zerstreuung. Sie war die einzige Person, die ihn wirklich verstand, weil sie genau neben ihm gewesen war und dasselbe Leben erfahren hatte. Sie mussten sich aufeinander verlassen, weil es niemand anderen gegeben hatte. Sie hatte allerdings einen ernsthaften Charakterfehler. »Ich könnte auf ihre zwanghaften Ordnungstendenzen verzichten, wenn sie gestresst ist. Sie hat meine Schränke neu organisiert, als sie sich Sorgen um Rayna machte. Alle meine Konserven sind jetzt alphabetisch geordnet, und mein Geschirr ist nach Größe, dann Farbe sortiert.«

Seb schüttelte den Kopf und grinste. »Immerhin versucht sie, produktiv zu sein.«

»Das stimmt. Aber es hat trotzdem ewig gedauert, bis ich mich daran gewöhnt habe, wo sie alles hingetan hat, besonders das Geschirr.«

Die Tür öffnete sich wieder, und Maggie walzte herein, frisch und jung in einer Jeans, roten Ballerinas und einer gelben Strickjacke über einem dunkelvioletten T-Shirt. Declan fühlte einen Stich der Enttäuschung, dass sie keine Absätze trug.

Sie hielt inne, als sie ihren Bruder sah. »Hey, Seb. Was machst du hier? Er geht nach Hause, weißt du.« Ihre Augen verengten sich. »Warte. Du besprichst nicht etwa Arbeit, oder?«

Seb stand auf. »Nun, das ist mein Stichwort zu gehen.«

»Sebastian.« Sie starrte zu ihm hinauf.

Er beugte sich hinunter und drückte einen schnellen Kuss auf ihre Wange. »Es war nur ein Update. Er muss auf dem Laufenden bleiben.« Er blickte zurück zu Declan. »Ich lasse dich wissen, wenn wir etwas anderes herausfinden.«

Declan nickte. »Denk an meine Theorie.«

»Als könnte ich sie vergessen. Hast einen verdammten Schraubenschlüssel in meine Ermittlung geworfen. Pass auf dich auf.« Er schaute zu Maggie hinunter. »Und du, schweb nicht über ihm.«

Sie verdrehte die Augen. »Ja, Papa. Jetzt, husch.« Sie gab ihm einen sanften Schubs in Richtung Tür.

»Wir sehen uns später, Leute.« Er winkte und schloss die Tür hinter sich.

Maggie richtete diese dunklen Augen auf ihn, sobald die Tür geschlossen war.

Declan hob seine Hände so hoch, wie seine Rippen es zuließen, und hoffte, dass sein Gesichtsausdruck unschuldig wirkte, weil er alles andere als das war. »Es war wirklich nur ein Update.«

»Hmm... klar.« Sie stellte ihren Kaffee und die braune Tasche ab, die sie trug, dann setzte sie sich in den Stuhl, den Seb gerade verlassen hatte. »Wie fühlst du dich?«

Er legte seine Hände ab, dankbar, dass sie das Thema fallen ließ. »Immer noch, als wäre ich von einem Lastwagen überfahren worden, aber es war ein etwas kleinerer Lastwagen.«

»Das ist gut. Wie lange dauert es noch, bis du diesen Laden verlassen kannst?«

»Die Krankenschwester sagte, der Arzt würde bald kommen, um mir eine letzte Untersuchung zu geben. Danach müssen wir nur darauf warten, dass er die Anordnungen eingibt.«

»Ich schätze, es ist gut, dass ich Frühstück mitgebracht habe.« Sie öffnete ihre Tasche und zog einen Beutel von Peppy Brewster heraus. »London war ehrgeizig, während sie gestern im Café half, und hat alle möglichen Sachen für Macy zum Verkaufen gemacht. Ich habe ein paar ihrer Zimtschnecken mitgenommen.« Sie reichte ihm eine durchsichtige Plastikbox und eine Gabel.

Declans Mund wässerte, als er sie von ihr nahm. Es war ihm egal, dass er bereits ein paar pulverige Rühreier und zähes Speck gegessen hatte. Londons Brötchen waren legendär.

»Warte!« Sie legte eine Hand über seine. »Du darfst das essen, oder?«

»Ich habe keine Ahnung, und es ist mir egal. Sie schicken mich nach Hause, also ist es nicht so, als würde ich es nicht sowieso in ein paar Stunden essen.« Er klappte den Deckel auf und spießte eine Gabel voll von der Schnecke auf und stellte sicher, dass er viel Zuckerguss erwischte. »Wir verstecken es einfach schnell, wenn die Krankenschwester hereinkommt.« Er stopfte den Bissen in seinen Mund, seine Augen rollten nach oben, als die Aromen auf seiner Zunge explodierten.

Maggie kicherte. »Es ist eine Zimtschnecke, Declan. Kein Kaviar.«

Er machte ein Gesicht und schluckte. »Hast du jemals Kaviar gegessen? Es ist ekelhaft. Wie salziges, geleeartiges Hackfleisch.«

Ihre Nase kräuselte sich. »Das klingt... schön. Wann hattest du Kaviar?«

»Bei den Marines. Ich hatte in Frankreich Urlaub und versuchte, ein französisches Mädchen zu beeindrucken.«

»Hat es funktioniert?«

»Nein. Ich konnte die Textur nicht ertragen und spuckte es in meine Serviette. Sie murmelte etwas auf Französisch, was wahrscheinlich bedeutete, dass ich ein ekelhaftes Schwein sei, dann stand sie auf und ging.«

Maggie lachte. »Was hast du dann gemacht?«

»Eine Pizzeria gefunden, ein paar Bier gekauft und bin zurück in mein Hotel gegangen.«

»Das klingt viel besser als Kaviar.«

»Oh, das war es. Aber nicht so gut wie das hier.« Er aß weiter, während sie redeten, vernichtete die Schnecke in wenigen Bissen und kratzte jetzt den Behälter nach den letzten Resten der Glasur aus. »Ich nehme an, du hast keinen weiteren Kaffee in dieser Handtasche versteckt, oder?«

Sie schüttelte den Kopf. »Nein. Ich dachte, das Essen wäre sicher – auch wenn es gegen die Regeln ist – aber ich war mir nicht sicher wegen des Koffeins.« Sie nahm ihren Becher und hielt ihn ihm hin. »Ich bezweifle, dass ein paar Schlucke schaden werden.«

Er nahm den Becher an und trank einen Schluck, verzog schnell die Nase wegen des süßen Geschmacks. »Ich hätte zuerst fragen sollen, was drin ist. Warum mögen ihr Mädels das süße Zeug so sehr?« Er gab ihr den Becher zurück.

»Du hast gerade eine ganze Zimtschnecke gegessen, aber du beschwerst dich über etwas aromatisierten Sirup im Kaffee?«

»Na ja, ja. Er sollte schwarz sein.«

»Nur wenn es keine anderen Optionen gibt.«

Er grinste.

Die Tür öffnete sich und zog ihre Aufmerksamkeit auf sich. Der Arzt kam mit seiner Entourage wieder herein. »Guten Morgen, Herr Briggs. Und Frau Archer.«

»Guten Morgen«, sagte Maggie.

Der Arzt ging um das Bett herum, um neben ihm zu stehen. »Also, wie ist Ihr Schmerzniveau?«

»Besser.«

»Gut. Haben Sie das Gefühl, dass es unter Kontrolle ist?«

Declan nickte.

Dr. Calvin beugte sich vor, um seinen Schnitt zu überprüfen, und stellte ein paar Fragen, bevor er ihn für gesund genug erklärte, nach Hause zu gehen. »Ich werde Ihre Papiere einreichen, sobald ich mit der Visite fertig bin. Wir werden Sie bis zum Mittagessen hier raus haben. Nehmen Sie es in den nächsten Tagen ruhig. Ich befehle Ihnen hiermit, faul zu sein. Lassen Sie diese hübsche Dame sich um Sie kümmern.«

Declan blickte zu Maggie, die mit den Augenbrauen wackelte und grinste. Er lächelte zurück und schüttelte den Kopf.

»Ich werde sicherstellen, dass es ihm gut geht«, sagte Maggie.

»Ich habe volles Vertrauen, dass Sie das werden, Frau Archer.« Calvin sagte das, bevor er seine Aufmerksamkeit wieder auf Declan richtete. »Ruhe ist wirklich das Beste für Sie. Tun Sie das und Ihre Atemübungen, und Sie werden auf dem Weg sein, hundertprozentig fit zu werden.«

Er wusste, dass der Arzt Recht hatte, aber es bedeutete nicht, dass ihm die Vorstellung gefiel, tagelang untätig herumzusitzen. Er würde jedoch sein Bestes tun. Verletzt zu sein war für den Arsch. »Ich werde es tun.«

»In Ordnung. Ich sehe Sie in einer Woche in meiner Praxis. Wir werden dann über Ihre Rückkehr zur Arbeit reden.«

»Okay. Danke, Doktor.«

»Kein Problem.« Calvin und sein Team verließen mit einem Winken den Raum, ließen Declan und Maggie wieder allein.

Er schaute auf den Behälter der Zimtschnecke, den er noch hielt. »Ich schätze, es war doch nicht gegen die Regeln.«

Sie lachte. »Schätze nicht.«

Maggies Kiefer knackte, als sie herzhaft gähnte. Sie tappte die Treppe hinunter in die Küche, um ihren Morgenkaffee zu kochen, und zitterte leicht. Declan hielt sein Haus eher kühl, und selbst in ihrem Flanell-Pyjama fröstelte sie noch, nachdem sie die ganze Nacht unter warmen Decken gelegen hatte. Kaffee würde das allerdings ändern.

Sie schlich auf Zehenspitzen durch das Wohnzimmer, um ihn nicht zu wecken. Er hatte noch nicht in seinem Bett schlafen können und bevorzugte die halb aufrechte Position, die der Sessel bot. Sie hatte die ersten paar Nächte auf der Couch geschlafen, für den Fall, dass er sie brauchte. Der arme Mann wälzte sich die meiste Nacht hin und her, daher bemühte sie sich, ihn nicht zu wecken, wenn sie morgens aufstand.

Als sie die Küche betrat, griff sie nach dem Lichtschalter und schaltete ihn ein, nur um einen Schrei auszustoßen, als er Declans halbnackten Körper am Tisch sitzend beleuchtete.

»Heiliger Mist, Deck! Du hast mir fast einen Herzinfarkt verpasst! Ich dachte, du schläfst noch. Warum sitzt du im Dunkeln?«

Er blinzelte sie im hellen Licht an. »Nachdenken.«

»Was? Warum musst du dafür im Dunkeln in der Küche sitzen?«

»Ich hatte Durst. Meine Rippen taten weh, also setzte ich mich. Dann fing ich an nachzudenken.«

Das erklärte alles. Sie verdrehte die Augen und ging zur Arbeitsplatte, um die Kaffeemaschine einzuschalten. Sie brauchte Koffein, um dieses Gespräch zu verarbeiten. »Worüber hast du nachgedacht?«

»Zeug. Das Feuer. Wie viele E-Mails wahrscheinlich in meinem Posteingang auf der Arbeit sind. Dich.«

Sie hielt inne, Kaffeefilter in der Hand, und schaute zurück. »Mich?«

Er nickte.

»Was mit mir?« Sie legte den Filter in die Maschine und griff dann nach der Tüte mit Kaffee.

»Dass ich mich zu dir hingezogen fühle, obwohl ich das nicht sollte.«

Kaffeepulver fiel über die Arbeitsplatte, als sie ihr Ziel verfehlte. Die Plastikschaufel klapperte gegen die Theke, als sie sie ablegte und sich umdrehte, um ihn anzusehen. »Warum solltest du dich nicht zu mir hingezogen fühlen?« Denn sie fühlte sich definitiv zu ihm hingezogen. »Geht es wieder um die Anwaltssache?«

Er lächelte. »Nein. Es liegt eher daran, dass du fast zehn Jahre jünger bist als ich. *Und* die Art von Frau, auf die ich mich geschworen hatte, nicht mehr einzulassen. Und zahlreiche andere Gründe, einschließlich der Anwaltssache.«

Sie runzelte die Stirn, ihr Verstand klammerte sich an die Frauensache. »Okay. Was für ein Typ Frau ist das?«

Er zuckte mit einer Schulter. »Anspruchsvoll. Zimperlich.«

Maggie schnaubte. Sie hasste dieses Wort. Nur weil sie hohe Absätze und Kleider mochte, machte sie das noch lange nicht zimperlich. Sie war genauso glücklich in Jeans und Flanellhemd, von Kopf bis Fuß mit Schmutz und Dung bedeckt. »Ich bin kaum eines dieser Dinge. Ich komme auch ohne den ganzen Schnickschnack gut klar.«

»Beweis es.«

»Wie bitte?«

»Du hast mich gehört. Beweis es. Außer für die Arbeit – außerhalb dieses Hauses – musst du auf deine Annehmlichkeiten verzichten. Keine Rüschenkleider, keine Absätze, kein Make-up, *keine Fancy-Lattes*,« er beäugte den Kaffee auf der Theke, »für eine Woche.«

»Was würde das beweisen? Und warum willst du das von mir?«

»Nenn es einen Test.«

»Einen Test?«

»Ja.«

»Ein Test wofür?«

»Kompatibilität.«

In ihrem Kopf begann sich ein klareres Bild abzuzeichnen. »Kompatibilität? Zwischen dir und mir, meinst du?«

Er nickte.

Sie schnaubte durch die Nase und schüttelte den Kopf. »Bist du sicher, dass sie an deinen Rippen gearbeitet haben und nicht an deinem Gehirn? Wenn ich beweisen muss, dass ich für dich geeignet bin, um mit mir auszugehen, dann bin ich es nicht.« Sie wischte das Kaffeepulver auf und warf es in die

Spüle, dann schloss sie die Kaffeetüte und schob sie zurück an ihren Platz auf der Theke. »Ich werde jetzt ein hübsches Kleid und hohe Absätze anziehen und dann mit meiner *zimperlichen Person* zu Peppy Brewster gehen für einen Latte.« Mit einem bösen Blick stürmte sie aus dem Raum.

Declan sah ihr nach und fuhr sich mit einer Hand durch die Haare, während sie in ihren dicken Wollsocken aus dem Raum stampfte. Er wusste, dass er ein unsensibler Idiot gewesen war, aber die Gedanken, die er unterhalten hatte, bevor sie hereinkam, hatten ihn verletzlich gemacht. Die letzten paar Tage mit ihr waren schön gewesen. Sie erinnerten ihn daran, wie es war, in einer festen Beziehung zu sein. Der Wunsch, sie auch nach ihrer Heimkehr um sich zu haben, war stark.

Sie grub sich mit alarmierender Geschwindigkeit unter seine Abwehr, also klammerte er sich an jeden Grund, den er finden konnte, um sie auf Abstand zu halten, was in diesem Fall seine letzte ernste Beziehung war. Er hatte Lilah in Colorado Springs kennengelernt. Wunderschön, klug, sexy, hatte sie ihn gefesselt, aber sie war auch anspruchsvoll gewesen. Am Ende hatten sie es nicht geschafft, weil keiner von ihnen bereit war, seinen Lebensstil aufzugeben und für den anderen umzuziehen. Die ganze Sache hatte einen bitteren Nachgeschmack hinterlassen.

Aber Maggie war nichts wie Lilah, außer ihrer Liebe zu himmelhohen Absätzen und hübschen Kleidern. Sie war eine Ranchertochter, die neben ihrem Vater aufgewachsen war und keine Angst hatte, schmutzig zu werden. Sie war das Gesamtpaket, was ein großer Teil dessen war, was er so anziehend an ihr fand. Er wollte sich nicht zu ihr hingezogen fühlen. Er wollte sich zu niemandem hingezogen fühlen. Er mochte sein einsames Leben. Weniger Möglichkeiten, dass sein Herz in Stücke geschlagen wird.

Er stöhnte und bedeckte sein Gesicht, rieb mit seinen Händen über die Stoppeln, die seinen Kiefer bedeckten. Er hätte seine Frustrationen und Ängste nicht an ihr auslassen sollen, aber es war einfach herausgeplatzt. Jetzt musste er einiges tun, um wieder in ihre Gunst zu kommen. Gott, was für ein Durcheinander.

Das Geräusch von fließendem Wasser, als die Dusche oben ansprang, erregte seine Aufmerksamkeit. Ungebeten schlichen sich Gedanken an sie, nackt und glitschig mit Seifenschaum, in seinen Kopf und blieben dort hängen. Er knurrte und stieß sich vom Stuhl hoch. Sexuelle Frustration war genau das, was er brauchte, um sein Elend zu vervollständigen.

Er schaltete das Küchenlicht aus, als er den Raum verließ. Es ging langsam, als er die Treppe zu seinem Schlafzimmer hinaufstieg. Er wusste, dass er sich entschuldigen und versuchen musste, es wiedergutzumachen, aber es gab keine Möglichkeit, dass er das tun würde, wenn sie frisch aus der Dusche kam. Es konnte warten, bis sie später vom Gericht zurückkehrte. Er würde sich wie der Feigling verstecken, der er war, bis sie ging.

Mit brennenden Rippen erreichte er sein Zimmer und sank auf das Bett, stöhnend als er sich bewegte. Er konnte es kaum erwarten, bis er sich nicht mehr so schwach wie ein Kätzchen fühlte.

Die Dusche verstummte, und Declan blieb an Ort und Stelle, in der Hoffnung, dass sie denken würde, er sei wieder eingeschlafen. Ihre Wut auf ihn würde sie aber wahrscheinlich eher fernhalten. Fünfzehn Minuten später hörte er ihre Absätze auf dem Flurboden klicken, dann die Treppe hinunter. Als er hörte, wie sich das Garagentor hob und dann wieder schloss, stand er auf und ging wieder nach unten.

Maggies leichter Blumenduft hing noch in der Luft. Er konnte ihr nicht einmal entkommen, wenn sie nicht da war. Frustriert wanderte er in sein Büro. Er hatte noch ein paar Tage, bevor er wieder arbeiten durfte, aber das war ihm egal. Er brauchte die Ablenkung.

Declan setzte sich an den Schreibtisch und meldete sich an seinem Computer an, navigierte zum Mitarbeiterportal der Feuerwehr. Er loggte sich ein und klickte auf den Reiter für seine E-Mails. Hunderte von Nachrichten erwarteten ihn. Seufzend klickte er auf die älteste und begann. Die meisten waren nichts Wichtiges, aber als er sich durcharbeitete, fand er mehrere, die sich auf das Feuer bezogen. Katie hatte die Spurenbeweise analysiert und entdeckt, dass das verwendete Brandbeschleunigermittel Benzin war. Es gab eine höhere Konzentration davon in der Nähe der Küche, und sie hatte dort geschmolzenen Kunststoff von einem Benzinkanister gefunden. Er hatte auch eine Nachricht von Seb. Sie hatten eine positive Identifizierung des Opfers vorgenommen. Es war der Rancharbeiter von der Broken Bow.

Er nahm das Telefon auf dem Schreibtisch und wählte die Nummer seines Sergeanten, Keith Walters. Es klingelte zweimal, bevor er abhob.

»Walters.«

»Hey, hier ist Briggs.«

»Lou! Wie geht's dir?«

»Es wird besser.«

»Das ist gut. Langweilst du dich? Verdammt, du musst dich langweilen, wenn du mich anrufst.« Er lachte.

Declan spürte, wie sich ein Lächeln in einem Mundwinkel ausbreitete. »Nur ein bisschen, ja. Kannst du mir mehr über die Brandermittlung sagen? Ich habe gerade die Berichte aus dem Labor gelesen.«

Walters stieß einen Atemzug aus. »Es gibt nicht viel mehr zu berichten. Niemand hat etwas gesehen. Die einzigen Spuren waren der Brandbeschleuniger und der Benzinkanister, der überall gekauft worden sein könnte. Das Sheriff-Büro arbeitet am Opferwinkel und versucht herauszufinden, ob er Feinde hatte. Das ist so ziemlich alles, was ich weiß.«

Sein Mund verzog sich zu einem Stirnrunzeln. »Verdammt. Ich hatte gehofft, es gäbe eine stärkere Spur zum Brandstifter. Das gefällt mir nicht. Diese Szene war organisiert.«

»Ich stimme zu. Ich glaube nicht, dass wir das Letzte von diesem Kerl gesehen haben.«

Feueralarmsignale ertönten, bevor Declan antworten konnte.

»Ich muss los, Lou. Wir sprechen später.«

»Pass auf dich auf.«

»Immer.«

Declan legte auf, beunruhigt. Der Mangel an Beweisen störte ihn. Das bedeutete, dass dies nicht das erste Feuer war, das der Brandstifter gelegt hatte. Aber er konnte sich an keine anderen ungelösten verdächtigen Brände in der Gegend erinnern. Er machte sich eine geistige Notiz, Seb nach ähnlichen Bränden in den umliegenden Landkreisen fragen zu lassen. Vielleicht würden sie Glück haben.

Er wandte sich wieder dem Computer zu, um seine E-Mails erneut zu durchforsten, aber die Feueralarmsignale hallten noch in seinem Kopf wider. Er wollte dort sein! Es machte ihn verrückt, nur herumzusitzen und nichts zu tun. Seine Augen wanderten zur Tür und zurück zum Bildschirm.

Scheiß drauf.

Er schob sich vom Schreibtisch weg und machte sich auf die Suche nach seinen Autoschlüsseln. Er konnte noch nicht fahren. Nicht weil es ihm nicht erlaubt war, was es nicht war, sondern weil er seine Arme nicht hoch genug heben konnte, um das Lenkrad zu drehen. Aber er konnte im Truck sitzen und den Funkverkehr mithören.

Zurück im Wohnzimmer nahm er sein Handy von neben dem Sessel und ging dann in die Küche. Er schnappte sich seine Schlüssel vom Haken neben der Tür und trat in die Garage. Die Türschlösser des Trucks klickten, als er sie mit der Fernbedienung entriegelte. Er öffnete die Tür, hievte sich auf den Fahrersitz und drehte den Schlüssel in die Zubehörposition, dann schaltete er sein Feuerwehrfunkgerät ein. Es dauerte nur einen Moment, bis er den richtigen Kanal gefunden hatte.

Declan lehnte sich im Sitz zurück und hörte dem Funkverkehr zu, dabei erfuhr er, dass sie an einem weiteren Wohnungsbrand im Einsatz waren. Er hoffte nur, dass die Bewohner rauskamen. Es war noch früh; die meisten Menschen waren noch zu Hause.

Er blieb im Truck, bis das Feuer gelöscht war. Es war wieder ein heißes. Während er darauf wartete, dass Walters die Entwarnung gab, klingelte sein Handy. Er schaute nach unten, runzelte die Stirn, als er Walters' Namen auf dem Bildschirm sah. Furcht füllte seinen Bauch, als er zum Antworten wischte.

»Es ist derselbe Typ, oder?« fragte Declan anstelle einer Begrüßung.

»Ja. Ich denke schon. Es gibt Brandspuren vor den Türen und unter allen Fenstern.«

»Haben es alle rausgeschafft?«

»Mit einigen Verbrennungen und Rauchvergiftungen, ja. Die Hausbesitzer sind Mark und Lorraine Meyers.«

»Warte. Hast du Lorraine Meyers gesagt?« Declans Gedanken arbeiteten, während er über dieses Bisschen Information nachdachte.

»Ja. Kennst du sie?«

»Ja, tue ich. Sie ist Thomas Archers Tierarztassistentin.«

»Seltsam. Wie hoch stehen die Chancen, dass beide Brandstiftungsfälle mit der Familie Archer verbunden sind?«

Das war eine ausgezeichnete Frage. Wie hoch *standen* die Chancen?

Als Maggie an diesem Nachmittag zur Tür hereinkam, stürzte Declan auf sie zu.

»Ich brauche dich, um mich zum Haus der Meyers zu bringen.«

Sie hielt direkt hinter der Eingangstür inne, eine Hand noch am Knauf, und blinzelte ihn an. »Wer? Und warum?«

»Heute Morgen gab es ein Feuer bei Lorraine Meyers. Walters hat die gleichen Brandmuster gefunden wie bei dem leerstehenden Haus, wo ich verletzt wurde.«

Ihre Augen weiteten sich. »Oh mein Gott. Geht es Lorraine und Mark gut?«

»Sie wurden mit Verbrennungen und Rauchvergiftungen ins Krankenhaus gebracht. Ich weiß aber nicht, wie schlimm ihre Verletzungen sind. Kannst du mich zu ihrem Haus fahren? Ich muss durchgehen und bestätigen, dass es derselbe Brandstifter war. Ich muss auch mit Seb sprechen.«

Sie trat ein und schloss die Tür, dann hielt sie eine Hand hoch und winkte in einem kleinen Kreis. »Warte mal einen Moment. Du solltest nicht arbeiten. Woher weißt du überhaupt all das?«

»Ich habe meine E-Mails überprüft, nachdem du gegangen bist. Die forensischen Berichte von dem Feuer, das mich verletzt hat, waren da. Ich rief Walters an, um zu sehen, ob er mehr wusste. Er bekam einen Feuerruf, während wir am Telefon waren, also ging ich und hörte in meinem Truck dem Funkverkehr zu. Sie waren gerade dabei, die Sache abzuschließen, als er mich direkt anrief, um mir zu sagen, dass sie das gleiche Brandmuster an allen Ausgangspunkten gefunden hatten wie beim vorherigen Feuer«, fasste er zusammen. »Also, können wir gehen?«

Sie seufzte und schloss für einen Moment die Augen, dann sah sie ihn an. »Du solltest nicht arbeiten.«

Er verdrehte die Augen. »Komm schon, Maggie. Es ist nur ein Durchgang und ein Gespräch.«

»In Einsatzkleidung, die etwa achtzehn Kilo wiegt.«

»Ich sollte sie nicht brauchen. Das Feuer ist aus. Alles, was ich brauche, ist meine Jacke und meine Marke, um mich als Teil der Abteilung auszuweisen, und meinen Helm.«

Sie grummelte leise vor sich hin. »Ich werde es bereuen, aber okay.«

Er widerstand dem Drang, seine Faust zu ballen.

»Bei zwei verdächtigen Bränden ist deine Expertise berechtigt.« Sie hob erneut die Hand. »Versprich mir nur, dass du vorsichtig sein wirst?«

»Pfadfinderehrenwort.« Er hielt drei Finger hoch.

Sie verengte die Augen. »Warst du überhaupt ein Pfadfinder?«

Er grinste und schüttelte den Kopf, ließ seine Hand sinken. »Nein. Wie wäre es stattdessen mit Marines-Ehrenwort? Ich werde vorsichtig sein, ich schwöre.«

»Gut. Lass uns gehen.« Sie stellte ihre Aktentasche neben den Eingangstisch und drehte sich um, um zu ihrem Auto zurückzugehen.

Declan öffnete den Schrank und nahm seine Dienstjacke heraus, bemüht, sie anzuziehen, während er ihr zur Tür hinaus folgte. Er war froh, dass er seinen Dienstausweis geschnappt und seine Schuhe angezogen hatte, bevor sie nach Hause kam. Sie wartete nicht. Er bekam beide Arme in die Jacke, als er ihr Auto erreichte, und stieg ein, als sie den Motor startete.

»Wo fahren wir hin?«

»Zur Feuerwache, damit ich meinen Helm holen kann.«

Sie legte den Rückwärtsgang ein.

»Danke.«

Maggie schaute ihn an, als sie auf die Straße fuhr, eine Frage in ihren dunklen Augen.

»Ich weiß, ich habe versprochen, von der Arbeit fernzubleiben, aber-«

»Nein, ich verstehe. Ich bin nicht wütend. Nur besorgt, dass du dich verletzen wirst.«

»Ich war ein Marine. Ich kann mit ein paar gebrochenen Rippen umgehen. Es ist nicht die schlimmste Verletzung, die ich je hatte.«

»Nein, aber du bist stur.«

Da konnte er nicht widersprechen. Aber er hatte nicht vor, es zu übertreiben. Er wollte so schnell wie möglich wieder Feuer bekämpfen. »Ich werde mich benehmen.« Er begutachtete ihre Kleidung. »Ich würde dir anbieten, mitzukommen und zu überwachen, aber du bist nicht gerade dafür gekleidet.«

»Was? Bin ich zu zimperlich für einen Brandort?«

Er stöhnte. »Das werde ich nie wieder los, oder? Es tut mir leid. Ich weiß, dass du dich in allem, was du trägst, wohl-fühlst und keine Angst hast, schmutzig zu werden. Aber du erinnerst mich in mancher Hinsicht immer noch an Lilah. Sie war immer sehr gepflegt, und Gott bewahre, wenn ich diesen Glanz ruinierte.«

Sie rümpfte die Nase und bog aus seiner Nachbarschaft heraus. »Ich bin mir nicht sicher, ob ich es mag, mit ihr vergli-chen zu werden. Ich erinnere mich an sie von irgendeiner Party, zu der wir alle gegangen sind. Sie schien etwas einge-bildet. Was hast du überhaupt an ihr gefunden?«

Er zuckte mit den Schultern. »Sie war nicht ganz übel. Solange wir Dinge zu ihren Bedingungen machten, war sie großartig. Aber sie war nie bereit, etwas zu tun, das ihre Nägel oder ihr Make-up ruiniert hätte.« Wenn er auf seine Beziehung mit Lilah zurückblickte, wusste er jetzt, dass sie es früher hätten beenden sollen. Sie passten nicht gut zusam-men. Es war ein bisschen ein Segen, dass keiner von ihnen umziehen wollte, um ihre Beziehung auf die nächste Stufe zu bringen.

»Das werde ich nie verstehen. Beide Dinge können repariert werden. Man verpasst das Leben, wenn man nicht bereit ist, schmutzig zu werden. Einige meiner liebsten Erinnerungen sind, als ich mit Staub und Motoröl bedeckt war. Oder Pferde-mist.« Sie lachte.

Er grinste. »Bei mir auch. Nicht der Mist-Teil, aber das andere Zeug. Dreckig kann Spaß machen.«

»Heißt das, du wirst aufhören, mich als anspruchsvoll zu betrachten?«

»Nein.«

Sie warf ihm einen scharfen Blick zu.

»Was? Das bist du. Aber du bist es auch nicht, wenn du nicht willst. Wie wäre es, wenn ich verspreche, dich als beides zu sehen?«

Maggie lachte kurz. »Ich bin mir nicht sicher, wie das funktioniert, aber okay.«

»Es funktioniert einfach, vertrau mir.« Declan lächelte. Er nahm sein Handy aus der Tasche. »Ich werde Seb anrufen und ihn bitten, uns am Haus zu treffen.«

Während er sprach, fuhr sie den Rest des Weges zur Feuerwache und parkte bald auf dem Parkplatz.

»Ich bin gleich wieder da, wenn du hier warten willst.«

Sie hob eine Augenbraue. »Du warst fast eine Woche weg. Glaubst du wirklich, dass du dort schnell rein und raus kommst?«

»Normalerweise würde ich nein sagen, aber es sieht aus, als ob die meisten Einheiten unterwegs sind.« Er deutete auf die offenen Türen vor den Buchten, wo normalerweise Feuerwehrwagen und Krankenwagen standen. Es gab noch einen Feuerwehrwagen und einen Krankenwagen.

Sie nickte. »Einleuchtend. Ich warte hier.«

Er öffnete seine Tür und stieg aus, ging so schnell hinein, wie seine Rippen es erlaubten. Die Garage war still, und er ging zum Ausrüstungsraum, wo er seinen Helm über dem Rest seiner Ausrüstung hängen sah. Er nahm ihn vom Haken und griff auch nach einem Paar Handschuhen, dann ging er zurück zu Maggies SUV.

»Lass uns gehen«, sagte er, stieg ein und schnallte sich an.

»Wo fahre ich hin?« Sie fuhr rückwärts aus ihrer Parklücke.

Er nannte ihr die Adresse. Sie überquerten die Stadt und erreichten kurz darauf das ausgebrannte Wrack, das einmal das Haus der Meyers gewesen war. Seb war bereits da, stand vor dem Haus und starrte auf die ruinierte Struktur.

»Oh mein Gott«, flüsterte Maggie. Tränen sammelten sich in ihren Augen. »Das ist schrecklich. Warum würde jemand so etwas tun?«

Declans Kiefer arbeitete. »Ich weiß es nicht, aber ich werde ihn aufhalten. Komm.« Er stieg aus dem Auto, und sie folgte. »Du kannst an der Haustür stehen bleiben, nur für den Fall, dass etwas passiert.«

»Was? Ich dachte, du hättest gesagt, das sei sicher.«

»Es wird wahrscheinlich in Ordnung sein.« Er ging zur Haustür und winkte Sebastian zu.

»Declan!«

»Entspann dich, Mags. Das größte Risiko sind die geschwächten Bodenbalken, aber ich weiß, was ich tue.«

Sie knurrte und folgte ihm, ihre Absätze klackerten auf dem Gehweg.

Sebs Augenbrauen hoben sich, als sie ihn erreichten. »Was hat dich so aufgeregt?«

»Sie macht sich nur Sorgen um mich«, antwortete Declan, bevor sie antworten konnte.

»Warum?«

»Weil er verletzt ist und zu Hause ruhen sollte, nicht durch diese Todesfalle trampeln.«

Seb schaute auf das Haus, seine Augen etwas wachsamer. »Gibt es etwas, das ich wissen sollte, bevor wir da reingehen?«

»Du gehst nirgendwo hin«, sagte Declan. »Ich habe keine Sicherheitsausrüstung für dich. Ein Helm ist an einem Ort wie diesem unerlässlich.«

»Wofür brauchst du mich dann hier?«

»Um das Absperrband der Tatort zu erneuern, zum einen. Und ich habe Fragen zu beiden Bränden.« Er setzte seinen Helm auf, nahm dann ein Messer aus seiner Tasche, klappte es auf und durchschnitt das Siegel an der Tür.

Er trat über die Schwelle. »Ich bin in ein paar Minuten zurück.«

»Pass auf dich auf«, sagte Seb.

»Jap.« Er ging weiter in das Haus hinein und bemerkte das Rußmuster in der Nähe der Tür, als er eintrat. Es stimmte mit dem anderen Haus überein. Genauso die Markierungen unter jedem Fenster und an der Hintertür. Im Hauptschlafzimmer gab es ein Brandmuster außerhalb der Tür. Declan stieg über die Markierung und ging zum Fenster. Dort gab es keine Verkohlung.

Er beugte sich näher, um den Rahmen zu untersuchen, und steckte seinen Kopf hindurch, um nach draußen zu schauen. Ein kleines Holzstück war zwischen dem Rahmen und der Verkleidung eingeklemmt.

»Sebastian! Du solltest dir das ansehen.«

Seb und Maggie gingen um die Seite des Hauses herum und kamen auf ihn zu, als sie ihn sahen, wie er aus dem Fenster lehnte.

»Was anschauen?« fragte Seb, als sie in der Nähe waren.

Declan zeigte auf die Fensterverkleidung. »Es war festgekeilt wie das Garagentor im anderen Haus.«

Seb fluchte. »Ich weiß nicht, ob Katie das gesehen hat. Ich werde sie anrufen und fragen.« Er trat zurück, bereits mit dem Telefon am Ohr.

Maggie sah zu ihm hoch, ihre Augen glänzten vor Sorge. »Mark und Lorraine hätten heute Morgen sterben sollen.«

Er nickte, sein Mund eine grimmige Linie.

»Warum sind sie es nicht?«

»Ich bin mir nicht sicher. Ich weiß nicht einmal, wo sie im Haus waren oder wie sie herausgekommen sind.«

»Vielleicht weiß Seb es.« Sie schaute zu ihrem Bruder, der das Telefon auflegte und zu ihnen zurückkam.

»Sie sagte, sie hat es nicht. Sie ist auf dem Weg hierher, um es zu katalogisieren und zu entfernen.«

»Gut. Was kannst du mir darüber sagen, wie die Meyers entkommen sind?«

Seb stieß einen Atemzug aus und fuhr mit einer Hand durch sein Haar. »Lorraine sagte, sie seien vom Rauch aufgewacht. Die Tür war heiß beim Berühren, also versuchten sie es mit dem Fenster, aber es ging nicht auf.«

»Warum haben sie es nicht einfach eingeschlagen und sind durchgeklettert?« fragte Maggie.

»Sie sagte, sie konnten nichts Schweres genug finden, um das Fenster zu zerbrechen, weil der ganze Rauch ihre Sicht behinderte. Mark wickelte ein Kleidungsstück um seine Hand und öffnete die Tür. Der Flur stand in Flammen, aber sie hatten keine Wahl. Sie sagte, sie hätten sich im angrenzenden Badezimmer nass gemacht und seien dann durch die Flammen gegangen.«

»Das war ein guter Einfall«, sagte Declan. »Es hat wahrscheinlich ihr Leben gerettet.«

»Ja. Sie haben beide ziemlich schwere Verbrennungen, besonders an den Füßen.«

»Hast du mehr über Stafford herausgefunden? Darüber, warum jemand ihn töten wollen würde?«

Seb schüttelte den Kopf. »Und was ich nicht verstehe ist, wenn die beiden Brände zusammenhängen, warum hat der Brandstifter die Meyers nicht ermordet, bevor er das Feuer legte, wie er es bei Jed getan hat.«

»Vielleicht hat Jed ihn auf frischer Tat ertappt, als er den Ort in Brand setzen wollte«, überlegte Maggie. »Mark und Lorraine haben geschlafen.«

»Das könnte sein, aber es hilft nicht, die Verbindung zwischen den Opfern zu erklären«, sagte Declan.

»Was meinst du?« fragte sie.

»Stafford und die Meyers sind beide mit deiner Familie verbunden. Wenn Jed nicht im Haus sein sollte, bedeutet das, dass dieser Brand nicht mit euch zu tun hat.«

»Es ist möglich, dass es eine andere Verbindung gibt«, sagte Seb.

»Wie was?«

»Ich weiß es noch nicht. Ich sage nur, es ist möglich.«

»Das ist es.« Declans Kopf wackelte. »Ich glaube, wir werden es bald genug wissen. Ich glaube nicht, dass dieser Typ fertig ist.«

»Herrgott, sag das nicht«, sagte Seb.

»Tut mir leid. Es stimmt aber. Die Tatorte sind einfach zu ausgeklügelt. Er hat all das irgendwo geübt, und jetzt zeigt er an. Er wird gerade erst warm.«

Maggie betrat die Feuerwache, bereit, Declan abzuholen und nach Hause zu fahren. Der Arzt hatte ihm letzte Woche die Erlaubnis gegeben, wieder Büroarbeit zu machen, aber er durfte immer noch nicht fahren, also bot sie an, ihn jeden Tag hinzubringen und abzuholen. Sie hoffte nur, dass er bereit war zu gehen. In den letzten Tagen hatte sie ihn regelrecht von der Wache wegzerren müssen. Sie war am Verhungern. Alles, was sie wollte, war ein riesiges Stück Pizza und ein Glas Wein. Das Wochenende hatte offiziell begonnen.

Sie winkte mehreren Feuerwehrleuten zu, während sie durch die Wache zu seinem Büro ging.

»Ich bin noch nicht fertig, Maggie«, sagte er durch die offene Tür, bevor sie überhaupt ihr Gesicht zeigte.

»Woher wusstest du, dass ich es bin?«

»Ich konnte dich kommen hören.«

Sie blickte auf ihre Schuhe und zuckte dann mit den Schultern. »Wie viel länger brauchst du noch? Ich will endlich essen.«

»Dann geh doch essen«, sagte er, ohne von dem Papierstapel auf seinem Schreibtisch aufzusehen. »Ich habe genug, womit ich mich beschäftigen kann.«

Sie seufzte schwer. »Du bist unmöglich. Ich glaube nicht, dass Zwölf-Stunden-Tage, selbst am Schreibtisch, das sind, was der Arzt im Sinn hatte, als er sagte, du könntest wieder arbeiten.«

»Nun, das ist die Realität. Ich habe jährliche Beurteilungen zu bearbeiten.«

»Es ist Oktober.«

»Es ist fast November. Und die Gehaltserhöhungen hieraus beginnen im Januar, also müssen sie alle rechtzeitig fertiggestellt werden, damit die Unterlagen an die Budgetabteilung geschickt werden können, damit die Leute ihre Erhöhung pünktlich bekommen.«

»Das macht schon Sinn.« Sie sank in den Stuhl gegenüber seinem Schreibtisch. »Wie wär's, wenn ich uns eine Pizza bestelle? Wir können sie auf dem Rückweg zu deinem Haus abholen. Das gibt dir zusätzliche zwanzig Minuten.« Sie starrte ihn an und wartete darauf, dass er aufschaute.

»Bis dahin könnte ich fertig sein«, sagte er und erwiderte ihren Blick.

»Das hoffe ich, denn sonst muss ich vielleicht deine Jungs da draußen zu Hilfe holen. Du musst dich ausruhen, Declan.« Sie konnte die Müdigkeit sehen, die an seinem Gesicht zerrte. Die Linien um seine Augen waren tiefer als normal.

»Warum holst du nicht die Pizza, und wir essen sie hier, während ich arbeite?«

»Auf keinen Fall. Ich brauche auch Wein. Und du musst dich ausruhen.« Sie wusste, dass sie sich wie eine kaputte Schallplatte anhörte, aber es stimmte nun mal.

Er hob eine Augenbraue. »Du wirst nicht locker lassen, oder?«

Sie schüttelte den Kopf.

Er schnaubte. »Gut. Zwanzig Minuten.«

Maggie strahlte und sprang aus ihrem Stuhl. »Ich werde das Essen bestellen und ein bisschen rumhängen. Zwanzig Minuten, Deck. Keine Sekunde mehr.«

»Ja, ja.« Er winkte mit einer Hand. »Geh weg.«

Sie streckte ihm die Zunge raus, hüpfte aber lächelnd zur Tür hinaus, wissend, dass sie gewonnen hatte. Als sie den Flur entlangging, nahm sie ihr Handy aus ihrer Tasche und rief die lokale Pizzeria an, die sie auf der Kurzwahltaste hatte. Sie gab ihre Bestellung auf und betrat dann den Gemeinschaftsraum, wo mehrere der Feuerwehrleute abhingen.

Sie schauten auf, als sie hereinkam. Ein paar der Jüngeren stolperten aus ihren Stühlen, eifrig, sie zu begrüßen. Sam Reeves stand langsamer auf, schlenderte herüber, um die Neulinge wegzuwinken.

»Lasst sie in Ruhe, Jungs. Es sei denn, ihr wollt Lous Zorn auf euch ziehen.«

Maggie lächelte zu ihm auf, als die jüngeren Männer sich zerstreuten. »Danke, Sam. Schön, dich zu sehen. Declan sagte, du würdest zurückkommen. Ich bin froh, dass deine Verletzungen schnell geheilt sind. Ich weiß, dass es mit Austin, der sich noch erholt, schwierig war.«

»Ja. Aber die Jungs hier haben mit angepackt. Ich habe immer noch einen Gefrierschrank voller Mahlzeiten und einen Stapel Geschenkkarten, die wir benutzen können, wenn wir nichts aufwärmen wollen.«

»Das freut mich. Also, wie geht es dir?«

»Ziemlich gut. Ich habe einen harten Schädel.«

»Offensichtlich. Wie geht es deinem Bruder?«

»Ihm geht es gut. Seine Physiotherapie macht Fortschritte, und er gewinnt stetig die Funktion in seinem Arm zurück. Der Therapeut ist zuversichtlich, dass er das meiste, wenn nicht alles, zurückbekommt.«

»Wirklich? Das ist fantastisch.«

»Ja. Er ist auch zäh. Hat er von mir.«

Sie lachten beide.

»Also, bist du hier, um Briggs abzuholen?«

Maggie nickte.

»Du bist eine mutige Frau. Er war den ganzen Tag ein mürrischer Bär.«

»War er das? Er schien mir wie immer.« Vielleicht ein bisschen mit der Arbeit beschäftigt, aber sonst normal.

Sam lächelte. »Das liegt daran, dass du du bist. Du machst ihn glücklich.«

Tat sie das?

»Schau nicht so schockiert.«

»Entschuldige. Ich dachte nur nicht, dass ich diese Art von Einfluss auf ihn habe.« Sie wusste, dass sich ihre Beziehung in den letzten Wochen verändert hatte, aber sie dachte immer noch nicht, dass sie solch einen Einfluss auf ihn hatte.

»Nun, den hast du. Ich wünschte nur, du wärst früher aufgetaucht. Er hat uns den ganzen Tag Befehle zugebellt und geknurrt, sobald einer von uns in sein Büro kam und ihn unterbrach.«

»Hat er das? Hmm. Ich werde mit ihm reden und sehen, worum es dabei ging.«

Sam winkte ab. »Das brauchst du nicht. Er ist wahrscheinlich nur sauer, dass er nicht so mitmachen kann wie sonst. Er ist heute mit uns zu Einsätzen gefahren, aber nur in einer Aufsichtsfunktion. Ein paar Mal ist er auf die Einsatzstelle zugelaufen, um zu helfen, hat dann aber gemerkt, dass er es nicht kann, und hat sich mit finsterer Miene hingestellt.«

Maggie kicherte. »Es war schwer für ihn.«

»Allerdings. Und ich weiß, wie er sich fühlt. Zu Hause zu sitzen und darauf zu warten, dass die Gehirnerschütterungssymptome verschwinden, war die Hölle.«

Sie öffnete den Mund, um zu antworten, als ihr Handy klingelte. »Entschuldige. Einen Moment.« Sie schaute auf den Bildschirm und runzelte die Stirn, als sie Taras Gesicht sah. »Es ist meine Schwester. Ich muss rangehen.«

Er nickte. »Grüß sie von mir.«

Maggie nickte, wischte mit dem Daumen über den Bildschirm und ging weg. »Hallo?« Sie ging den Flur entlang nach draußen, um Privatsphäre zu haben.

»Wo bist du?«

»Bei der Feuerwache, hole Declan ab. Sam Reeves sagt hallo. Warum, was ist los?«

»Oh, sag ihm auch hallo. Und gut! Kannst du schnell zum Supermarkt fahren und ein paar Dinge für mich besorgen? Ich bin bei London, und wir arbeiten an Kuchengeschmacksrichtungen. Ihr sind ein paar Zutaten ausgegangen.«

London hat keine Backzutaten mehr? Das schien nicht möglich. Sie hatte immer reichlich davon vorrätig. »Wie viel Kuchen habt ihr gebacken?«

Tara räusperte sich. »Wahrscheinlich mehr, als wir hätten backen sollen. Aber ich konnte mich nicht entscheiden!« fügte sie hastig an. »Ich bin immer noch unschlüssig und denke ständig an neue Geschmacksrichtungen... Warum muss das so schwer sein?«

Maggie lachte. »Weil du willst, dass alles perfekt ist. Und das wird es auch. Nicht weil du die perfekte Kuchengeschmacksrichtung hast, sondern weil du einen tollen Kerl heiratest. Das ist alles, was zählt.«

Tara seufzte. »Ich weiß. Aber ich will trotzdem einen verdammt guten Kuchen. Also, kannst du mir bringen, was wir brauchen, oder nicht?«

»Ja. Schick mir einfach eine Nachricht, was du brauchst. Wir kommen in einer Weile vorbei. Ich habe Pizza bestellt, und wir müssen die auch noch abholen.«

»Klingt gut. Danke!«

»Gerne. Aber es sollte besser Kostproben für meine Mühen geben.«

Tara lachte. »Mädchen, es gibt mehr als nur Kostproben. Wir sehen uns bald.«

Sie verabschiedeten sich, und Maggie legte auf, als sie zurückkam, um Declan zu suchen. Seine zwanzig Minuten wurden abgekürzt.

Sie bog um die Ecke zu seinem Büroflur und blieb in seiner Tür stehen.

»Es sind keine zwanzig Minuten vergangen«, sagte er, ohne aufzublicken, während er schrieb.

»Nein, aber Tara hat angerufen. Sie braucht, dass wir in den Laden gehen und ihr ein paar Sachen zum Kuchenbacken bringen.«

Er blickte mit gerunzelter Stirn auf. »Hätte sie das nicht alles haben müssen, bevor sie anfing?«

Maggie lächelte. »Hatte sie, aber sie und London haben alles aufgebraucht und brauchen mehr. Anscheinend hat die Schwangerschaft meine Schwester unentschlossen gemacht. Sie sind in der Pension und backen einen Haufen verschiedener Geschmacksrichtungen, weil sie sich nicht entscheiden kann, welche sie für die Hochzeit möchte.«

»Warte. Willst du damit sagen, dass es mehrere Kuchensorten in der Pension gibt? Die London gebacken hat?«

Maggie nickte und spürte den Sieg. Jetzt hatte sie ihn. Seine Schwäche für Süßes war genauso ausgeprägt wie die von Seb, wie sie festgestellt hatte.

Er schloss seinen Stift und warf ihn auf seinen Schreibtisch, erhob sich von seinem Stuhl. »Lass uns gehen.«

»Ich bin nicht sicher, ob ich beleidigt sein sollte, dass du eher bereit bist zu gehen für Kuchen als für meinen knurrenden Magen.« Sie trat zurück in den Flur, als er auf sie zukam.

Er grinste. »Kuchen gewinnt immer. Und ich ärgere dich gerne. Nimm das, wie du willst.« Er schlenderte an ihr vorbei.

Sie rollte mit den Augen, lachte und folgte ihm. Draußen stiegen sie in ihr Auto, und sie fuhr zum Supermarkt, um die Dinge auf Taras Liste zu besorgen.

Nachdem die Einkäufe erledigt waren, schwangen sie bei der Pizzeria vorbei und fuhren dann aus der Stadt in Richtung Pension. Maggie fuhr in die Einfahrt und parkte an der Seite des Hauses, wobei sie bemerkte, dass die meisten Familienmitglieder hier waren.

»Ich hoffe, sie erwarten nicht, dass wir unser Abendessen teilen«, sagte Declan und blickte auf all die Autos. Er hielt die Pizzaschachtel in seinen Händen.

Sie schaute von den Einkaufstüten auf, die sie über ihre Arme schlang. »Unser Abendessen?«

»Tu nicht so, als ob du nicht vorhattest, mit mir zu teilen.«

»Nun, nur wenn du nett gefragt hättest.« Sie nahm die letzten beiden Tüten mit ihren Fingern und trat zurück. »Drück den Knopf, um die Klappe zu schließen, ja?«

Er drückte den Knopf direkt im Fahrzeug und trat zurück. Sie gingen zur Vordertür. Declan drehte den Knopf und ließ sie hinein. Der Lärm ihrer Familie drang sofort zu ihr durch. Sie folgten dem Geräusch in die Küche.

»Oh! Super!« Tara entdeckte sie. Sie eilte um die Kücheninsel herum, die Hände ausgestreckt, um Maggie die Einkaufstüten abzunehmen. »Hast du alles bekommen, worum ich dich gebeten habe?«

»Ja.« Maggie nahm die Auswahl an Kuchen wahr, die über die Theken verstreut waren. »Herrgott, Tara. Wie viele Geschmacksrichtungen hast du gebacken?«

Tara schaute vom Auspacken der Tüten auf. Ihre Augen wanderten über die Pfannen, die jede verfügbare Oberfläche bedeckten. »Viele.«

»Acht.« London meldete sich. »Wir haben acht gemacht.«

»Heilige Kuh. Was ist mit dem guten alten Schokoladen- und Vanillekuchen passiert?«

Tara seufzte.

»Das ist langweilig«, sagte Jace. »Sie will nicht langweilig.«

»Nun, ich denke, das habt ihr vermieden. Wie viele wolltet ihr noch machen?«

»Zu viele«, stöhnte London.

Tara warf ihr einen Blick zu. »Du musst nicht helfen. Ich kann das alleine machen.«

»Nein, ich helfe. Ich bin nur müde. Je schneller wir fertig werden, desto eher kann ich meine Füße hochlegen.«

»Was du auch tun solltest«, sagte Rayna zu Tara, immer die Stimme der Vernunft. Sie deutete auf Taras gewölbten Bauch.

Tara winkte ab. »Mir geht's gut. Ich habe meine Küchenschuhe an, also bin ich startklar. Lass uns loslegen.«

Jace seufzte und fuhr sich mit einer Hand durch sein goldenes Haar. Seb, Thomas, Brady und Declan lachten ihn aus. Er verengte die Augen und starrte sie an. »Wartet nur. Sie werden alle gleich sein, besonders Maggie.«

»Ich?« Maggie zeigte auf ihre Brust. »Warum ich?«

»Weil ihr Schwestern seid, und ehrlich gesagt, ihr beide seid euch sehr ähnlich.«

Ihr Mund wurde flach. Sie konnte das nicht wirklich leugnen, würde es aber auch niemals zugeben. Sie schnappte sich die Pizzaschachtel von Declan und ging zum Tisch an der Wand. »Der erste Teil stimmt, aber ich bin viel entspannter.«

Declan schnaubte und setzte sich zu ihr. »Was auch immer. Du kommandierst mich seit zwei Wochen herum.« Er ließ sich auf den Stuhl ihr gegenüber fallen und nahm ein Stück Pizza aus der Schachtel.

»Nun, du musst dich ausruhen, und du hörst nicht zu.« Sie biss in ihr Essen.

»Mir geht's gut.«

»Jetzt klingst du wie Tara«, sagte Jace.

Die anderen lachten, auch Tara, und sie fielen in eine leichte Unterhaltung, während London und Tara backten. Während

Declan und Maggie aßen, stellte Macy Zuckerguss für die bereits fertigen Kuchen her. Rayna schnitt sie an, sobald sie mit Zuckerguss versehen waren, und reichte Stücke herum. Maggie versuchte, Declan nicht anzustarren, als ein Ausdruck purer Ekstase sein Gesicht überzog, als er einen Bissen vom doppelten Schokoladenkuchen nahm.

Er blickte auf, und sie konnte nicht schnell genug wegschauen. Diese tiefblauen Augen trafen auf ihre und fixierten sie, als Hitze zwischen ihnen aufflammte.

Zwei Weingläser landeten auf dem Tisch und ließen sie aufschrecken.

»Verdammt.« Sie schauten auf und sahen Macy neben ihnen stehen. »Trinkt das und kühlt euch ab, bevor ihr die Küche in Brand setzt.«

Maggie griff nach ihrem Glas und benutzte es, um ihr flammendes Gesicht zu verbergen. Sie widerstand dem Drang, sich Luft zuzufächeln. Sie musste wirklich aus seinem Haus ausziehen. Jetzt, wo es ihm besser ging, hatte sie Mühe, ihre Anziehung unter Kontrolle zu halten.

Aber wäre es wirklich so schlimm, wenn sie es nicht täte? Er war ein guter Mann. Nett, witzig, intelligent. Wunderschön. Warum sollte sie sich nicht zu ihm hingezogen fühlen? Was machte es schon aus, wenn er der Freund ihrer Brüder und der Bruder ihrer Freundin war? London hatte den besten Freund ihres Bruders geheiratet. Rayna würde den Bruder ihrer Freunde heiraten – obwohl Thomas und Rayna anders waren. Diese beiden waren seit ihrer Geburt füreinander bestimmt. Maggie hatte auch den leisen Verdacht, dass Macy und Brady in dieselbe Richtung steuerten. Warum also sollte Maggie nicht mit Declan ausgehen?

Es störte sie nicht, dass er fast zehn Jahre älter war. Sie mochte ältere Männer. Die Jungs in ihrem Alter – zumindest hier in der Gegend – waren mehr daran interessiert, in der örtlichen Bar zu feiern und lockeren Sex zu haben. Sie hatte nichts für Unverbindlichkeit übrig. Hatte sie nie gehabt. Maggie war ein Bücherwurm, der Bücher Jungs vorzog. Zwischen Schule, Ranch-Pflichten und Sport hatte sie während der Highschool wenig Zeit für Verabredungen. Nicht, dass sie keine gehabt hätte, aber keine ihrer Beziehungen wurde je ernst.

Im College war es ähnlich. Ihr Studium nahm ihre ganze Zeit in Anspruch. Sie ging auf ein paar Dates, aber niemand kam ihr je zu nahe.

Aber sie war jetzt eine etablierte Karrierefrau. Warum konnte sie keinen festen Freund haben?

Sie warf einen weiteren Blick auf Declan. Ein Schauer lief ihr über den Rücken bei dem Gedanken, dass er ihr Freund sein könnte. Ihre Beziehung wäre viel mehr als die heftigen Knutschereien, die sie mit den anderen hatte.

Seine blauen Augen funkelten vor Lachen über etwas, das Thomas sagte. Verlangen traf sie mitten in den Magen.

So viel mehr...

Sie wandte ihren Blick von ihm ab und ihr Blick fiel auf ihre Schwester, die sie angrinste. Rot bis in die Haarwurzeln, beherrschte sie ihren Gesichtsausdruck und nahm noch einen Schluck von ihrem Wein.

Das Klingeln von Sebs Handy, dicht gefolgt von Thomas' und dann Declans, durchbrach den Lärm im Raum. Maggie hielt den Atem an, als sie antworteten. Sie sah Schock und Unglaube über Thomas' Gesicht huschen. Rayna ergriff seine Hand und gab ihm Halt. Seb eilte mit Dringlichkeit zur Tür. Declan stand auf, um ihm langsamer zu folgen.

»Thomas' Klinik steht in Flammen«, verkündete Seb.

»Oh mein Gott!« London drehte sich um und schaltete den Ofen aus, zog die Pfannen heraus. »Lass uns gehen.«

»Was? Nein«, sagte Seb. »Wir müssen nicht alle gehen.«

»Du verschwendest Zeit, Sebastian«, sagte Maggie und stand von ihrem Stuhl auf. »Wir kommen alle mit.«

»Na gut«, knurrte er. »Thomas, Declan, Jace, ihr könnt mit mir fahren. Der Rest kann folgen. Mit Tempolimit.« Er warf Tara und Maggie einen bedeutungsvollen Blick zu.

»Wenn jemand rasen wird, dann Macy«, sagte Maggie auf dem Weg zur Tür.

»Da widerspreche ich nicht«, sagte Macy.

»Benehmt euch!« schrie Seb, als er die Garage betrat, während der Rest von ihnen durch die Schiebetür zum Hauptwohnbereich ging und dann durch die Vordertür.

Draußen übernahm Brady Macys Schlüssel. Sie protestierte nicht und stieg auf den Beifahrersitz. Der Rest von ihnen quetschte sich in die hinteren zwei Sitzreihen des Wagens. Er fuhr die Einfahrt hinunter, hinter Seb her.

Trotz des Versprechens an Seb, nicht zu rasen, hielt Brady mit Seb Schritt, als sie über die Landstraßen zur Klinik von Thomas rasten. Rayna umklammerte Taras Hand auf dem mittleren Sitz, Sorge grub sich mit jeder Meile tiefer in ihr Gesicht. Als sie sich näherten, konnte Maggie ein orangefarbenes Leuchten am Himmel sehen, und ihr Herz sank. Sie hatte gehofft, es wäre ein kleines Feuer, das die Feuerwehr schnell löschen könnte.

Sie bogen um die Kurve, und die Klinik kam in Sicht. Ein kollektives Keuchen ging durch das Auto. Flammen schossen zum Himmel, überwältigten die Blinklichter der Feuerwehrautos, die gerade an der Einsatzstelle eintrafen. Rauch quoll auf, das Brüllen des Feuers war selbst im geschlossenen Innenraum des SUV zu hören.

Tränen stiegen in Maggies Augen. Es war ein Totalverlust.

Brady brachte den Wagen am Rand der Einsatzfahrzeuge zum Stehen, und alle stürmten heraus. Rayna lief auf Thomas zu, der mit Declan in der Nähe eines der Lastwagen stand. Entsetzen zeichnete sein ganzes Gesicht, als er in die Flammen starrte.

Aus dem Stall am hinteren Teil des Grundstücks hörte Maggie die verängstigten Schreie mehrerer Pferde. Es erregte auch Thomas' Aufmerksamkeit. Ohne um Erlaubnis zu fragen, rannte er um das brennende Gebäude herum. Maggie kickte ihre Absatzschuhe ab und folgte.

Declan schnappte ihre Hand, als sie vorbeilief.

»Lass mich los, Deck!«

Er drückte ihr ein Funkgerät in die Hand. »Sei vorsichtig.«

Mehr Tränen stiegen in ihre Augen bei dem Blick, den er ihr gab. Er verstand, dass sie das tun musste, und würde sie nicht aufhalten. Jede Faser seines Wesens wollte es aber. Es stand in den Linien seiner angespannten Muskeln und dem Zucken an seinem Kiefer geschrieben. Aus einem Impuls heraus überbrückte sie die Distanz zwischen ihnen und drückte einen schnellen Kuss auf seine Lippen. »Werde ich.« Mit einem letzten Blick drehte sie sich um und rannte ihren Geschwistern und Freunden nach.

Die Schreie der Tiere wurden lauter, als sie näher kam. Der Stall fing gerade an zu brennen von den Glut, die auf das Dach fiel; die Flammen beschränkten sich auf die Dachbalken. Thomas hatte seine Schlüssel draußen und öffnete die Türen, als sie ihn erreichte. Er stürmte hinein, als das Schloss aufging, und der Rest folgte ihm.

»Lasst sie einfach raus. Wir kümmern uns später darum, sie einzufangen«, rief Thomas.

Maggie blieb bei der nächstgelegenen besetzten Box stehen und öffnete die Tür, wobei sie sicherstellte, dass sie zur Seite stand, damit sie nicht niedergetrampelt wurde. Das Pferd rannte hinaus, das Weiß seiner Augen sichtbar. Mit tränenden Augen vom zunehmenden Rauch rannte sie zur nächsten Box und wiederholte den Vorgang. Ein lautes Krachen ertönte über ihnen, und Glut regnete herab. Feuerpockets wogten jetzt in den Dachbalken.

Sie eilte durch den Stall, überprüfte die Boxen, übersprang im Wechsel mit den anderen. Durch den Dunst von Rauch erhaschte sie einen Blick auf glühende Augen, die hinter einigen Heuballen in der Ecke hervorlugten. Ein Hustenanfall schüttelte sie, als der Rauch dicker wurde, aber sie trat in Richtung des Stapels und ging auf alle Viere, um über den Boden zu kriechen. Als sie näher kam, sah sie ein Kätzchen, das sich im Heu zusammenkauerte.

»Komm-« sie hustete »her, Kätzchen.«

Das Dach knarrte wieder, und sie hörte, wie etwas außer Glut hinter ihr fiel. Inbrünstig betend, dass sie aus dem Stall herauskommen würde, bewegte sie sich auf die Katze zu. Es wich zurück gegen das Heu, zischend. »Ist schon gut, Baby.« Sie hustete noch mehr. »Lass uns hier raus.«

»Maggie!« Sie hörte Thomas ihren Namen rufen. »Maggie, wo bist du?«

Seine Stimme lenkte das Kätzchen ab, und sie schnappte die Katze am Genick. Es jaulte, beruhigte sich aber, als sie einen besseren Griff bekam.

»Ich komme!« rief sie so gut sie konnte zurück. Der Rauch war wirklich dick geworden. Sie drehte sich in Richtung seiner Stimme und bückte sich, um aus dem dicksten Rauch herauszubleiben. Sie war froh über die hohe Decke des Stalls. Es half, die Luft auf ihrer Höhe ein wenig klarer zu halten.

Ein weiterer schwerer Hustenanfall erschütterte sie. Hier unten war es aber immer noch ziemlich verraucht. Tränen liefen jetzt über ihr Gesicht. »Thomas?« Ihre Stimme knackte und brach am Ende seines Namens.

»Hier draußen, Mags!«

Sie war immer noch auf dem richtigen Weg, seine Stimme direkt vor ihr. Eine Taschenlampe wackelte durch den Dunst, und sie steuerte direkt darauf zu, das Kätzchen an ihre Brust gedrückt. Das Dach knackte wieder, und mehr Trümmer fielen. Maggie schrie, als ein Balken vor ihr herunterkrachte. Feuer blockierte ihren Weg.

Panik ließ sie in schnellen Stößen atmen. Sie unterdrückte die Angst, wissend, dass es ihr nicht helfen würde zu entkommen. Denk nach, Maggie! Das harte Plastik in ihrer Hand registrierte sie. Das Funkgerät! Sie drückte den Mikrofon-Knopf und brachte es an ihren Mund. »Declan? Bist du da?«

»Ich bin hier, Maggie.«

»Ich bin gefangen. Ein Balken ist runtergefallen und brennt, blockiert den Ausgang. Ich glaube nicht, dass ich zurück kann, wie wir reingekommen sind. Ich habe irgendwo da hinten einen Crash gehört.«

»Okay. Halt durch. Bleib unten. Ich hole dich raus.«

Sie legte sich bäuchlings auf den Boden und hielt das Kätzchen eng an sich. Es ließ ein klägliches Miauen los, und sie wusste, dass es auch die Auswirkungen des Rauchs spürte.

»Ist schon okay, Baby. Declan wird uns finden. Uns wird nichts passieren.« Ein weiteres Krachen riss durch den Stall, und sie hörte einen weiteren Crash hinter sich. Angst sandte ein feines Zittern durch ihren Körper. Sie betete, dass keine weiteren Balken in ihrer Nähe herunterfielen.

»Maggie!« Declans Stimme trug über das Brüllen des Feuers.

Erleichterung trieb mehr Tränen in ihre Augen. Sie drehte sich in Richtung des Geräusches und versuchte, die Tür zu sehen, scheiterte aber. »Declan!« Sie versuchte zu schreien, aber der Rauch machte ihre Stimme heiser.

»Halt durch, Schatz, ich komme! Bleib einfach, wo du bist, ich finde dich.«

Das konnte sie tun. Die Katze miaute wieder, und sie flüsterte ihr zu, versuchte, sie ruhig zu halten. Eine wackelnde Taschenlampe kam näher.

»Hier drüben!« Sie ging auf ihre Hände und Knie und winkte, versuchte wieder zu rufen und scheiterte. Es spielte jedoch keine Rolle. Da sie auf dem Weg war, lief er direkt auf sie zu.

Er packte ihren Bizeps und zog sie hoch, dann drückte er eine Maske auf ihr Gesicht. Maggie nahm einen tiefen Atemzug der sauberen Luft und brach dann sofort in einen Hustenanfall aus.

»Wir müssen los!« rief er durch seine Gesichtsmaske.

Sie nickte.

»Halte das über deinem Gesicht. Und bleib nah bei mir.«

Maggie kuschelte sich an seine gesunde Seite, schloss dann ihre Augen und ließ ihn führen. Es hätte sowieso keinen Unterschied gemacht, wenn sie sie offen gehalten hätte. Zwischen den Tränen und dem Rauch konnte sie nichts sehen. Sie kamen aus dem Stall heraus, und er ging weiter, bis sie aus der Rauchfahne heraus war. Sie sank ins Gras, immer noch das kleine Kätzchen umklammernd, während sie hustete.

Declan kniete neben ihr, nahm seinen Helm ab und schob seine Maske hoch. »Nimm tiefe Atemzüge, Liebling.«

Sie nickte und hielt sich die Sauerstoffmaske vors Gesicht.

Die anderen eilten herbei. Sie stieß die Katze Thomas entgegen. Sie war träge und keuchte und mit Ruß bedeckt.

»Es gibt zusätzlichen Sauerstoff im Feuerwehrauto«, sagte Declan.

Thomas rannte mit dem Kätzchen los, Rayna bei ihm.

Maggie hoffte, dass die kleine Katze in Ordnung sein würde. Sie war so winzig, und sie waren dort drinnen für das, was sich wie eine Ewigkeit anfühlte. Ein weiterer Hustenanfall beugte sie nach vorne, als ihre Lungen den Rauch und Ruß ausstießen.

»Ich habe dir gesagt, du sollst vorsichtig sein«, knurrte Declan.

Sie schaute ihn mit roten, kratzigen Augen an. »War ich.« Sie hustete. »Dann sah ich die Augen dieses Kätzchens.«

Er fuhr mit einer Hand über ihren Rücken, sein Kiefer arbeitete, als er auf sie hinabsah. Ohne ein Wort beugte er sich herunter und drückte einen Kuss auf ihren Kopf, hielt sie fest. Sie klammerte sich mit ihrer freien Hand an sein Hemd.

»Ich bin froh, dass du in Sicherheit bist«, flüsterte er in ihr Haar.

Das war sie auch. Mehr Tränen rannen aus ihren Augen, diesmal vor Erleichterung.

KAPITEL

Sechs

Erschöpfung zerrte an Declan, als er mit Maggie sein Haus betrat. Er brauchte die maximale Dosis Schmerztabletten, eine Dusche und acht Stunden oder mehr Schlaf. In genau dieser Reihenfolge.

»Ich gehe duschen«, sagte Maggie, ihre Stimme kaum lauter als ein Flüstern, dank all des Rauchs, den sie eingeatmet hatte. Nachdem Declan sie gerettet hatte, fuhr Brady sie ins Krankenhaus, damit ein Arzt sie auf Declans Beharren hin untersuchen konnte. Maggie wollte nicht gehen, aber er ließ ihr keine Wahl. Sie hatte nicht aufhören können zu husten. Jetzt war sie die stolze Besitzerin eines bronchienerweiternden Inhalators und hatte Anweisung, sich auszuruhen.

»Ich auch. Du kannst die Dusche im Gästebad hier unten benutzen und auf der Couch schlafen, wenn du nicht die Treppe hochsteigen willst.«

Sie schüttelte den Kopf. »Ich komme schon klar. Trotzdem danke. Gute Nacht.«

Er schenkte ihr ein müdes Lächeln, und sie zog sich nach oben zurück. Declan fand seine Schmerzmittel und schluckte so viele, wie erlaubt waren. Seine Rippen hatten seit dem Bruch nicht mehr so sehr geschmerzt. Er hoffte, dass er die Reparaturarbeit nicht beschädigt hatte, sonst würde Maggie ihm den Kopf abreißen. Es würde keinen Unterschied machen, dass er es getan hatte, um sie zu retten. Aber er würde es wieder tun. Es kam nicht in Frage, ihr Leben jemand anderem anzuvertrauen.

Declan trank den Rest seines Wassers aus, schaltete dann das Küchenlicht aus und machte sich auf den Weg nach oben, um zu duschen und ins Bett zu gehen. Er konnte das laufende Wasser aus dem anderen Badezimmer hören und versuchte, nicht an die nur wenige Meter entfernte nackte Maggie zu denken.

Ein Kichern entglitt seinen Lippen, als er sein Schlafzimmer betrat. Er war nicht in der Verfassung, irgendetwas gegen sein Verlangen nach ihr zu unternehmen. Es war alles, was er tun konnte, um jetzt aufrecht zu stehen. Und sie war auch nicht in besserer Verfassung. Ihre Atmung war in Ordnung, aber er konnte sehen, dass die Tortur hart für sie gewesen war.

Er zog sich auf dem Weg ins Badezimmer aus, das Hemd ließ er bis zum Schluss an. Vorsichtig schob er seinen linken Arm durch das Loch, zog es dann über seinen Kopf und ließ es auf den Boden fallen. Mehrere Farben bedeckten seine Brust, eine zornige rote Linie schnitt hindurch. Er untersuchte den Schnitt und die Blutergüsse im Spiegel. Es sah nicht schlimmer aus als heute Morgen, was ihn denken ließ, dass er es heute Abend einfach übertrieben hatte.

Zufrieden mit dem Anblick drehte er sich um und startete die Dusche, ließ das Wasser warm werden, bevor er hineinstieg. Das heiße Wasser rieselte über seine körnige Haut. Declan drückte etwas Seife in seine Hände und fuhr damit durch sein Haar und über seinen Körper. Der Schaum glitt an seinem

Körper hinab und färbte sich auf dem Duschboden hellgrau vom Schmutz.

Als er ausreichend sauber war, stieg er aus, fuhr mit einem Handtuch durch sein Haar und wickelte es dann um seine Hüfte. Er trat in sein Zimmer, um Kleidung zu suchen, hielt aber abrupt inne beim Anblick von Maggie, die gegen einen Berg von Kissen auf seinem Bett gelehnt saß. Ihre langen Beine lugten unter kurzen Baumwoll-Pyjamashorts hervor, und ein großes T-Shirt verschlang ihre obere Hälfte.

»Was machst du hier?«

Sie biss sich auf die Lippe, ihr Blick klebte an seinem entblößten Körper. Kopfschüttelnd verschwand der Schleier über ihren Augen.

»Ich weiß, es ist wahrscheinlich nicht klug, aber kann ich hier schlafen?«

Lieber Gott, versuchte sie, ihn umzubringen? »Was ist falsch an dem Bett, in dem du geschlafen hast?«

»Nichts. Ich nur-« sie brach ab und seufzte. »Ich will nicht allein sein. Mein Kopf kommt nicht zur Ruhe, und ich kann nur daran denken, was passiert wäre, wenn du mir nicht das Funkgerät gegeben hättest oder mir nicht nachgekommen wärst.« Sie endete mit einem leisen Flüstern, Tränen stiegen ihr in die Augen. Eine lief über, und Declan war verloren.

»Lass mich schnell was anziehen.« Er ging zu seiner Kommode und nahm eine Unterhose und einige Sportshorts heraus, ließ das T-Shirt weg. Er würde es nie anbekommen. Er ging zurück ins Badezimmer, um sich anzuziehen, zog schnell die Kleidung an. Mit der Hand auf dem Türknauf nahm er einen Atemzug, dämpfte sein Verlangen und verschloss es fest. Er riss die Tür auf und trat hinaus.

Sie lag jetzt unter der Decke und hatte sich auf ihrer Seite zusammengerollt, die Decken bis unter ihr Kinn gezogen. Zumindest waren ihre langen Beine nicht mehr zu sehen. Jetzt sah sie einfach nur verdammt niedlich aus.

Er unterdrückte ein Seufzen und schaltete das Licht aus, dann gesellte er sich zu ihr. Vorsichtig ließ er sich ins Bett sinken und stopfte die Kissen hinter seinen Rücken. Flach zu liegen tat immer noch zu weh. Als er es sich gemütlich gemacht hatte, kam der Schlaf, den er erwartet hatte, nicht. Sein Körper vibrierte und nahm die Frau neben ihm wahr.

Ihre Finger legten sich über seinen Arm, und er zuckte zusammen.

»Tut mir leid«, murmelte sie und zog ihre Hand zurück.

»Nein, ist schon okay. Du hast mich nur erschreckt.« Er hatte gedacht, dass ihre Berührung ihn nur noch mehr aufputschen würde. Aber das tat sie nicht. Es war tröstlich. Keiner von ihnen war in einem Zustand für mehr als Kuscheln, also war ihre Berührung beruhigend statt erregend. Wie am Feuer sitzen mit einem guten Buch und einem Bier nach einem langen Tag.

Er griff nach ihrer Hand unter den Decken. Anstatt sie nur zu halten, zog er sie näher. Sie lag an seiner guten Seite, also zog er sie an seinen Körper. Ihr Arm kreuzte seinen Bauch, um sich um seine Taille zu legen. Sie zog langsame Kreise auf seiner Hüfte am oberen Rand seiner Shorts.

Er schloss die Augen und genoss ihre Berührung.

»Declan?«

»Hmm?« Er hielt seine Augen geschlossen.

»Danke.«

Er drehte seinen Kopf, um sie anzusehen. Dankbarkeit strahlte aus ihren hübschen braunen Augen. »Ich werde immer für dich kommen, Maggie. Immer.«

Ihre Hand glitt zu seiner Schulter hoch, und sie rutschte höher, um einen Kuss auf seinen Kiefer zu drücken. Ein Schuss Lust durchzuckte ihn, aber er unterdrückte ihn. Er drehte seinen Kopf und drückte einen Kuss auf ihr Haar. »Schlaf jetzt.«

Sie nickte gegen seine Schulter, und er spürte, wie sie sich entspannte. Declan atmete tief ein, fing ihren süßen Duft ein und ließ sich davon entspannen. Er wiegte Maggie gegen sich und ließ den Schlaf übernehmen.

DIE TÜRKLINGEL HOLTE MAGGIE AUS EINEM TIEFEN SCHLAF. DAS und Declan, der sich unter ihr in Reaktion auf die Klingel bewegte.

»Wie spät ist es?«, fragte sie. *Gütiger Himmel, ich klinge wie ein Frosch!* Sie setzte sich auf und versuchte, etwas Speichel zu produzieren, um ihren wunden, ausgetrockneten Hals zu befeuchten. Rauchvergiftung war kein Witz. Sie fühlte sich, als hätte sie einen schlimmen Fall von Mandelentzündung.

»Sieben.« Er schob die Decken weg und stieg aus dem Bett, zuckte zusammen bei der Bewegung, nachdem er so lange in einer Position gewesen war.

»Wer klingelt verdammt nochmal um sieben Uhr morgens an der Tür, besonders nach der Nacht, die wir hatten?« Sie senkte ihre Stimme zu einem Flüstern. Ack, sie brauchte einen Drink!

»Jemand mit Todeswunsch.« Er ging zur Schlafzimmertür.

Sie krabbelte aus dem Bett und folgte ihm die Treppe hinunter. Declan schloss die Haustür auf und riss sie auf. Seb stand auf der anderen Seite.

»Ich weiß, es ist früh«, begann er, bevor einer von ihnen etwas sagen konnte, »aber ich brauche dich.« Er zeigte auf Declan.

»Was? Warum? Was ist jetzt passiert?« Declan trat zurück, um ihn hereinzulassen.

»Wir haben in Jed Staffords Leben gegraben. Katie hat die Überreste einer Apple Watch bei ihm gefunden, und er hatte sein Passwort in seiner Wohnung aufgeschrieben. Jace hat die Nacht damit verbracht, seinen Cloud-Account zu durchforsten und entdeckte, dass er die Fitness-App aktiviert hatte, was uns eine Aufzeichnung seiner Bewegungen bis zu seinem Tod gab. Ein Ort, den er besuchte, war mitten im Nirgendwo. Auf einen Verdacht hin fuhr Jace dorthin und fand ein weiteres verbranntes Gebäude. Eine Jagdhütte. Ich brauche dich, um sie dir anzusehen und mir zu sagen, ob du denkst, dass es von unserem Typen ist. Ich brauche dich auch, um zu bestätigen, dass das Feuer in Thomas' Klinik vom selben Täter gelegt wurde. Walters ist ziemlich sicher, dass es so war, aber ich will, dass du es dir ansiehst.«

»Moment, also ist Stafford der Feuerteufel?«, fragte Maggie. »Wie kann das sein, wenn er tot ist? Ist er tot?«

»Er ist tot. DNA hat es bestätigt, aber das könnte der Grund sein, warum er starb. Er wusste, wer der Brandstifter war.«

Sie wollte sich selbst ohrfeigen. »Das ergibt Sinn. Entschuldige, mein Gehirn funktioniert noch nicht richtig. Wem gehört das Grundstück, auf dem Jace die Jagdhütte gefunden hat?«

»Daran arbeitet er jetzt.« Er runzelte die Stirn, als er sie ansah. »Wie geht es dir? Du klingst schrecklich.«

»Mensch, danke. Das hatte ich noch gar nicht bemerkt.«

»Nun, du tust es. Abgesehen davon, dass es klingt, als wäre ein Frosch in deinem Hals geklettert und gestorben, geht es dir sonst gut? Du hast uns gestern Nacht alle ziemlich erschreckt.«

»Mir geht's gut. Mein Hals tut weh, und ich bin immer noch erschöpft, aber ansonsten bin ich okay. Wie geht's dem Kätzchen?«

»Gut. Thomas und Rayna haben es mit nach Hause genommen. Ich vermute, Mason und Emma verwöhnen es bereits nach Strich und Faden.«

»Gut.« Das machte Maggie glücklich und machte die Rauchvergiftung erträglich.

Seb sah Declan an und hob eine Augenbraue. »Also, geht es ihr wirklich gut?«

Maggie schnaubte und drehte sich weg, ihre Freude schwand, und sie ging in Richtung Küche. Sie hasste es, dass Seb sie immer noch wie ein Kind behandelte. Sie war achtundzwanzig!

»Ihr geht's gut«, sagte Declan. Er und Seb folgten ihr.

»Warum bist du also noch hier?«, fragte Seb sie. »Declan wurde freigegeben, um wieder zu arbeiten. Sicher braucht er keine Krankenschwester mehr.«

»Nein, aber er braucht eine Haushälterin und einen Chauffeur. Er darf immer noch nichts heben oder fahren.« Sie zuckte mit den Schultern, griff nach einer Schachtel Tee und einer Tasse. Sie wollte Kaffee, aber der Tee wäre besser für ihren Hals. »Es ergibt einfach mehr Sinn, dass ich hier bleibe, als jeden Morgen an meinem Büro vorbeizufahren und ihn abzuholen. Und auf diese Weise muss ich nur ein Haus putzen.«

Declan füllte ein Glas mit Wasser und reichte es ihr. Sie nahm es und lächelte dankbar. Die kühle Flüssigkeit glitt über ihren wunden Hals und bot etwas Erleichterung.

Sebs Blick wanderte zwischen ihnen hin und her. »Das ist alles?«

Maggies Wangen erhitzten sich, als sie daran dachte, wie sie letzte Nacht in seinen Armen eingeschlafen war. Es war völlig unschuldig, aber es fühlte sich intimer an als jede Knutscherei, die sie je erlebt hatte.

»Was es ist, geht dich nichts an«, sagte Declan.

Sie könnte ihn küssen. Seb musste sich raushalten. Sie liebte ihren Bruder, aber sie war erwachsen, und Declan würde ihr nie absichtlich wehtun.

Seb seufzte und schüttelte den Kopf. »Meine Schwester? Wirklich?«

»Fang nicht an. Du hast die Schwester deines besten Freundes geheiratet.«

Er hob seine Hände. »Ich weiß. Ich hoffe nur, ihr beide wisst, was ihr tut. Beziehungen zwischen Freunden können chaotisch sein. Wenn es nicht funktioniert, nun, es ist nicht hübsch. Es ist ein großer Teil dessen, was London und mich so lange getrennt hielt.«

»Zur Kenntnis genommen«, sagte Maggie. Sie füllte ihre Tasse mit Wasser und stellte sie in die Mikrowelle zum Erhitzen. »Können wir bitte über etwas anderes reden?« Ihr Liebesleben, oder der Mangel daran, war nichts, worüber sie sprechen wollte, bevor sie ihren morgendlichen Koffeinschub bekam.

»Ja.« Seb sah Declan an. »Wie schnell kannst du fertig sein?«

»Fünf Minuten.«

»Gut. Geh dich umziehen.«

»Ich mache dir Kaffee«, sagte Maggie ihm.

»Danke. Ich bin gleich wieder unten.« Er ging und ließ Maggie allein mit Seb.

Er starrte sie an, während sie Wasser und Kaffeepulver in die Kaffeemaschine gab. Sie drückte den Startknopf, dann drehte sie sich um, um zu ihm hochzusehen.

»Was?«

»Was meinst du mit was?«, fragte er.

»Warum starrst du mich an?«

»Versuche nur, dich zu durchschauen. Du hast nie viel Interesse an Jungs-Männern gezeigt«, verbesserte er sich schnell. »Ich versuche nur zu verstehen, warum du es auf Declan abgesehen hast.«

»Wer sagt, dass ich das habe?«

»Nun, deine Wangen sind wieder rot, und keiner von euch hat es bestritten.« Er verengte seine Augen. »Muss ich mein Gewehr holen?«

Maggie verdrehte die Augen und verschränkte die Arme. »Du meinst, wie du es bei Tara getan hast?« Seb war überglücklich über die Schwangerschaft ihrer Schwester gewesen.

»Das ist anders.«

»Nicht wirklich. Und ich kenne Declan schon viel länger, als sie Jace kennt.«

»Was es anders macht.«

Sie starrte zu ihm hoch. »Du bist nervig, weißt du das?«

Er grinste sie an. »Jap.«

Maggie lächelte zurück. »Zumindest bist du ehrlich. Und während es mich wahnsinnig macht, dass du dich in mein

Leben einmischen willst, bin ich *doch* dankbar, dass du dich sorgst. Du bist ein toller großer Bruder, und ich liebe dich.«

Er zerzauste ihr Haar. »Ich liebe dich auch. Sei einfach vorsichtig, das ist alles, was ich sage. Ich möchte keinen von euch beiden mit gebrochenem Herzen sehen.«

»Das werden wir sein. Wenn wir das überhaupt jemals hinbekommen. Ich bin mir nicht einmal sicher, wo wir stehen. Ich weiß nur, dass er mich Dinge wollen lässt, die ich noch nie zuvor wollte.«

»Verdammt. Du bist wirklich erwachsen geworden. Ich fühle mich alt.«

Sie lachte. »Warte, bis du und London Kinder habt. Mir wurde gesagt, dass man sich dann erst richtig alt fühlt.«

»Das könnte für dich gar nicht so weit entfernt sein, weißt du.«

Sie hielt eine Hand hoch. »Moment mal. Lass uns nicht vorauseilen. Wir müssen erst einmal ein richtiges Date haben. Außerdem«, sie zeigte mit dem Finger auf ihn, »bin ich immer noch elf Jahre jünger als du. Und glaub nicht, dass ich vergessen habe, dass du im Januar vierzig wirst. Wir haben bereits angefangen, diese Geburtstagsparty zu planen.«

Die Kaffeemaschine gurgelte den letzten Kaffee aus, und sie griff nach einem Thermobecher.

»Wer ist wir?«

Maggie gab ihm ein böses Grinsen.

»Oh, Mensch. Es ist die Mädelsgruppe, oder? Wie hat London das vor mir geheim gehalten?«

Sie kicherte. »Deine Frau erzählt dir nicht alles.«

»Das bezweifle ich nicht. Sie hat ein Recht auf ihre Privatsphäre, selbst vor mir. Also, wird das ein Gesprächsthema beim Buchclub nächste Woche sein?«

Maggie blinzelte. Sie hatte es völlig vergessen. »Falls wir ihn überhaupt noch haben. Ich bin mir nicht sicher, was passieren wird. Ich muss die anderen anrufen und es herausfinden.«

Seb runzelte die Stirn. »Ja.«

»Wie geht's Thomas? Er sah ziemlich niedergeschlagen aus, bevor wir alle in die Scheune rannten.«

»Das ist er. Aber er ist auch wütend. Und er lässt sich dadurch nicht unterkriegen. Er und Rayna wollten heute alle seine Klienten anrufen – Gott sei Dank sichert er alles auf einem Cloud-Server – und sie wissen lassen, dass es in ein paar Tagen eine vorübergehende Klinik auf der Ranch geben wird, bis eine neue Einrichtung gebaut ist. Sie werden sein Haus für Haustiere nutzen. Dad und Brady werden etwas Platz in einer der Scheunen für Nutztiere bereitstellen.«

»Hat irgendjemand letzte Nacht geschlafen?«

Seb schüttelte den Kopf. »Nicht wirklich, nein. Alle waren zu aufgewühlt.«

»Was ist mit den Tieren in der Klinik? Hat er viele verloren?«

»Er hat tatsächlich keines verloren. Da Lorraine immer noch frei hat, hat er alle seine Patienten, die eine Rund-um-die-Uhr-Betreuung brauchten, an einen anderen Tierarzt überwiesen. Die Pferde in der Scheune waren Pensionspferde.«

»Das ist fantastisch. Und ich bin froh, dass es einen Plan gibt. Wenn ich irgendetwas tun kann, um zu helfen, lass es mich wissen.«

»Im Moment nimm es einfach langsam. Immerhin ist Wochenende, also kannst du dich entspannen.«

Sie schnaubte, oder versuchte es zumindest. Es kam eher als luftiger Seufzer heraus. »Wochenenden sind für Leute, die nicht den größten Teil der nächsten Woche freinehmen und denen nicht gestern ein komplizierter häuslicher Fall auf den Tisch geknallt wurde.«

»Du hättest den Fall nicht übernehmen müssen, weißt du.«

»Doch. Das musste ich. Du hast diese Frau nicht gesehen.«

Sein Mund verzog sich. »Angie Tulley?«

»Okay, vielleicht hast du sie doch gesehen.«

»Ihr Ehemann ist ein Stück Dreck, das ich schon lange zu entsorgen versuche. Ich bin froh, dass sie endlich etwas gegen ihre Situation unternimmt. Was hat es ausgelöst? Ich weiß, dass meine Deputies gestern bei ihnen waren, aber ich habe den Bericht nicht gelesen. Das Feuer in der Klinik hat alles andere verdrängt. Hatte sie endlich genug?«

»Er hat eines ihrer Kinder geschlagen. Und sie ist wieder schwanger. Als sie versuchte, ihn davon abzuhalten, ihr Ältestes zu verprügeln, schlug er ihr in den Bauch. Sie nahm ein Küchenmesser und stach vier Mal auf ihn ein. Er liegt im Krankenhaus, wird aber überleben. Kerr hat beide wegen häuslicher Gewalt angeklagt. Sie hat mich angerufen, um sie zu vertreten.«

»Jesus. Ist sie gegen Kaution draußen? Was ist mit den Kindern?«

Maggie nickte. »Sie hat ihre eigene Kaution gestellt, und ich habe den Richter dazu gebracht, zu erlauben, dass ich sie und die Kinder in einem Frauenhaus unterbringen darf. Es ist eines, das von den Gerichten anerkannt wird, also hatte er kein Problem damit. Und sie will nicht weglaufen. Sie will nur weg von ihrem Mann.«

»Du solltest keine Probleme haben, Notwehr zu beweisen.«

»Vielleicht. Vier Messerstiche könnten als mehr als Notwehr angesehen werden. Aber sie hat ihn nicht getötet oder auf Stellen gezielt, die das getan hätten.«

»Wenn ihre Vorgeschichte im Prozess zur Sprache kommt, denke ich, wird sie gut abschneiden. Lass mich wissen, ob ich irgendetwas tun kann, um zu helfen.«

»Werde ich.«

»Wann ist die erste Anhörung?«

»Dienstag. Es ist mein einziger Fall nächste Woche. Ich hoffe, meine Stimme klärt sich bis dahin etwas auf.«

»Du brauchst einen Partner. Jemanden, dem du Dinge übergeben kannst, wenn du krank bist.«

»Ich habe eine Vereinbarung mit einer anderen Anwaltskanzlei in Pueblo, aber ich versuche, ihnen nichts mit so kurzer Frist zu geben. Sie übernehmen meine Fälle für mich, wenn ich im Urlaub bin oder wenn ich zu krank bin, um mich zu bewegen. Ich werde einfach einige Halspastillen besorgen, eine große Wasserflasche mitnehmen und mich beim Gericht für meine seltsame Stimme entschuldigen.«

Er runzelte die Stirn, als er zu ihr herabsah.

»Mir wird's gut gehen.«

Seb brummte. »Okay, übertreib es heute einfach nicht, in Ordnung?«

»Werde ich nicht. Ich werde mich in Declans Liegestuhl mit meinem Laptop und einer Tasse Tee niederlassen und mich auf Dienstag vorbereiten.«

»Das klingt nach Spaß«, sagte Declan, als er den Raum betrat, vollständig angezogen.

Maggie bedauerte den Verlust des Anblicks seiner nackten Brust. Diese Hose tat jedoch etwas Fantastisches für seine Hüften. Deck war einer dieser Männer, die wussten, wie man eine Jeans trägt. Sie saß an allen richtigen Stellen eng an.

Sie schüttelte ihre lustvollen Gedanken ab und riss ihren Blick von seinem köstlichen Körper los. »Nicht gerade Spaß, aber zumindest nicht stressig.«

»Das ist gut. Du musst dich ausruhen. Trink viel Wasser, benutze deinen Inhalator, wenn du das Gefühl hast, ihn zu brauchen. Kein Putzen. Bleib im Stuhl und *ruhe dich aus*.«

Sie salutierte. »Jawohl, Sir.«

Er schlug ihre Hand herunter, ein Lächeln zupfte an seinen Lippen. »Benimm dich einfach. Ich weiß nicht, wann ich zurück sein werde. Ich lasse Seb mich vielleicht bei der Feuerwache absetzen und fahre später mit jemand anderem nach Hause.«

»Okay. Ich werde hier sein. Bring Abendessen mit, wenn du so spät kommst.«

»Boone's okay?«

»Ja. Ich möchte ein gegrilltes Hähnchenbrötchen und Pommes. Oh! Und Schokoladenkuchen.«

Declans Lächeln wuchs, und er blickte amüsiert zu Seb. »Sieht aus, als würde ich Abendessen mitbringen.«

Seb schüttelte nur den Kopf. »Ihr zwei benehmt euch mehr wie ein altes Ehepaar als ein altes Ehepaar. Komm schon. Lass uns gehen. Wir sehen dich später, Mags.«

Maggie reichte Declan den mit Kaffee gefüllten Thermobecher. »Nimm es auch leicht. Ich weiß, dass du deine Rippen gestern Nacht belastet hast, als du mich gerettet hast.«

»Mir wird's gut gehen«, sagte er und nahm den Becher. Er lehnte sich zu ihr und drückte einen Kuss auf ihre Wange. »Ich sehe dich heute Abend.«

Sie nickte und sah ihnen nach, wie sie aus der Küche gingen. Sebs Worte hallten durch ihren Kopf. Er hatte Recht. Sie verhielten sich wie ein altes Ehepaar. Mit Declan zusammen zu sein war einfach. Es waren erst zwei Wochen vergangen, seit sie eingezogen war, um ihm zu helfen, aber ihr altes Leben schien fremd. Der Gedanke, in ihr Haus zurückzukehren, sobald er wieder in der Lage war zu putzen und zu fahren, fühlte sich beunruhigend an. Sie wollte nicht in dieses leere Haus zurückkehren.

Maggie stöhnte, fuhr mit ihren Händen über ihr Gesicht und durch ihr Haar. Wie war sie so schnell an diesen Punkt gekommen?

War es wirklich so schnell? Ihr Unterbewusstsein nagte an ihr. Sie dachte über ihre Beziehung nach, versuchte den Punkt zu identifizieren, an dem sie sich zu verändern begann, und erkannte, dass es war, als er im Juni des Mordes beschuldigt wurde. Sie verbrachten viel Zeit miteinander in diesen wenigen Tagen, bevor Seb ihn freisprach, und sie lernte ihn besser kennen, als je zuvor. Zu erfahren, was ihn zu dem Mann machte, der er war, und wie tief er Dinge fühlte. Es gab ihr einen Einblick in seinen Charakter, den sie nicht vergessen hatte.

Sie seufzte und stieß sich von der Arbeitsplatte ab. Es spielte keine Rolle, wann sie begann, ihn als mehr als einen Freund zu sehen. Alles, was zählte, war, dass sie es tat. Und was sie dagegen unternehmen würde. Darüber hatte sie immer noch keine Ahnung.

Der Truck rollte in die Lichtung und kam zum Stehen. Seb stellte den Motor ab. Declan sah sich um, sein Blick fiel auf die ausgebrannte Hülle am Waldrand. »Erstaunlich, dass er keinen Waldbrand ausgelöst hat.« Er kletterte aus dem Truck und schaute zu Seb, als sie um die Motorhaube herumgingen.

»Ja. Vielleicht hat er die umliegende Vegetation getränkt, bevor er das Gebäude angezündet hat.«

»Möglich. Aber woher hat er das Wasser bekommen?« Sie liefen auf die Hütte zu.

»Vielleicht hat er es hertransportiert? Wir verwenden auf der Ranch ständig diese tragbaren Wassertanks.«

»Es würde ein paar davon brauchen, um den Boden ausreichend zu durchnässen. Und er müsste einen Weg finden, es in die Bäume über dem Gebäude zu sprühen.«

»Nun, er hat irgendetwas gemacht, denn das Feuer hat sich nicht ausgebreitet.«

Sie hielten vor dem Gebäude, das kaum mehr als ein großer Schuppen war. Declan ging um das Äußere herum und bemerkte Bereiche, in denen Brandbeschleuniger verwendet wurde. »Du solltest Katie herholen, um hier ein paar Proben zu nehmen.«

»Jace hat an einem Durchsuchungsbefehl gearbeitet. Sobald er durch ist, wird sie hier sein. Was kannst du mir sagen?«

Declan zeigte auf die Stellen mit deutlichen Brandspuren. »Hier wurde etwas verschüttet. Man kann sehen, wo es sich angesammelt hat.« Sie gingen wieder zur Vorderseite. »Können wir reingehen?«

»Ja. Nur nichts anfassen. Im Moment nur sichtbare Beweise.«

»Verstanden.« Declan trat über die Schwelle, sein Blick schweifte über die Trümmer. Es gab weitere Brandmuster unter dem einzigen Fenster und neben der Tür. In der hinteren Ecke machte er eine grausige Entdeckung. Ein verkohlter Körper lag teilweise unter einem Stück des Daches begraben. »Du brauchst diesen Durchsuchungsbefehl nicht mehr.«

»Was?« Seb trat näher, um über Declans Schulter zu schauen. »Scheiße.«

»Genau.« Er seufzte. »Verdammt. Wie konnte Jace das übersehen?«

»Er ist nicht reingegangen. Er sah das ausgebrannte Gebäude, rief mich an und fuhr dann zurück in die Stadt, um einen Durchsuchungsbefehl zu besorgen.« Seb fuhr sich mit der Hand durch die Haare.

»Was wettest du, dass das der Grund ist, warum Jed Stafford in diesem Haus gelandet ist?«

»Die Wette gehe ich nicht ein. Die Frage ist, warum war er hier draußen?«

Declan trat näher und beugte sich vor, um den Körper zu untersuchen. »Ich denke, herauszufinden, wem dieser Ort gehört und wer das ist, könnte diese Frage beantworten.«

»Ja. Ich werde Verstärkung rufen und sehen, wie weit Jace mit der Ermittlung ist, wem dieses Land gehört.«

»Ich werde noch etwas herumstöbern.«

Seb nickte und ging bereits zu seinem SUV, um per Funk Verstärkung anzufordern.

Vorsichtig, um nichts zu stören, kauerte sich Declan neben den Körper und suchte nach verräterischen Brandmustern. Eine große Brandnarbe war gerade noch unter den Trümmern sichtbar. Sie umgab den Körper und zog sich die Wand hinauf. Jemand hatte das Opfer mit Brandbeschleuniger – wahrscheinlich Benzin, wenn die anderen Brände ein Anhaltspunkt waren – übergossen und angezündet. Er hoffte, dass die Person bereits tot war, als das passierte.

Schritte kündigten Sebs Rückkehr an.

»Etwas gefunden?«

»Nur weitere Stellen, an denen unser Täter Brandbeschleuniger verwendet hat.«

Seb nickte. »Okay. Katie und Alex sind auf dem Weg. Und ich habe eine Nachricht von Jace bekommen. Das Land ist Teil des Nationalparks.«

»Also hat derjenige, der diesen Schuppen gebaut hat, das illegal getan.«

»Wahrscheinlich ja. Das ist nirgendwo in der Nähe der Hüttenvermietung.«

Declans Mund verzog sich. »Das ist nicht gut. Wer auch immer das ist, ist sehr schlau.«

»Da stimme ich zu. Ich hasse es, dass wir wieder eine Leiche haben, aber er oder sie könnte unsere einzige Hoffnung sein, diesen Typen zu fangen, bevor er jemand anderen tötet.«

Ein Unbehagen kroch Declans Rückgrat hinauf und machte ihn nervös. Er hatte das Gefühl, dass die verantwortliche Person gerade erst anfing.

DAS GERÄUSCH DER SICH ÖFFNENDEN UND SCHLIEẞENDEN Haustür zog Maggies Aufmerksamkeit auf sich. Sie schaute von ihrem Laptop auf. Declan stand in der Tür zum Wohnzimmer.

»Hi.« Sie lächelte.

Er lächelte zurück und hielt die weißen Papiertüten in seinen Händen hoch. »Hunger?«

»Ja!« Sie schloss den Laptop und stellte ihn auf den Boden, dann stand sie auf. »Hast du an meinen Kuchen gedacht?«

»Natürlich habe ich das.«

»Gut. Wer hat dich nach Hause gebracht?« Sie folgte ihm in die Küche.

»Gehring. Deine Stimme klingt besser.« Er stellte die Tüte ab, während Maggie zwei Teller aus der Spülmaschine nahm.

»Ja. Als der Schlaf nachgelassen hatte und ich etwas heißen Tee getrunken habe, hat sich alles gelockert. Es ist immer noch wund, aber nicht so schlimm.«

»Gut. Es sollte stetig besser werden. Musstest du deinen Inhalator benutzen?« Er reichte ihr ein Sandwich und eine Schachtel Pommes.

»Danke.« Sie legte sie auf ihren Teller, dann öffnete sie den Kühlschrank, um den Ketchup zu holen. »Ich musste ihn heute Morgen benutzen, nachdem du gegangen bist. Ich fing an zu husten und konnte nicht aufhören.« Sie drückte etwas auf ihren Teller und reichte ihm dann die Flasche. »Danach ging es besser.«

Er nickte und gab Ketchup auf seinen Teller. Sie gingen zum Tisch, um sich zu setzen.

»Also, wie war dein Tag? Hat die Jagdhütte irgendwelche Informationen geliefert?« Sie nahm einen Bissen von ihrem Sandwich.

Er seufzte und legte das Sandwich wieder ab, das er gerade aufgenommen hatte. »Nur mehr Fragen. Drinnen war eine weitere Leiche.«

»Was?« Mit wem hatten sie es zu tun und wie viele weitere Menschen würden sie noch ermordet vorfinden wegen dieses Typen?

»Diesmal eine Frau. Seb hat angerufen, bevor ich ging, und gesagt, Alex habe festgestellt, dass sie bei dem Feuer gestorben ist. Katie hoffte, sie könnte DNA aus einem Knochen gewinnen. Es gab nicht viel brauchbares Weichgewebe. Der Mörder hat sie mit Benzin übergossen.«

Maggie legte ihr Sandwich ab. »Das ist eine schreckliche Art zu sterben.«

»Allerdings.«

»Was habt ihr sonst noch dort gefunden? Irgendetwas, das euch einen Hinweis darauf gibt, wer all das tut?«

»Nicht wirklich, nein.«

Sie rümpfte die Nase. »Nun, ich hoffe, dass diese Frau einige

Hinweise liefert. Seb muss diese Person finden, bevor noch mehr Menschen sterben.«

Declan nickte und nahm einen Bissen von seinem Essen. Maggie tauchte eine Pommes in ihren Ketchup und aß sie, in Gedanken versunken. »Diese Frau muss der Schlüssel sein. Besonders wenn Jed getötet wurde, um ihren Tod zu vertuschen.«

»Sie könnte auch einfach irgendeine Person sein. Es wurden keine vermissten Personen hier in der Gegend gemeldet. Seb hat das überprüft.«

Sie runzelte die Stirn und aß noch eine Pommes. Er hatte recht.

»Was auch immer es ist, wir werden es nicht über gegrillten Hähnchensandwiches und Pommes lösen. Erzähl mir von deinem Tag.«

»Meinem Tag? Ich habe mich auf die Gerichtsverhandlung am Dienstag vorbereitet. Ich bin so dankbar für das Internet. Und dass unser Landkreis seine Akten digitalisiert hat.«

»Und das ist *alles*, was du getan hast?«

»Ja.« Sie hob drei Finger. »Pfadfinderehrenwort.«

»Du warst auch keine Pfadfinderin, Maggie.«

Sie grinste.

Er lachte. »Das habe ich wohl verdient. Was hast du also getan, das du nicht hättest tun sollen?«

»Wäsche gewaschen.«

Er verengte seine Augen. »Und?«

Sie schnaubte. »Wie kannst du erkennen, dass ich noch etwas anderes getan habe? Ich sitze buchstäblich nur hier und esse.« Sie hob eine weitere Pommes und stopfte sie in ihren Mund.

»Es liegt in deinen Augen. Was hast du getan?«

»Na gut. Ich habe die Badezimmer geputzt.« Sie war nicht sicher, ob es ihr gefiel, dass er sie so gut lesen konnte.

»War das vor oder nach dem Hustenanfall?«

»Danach. Und ich habe sie nicht gründlich gereinigt. Nur schnell abgewischt. Nachdem ich die Wäsche aufgehoben hatte, fiel mir auf, dass dein Badezimmer etwas Auffrischung gebrauchen könnte. Ich dachte, meins auch, weil ich beide das letzte Mal gleichzeitig geputzt hatte.«

Er nahm einen Bissen von seinem Sandwich und starrte sie an, ohne etwas zu sagen.

Sie schnaubte erneut. »Ich bin gleich zum Sessel zurückgegangen, nachdem ich fertig war. Ich schwöre.«

Seine Augen kräuselten sich, als er lächelte. »Ich glaube dir.«

»Oh, ich danke dir, mein Herr.« Sie verdrehte die Augen und aß etwas von ihrem Sandwich.

Declan lachte, brach aber ab, als es seinen Brustkorb erschütterte.

»Geschieht dir recht.« Sie zeigte mit einer Pommes auf ihn.

»Rachsüchtige Frau.« Er runzelte die Stirn, verdarb es aber, als ein Mundwinkel nach oben zuckte. »Wissen wir, ob Tara eine Kuchengeschmacksrichtung ausgesucht hat?«, fragte er und wechselte das Thema.

»Ich habe keine Ahnung. Ich habe nicht mit ihr gesprochen.«

»Ich auch nicht. Ich hoffe, sie stresst sich nicht zu sehr mit allem, was passiert ist. Das ist nicht gut für sie oder die Babys.«

»Tara ist die Königin im Umgang mit Stress, also denke ich, dass es ihr gut gehen wird.« Maggie hoffte, dass das, was sie sagte, wahr war. Ihre Schwester war eine starke Frau, aber zwischen dem Feuerdrama, ihrer Hochzeit und der Tatsache, dass sie an dem gleichen Punkt ihrer Schwangerschaft war, an dem sie Lucy verloren hatte, musste ihr Stresslevel auf einem Allzeithoch sein.

Declan und Maggie führten ein lockeres Gespräch über die Hochzeit, während sie ihr Essen beendeten. Es gab in der nächsten Woche viel zu tun. Maggie hatte als Trauzeugin alle Hände voll zu tun. Sie schwor, so viel Verantwortung wie möglich von Tara zu übernehmen. Es gab keine Möglichkeit, ihre Schwester vom Stress abzuhalten, aber sie konnte ihn zumindest minimieren.

Sie stopfte die letzte Pommes in ihren Mund und stand auf, brachte ihren Teller zur Spüle. Die Schokoladentorte rief nach ihr, und sie holte eine Gabel aus der Schublade und klappte den durchsichtigen Plastikbehälter auf, um einen Bissen zu nehmen.

Declan stand auf, auch fertig, und stellte seinen Teller in die Spüle. »Wirst du teilen?«

Maggie runzelte die Stirn. »Hast du dir nicht einen eigenen geholt?«

»Ich habe Pfirsich genommen, aber der sieht gut aus.«

»Ist er. Iss deinen Pfirsich.« Sie drückte den Behälter an ihre Brust, während sie einen weiteren Bissen nahm.

Sein Mundwinkel zuckte. »Komm schon, Mags. Nur ein Bissen.«

»Du hast deinen eigenen. Komm nicht zwischen ein Mädchen und ihren Kuchen.« Sie spießte einen weiteren Bissen mit ihrer Gabel auf und hob sie, aber er schaffte es nicht bis zu ihrem Mund. Er schnappte ihn ihr von der Gabel.

»Hey!«

»Hmm, ich hatte Recht. Der ist gut.« Er machte Anstalten, mit dem Finger durch die Schlagsahne zu fahren.

»Declan!« Sie lachte, als sie sich wegdrehte. »Geh und iss deinen eigenen Kuchen.«

»Aber jetzt will ich den Schokoladenkuchen.« Er folgte ihr und griff um sie herum, um ihre Hand mit der Gabel zu packen.

»Dann hättest du Schokolade statt Pfirsich für dich selbst kaufen sollen.« Sie drehte sich lachend um, aber war vorsichtig wegen seiner Rippen, in der Hoffnung, sich aus seiner Reichweite zu drehen. Aber alles, was es bewirkte, war, dass er sie zwischen der Theke und seinem Körper einfangen konnte. Der Kuchen rückte in den Hintergrund, als das Gefühl, ihn in voller Länge an sich gedrückt zu spüren, in ihr Bewusstsein drang.

Er bemerkte es auch. Seine Augen verdunkelten sich, die Pupillen wurden groß. Die Hand, die ihre hielt, lockerte sich, um ihren Arm hinaufzugleiten, damit er seine Finger in ihr Haar verflechten konnte.

»Maggie.« Seine Stimme kam als leises Flüstern heraus.

Als Antwort neigte sie ihr Gesicht zu seinem und beobachtete dann, wie er sich ihr näherte. Vorfreude ließ Gänsehaut über ihre Haut rieseln. Ihre Augen flatterten eine Sekunde zu, bevor seine Lippen die ihren berührten. Aufregung raste durch jeden Nerv in ihrem Körper. Sie wollte ihre Arme um ihn schlingen, aber ihre Hände waren voll.

Er hatte dieses Problem jedoch nicht. Die Hand in ihrem Haar verstärkte ihren Griff und hielt ihren Kopf an Ort und Stelle. Seine andere Hand kurvte über ihre Hüfte, um sie näher zu bringen, als er den Kuss vertiefte. Ihre Knie wurden wackelig, als seine Zunge in ihren Mund glitt, um die inneren Bereiche zu erkunden. Sie hatte sich vorgestellt, wie das sein würde –

sogar davon geträumt – aber es hielt keinen Vergleich mit der Realität stand.

Als er sich zurückzog, war ihr Gehirn Brei und ihre Beine wie Nudeln.

Er ließ seine Hand auf ihrem Nacken ruhen und starrte sie an.

»Wow«, flüsterte sie.

Er nickte. »Ja.« Er ließ los und trat einen halben Schritt zurück. Seine Augen fielen auf den Behälter, der zwischen ihnen zerquetscht war. Die Schlagsahne war überall an den Seiten verschmiert, blieb aber glücklicherweise in der Box. Er schnappte sich die Gabel aus ihren tauben Fingern und nahm einen Bissen des süßen Gebäcks.

Sie war nicht einmal wütend. Im Gegenteil, als sie beobachtete, wie die Plastikgabel durch diese köstlichen Lippen glitt, die sie gerade sinnlos geküsst hatten.

»Das ist immer noch guter Kuchen. Aber er schmeckt besser auf dir.«

Herr, hab Erbarmen! Hitze schoss südwärts bei dem tiefen Knirschen seiner Stimme, die diese Worte äußerte. Sie lehnte sich an die Theke, um Halt zu finden.

Sein Mund verzog sich.

Die Ratte! Er wusste genau, welche Wirkung er auf sie hatte. Aber sie konnte sich immer noch nicht dazu bringen, wütend zu sein. Sie war zu verdammt erregt.

Er steckte die Gabel in den Kuchen. »Ich werde duschen gehen. Vielleicht ein Buch finden und mich entspannen. Du solltest das auch tun. Du bist sehr angespannt.«

Bei seiner leichtherzigen Neckerei fand sie ihre Stimme wieder. Ein Lächeln breitete sich auf ihrem Gesicht aus. »Ich frage mich, warum?« Sie legte den Kuchen ab. Er würde nirgendwo hingehen, bis sie vollständig teilnehmen könnte. Sie nahm sein Gesicht in ihre Hände und drückte ihre Lippen auf seine.

Das war das letzte bisschen Kontrolle, das sie über den Kuss hatte. Er schloss mit einem Stöhnen die Lücke zwischen ihnen. Sie vergrub ihre Hände in seinem dunkelkupferfarbenen Haar und hielt sich fest, während er sie mit seiner Zunge und meisterhaften Händen höher trieb. Sie geisterten unter ihr Shirt und über ihren Rücken, verursachten mehr Gänsehaut und hinterließen eine Feuerspur.

Maggie unterbrach den Kuss lange genug, um auf die Theke zu hüpfen. Er trat zwischen ihre Beine, und sie verschränkte ihre Knöchel hinter seinem Rücken, führte ihren Mund wieder zu seinem. Seine Finger tauchten wieder unter ihr Shirt, um ihre Brüste zu finden. Er zog den dehnbaren Stoff ihres Sportbhs nach unten und umfasste ihr schweres Gewicht mit seinen Händen.

Sie wollte auch berühren und zog sein Polohemd aus der Jeans. Ihre erste Berührung seines Bauches löste ein schnelles Einatmen aus. Zu schnell. Er zischte scharf und zog sich zurück.

»Habe ich dir wehgetan?«, fragte sie. »Es tut mir leid.«

»Nein. Du warst es nicht. Mein Körper ist einfach noch nicht genug geheilt für das hier. Nicht bei dem, was du in mir auslöst. Ich vergesse, dass ich nicht hundertprozentig bin, wenn du mich berührst.«

»Dito.« Sie löste ihre Knöchel, und er trat zurück. Sie sprang herunter.

»Ich werde jetzt duschen gehen.«

Sie nickte. Seine Augen blieben für einen weiteren Moment auf ihren, bevor er sich umdrehte und ging. Maggie sackte gegen die Theke, die Kraft war aus ihren Beinen gewichen. Sie nahm ihre Gabel auf und nahm einen Bissen der reichhaltigen Leckerei, während sie ihm nachstarrte. Es war gut, aber es war nicht das, was sie jetzt wollte; das war gerade nach oben gegangen.

KAPITEL
Acht

Das Klingeln der Türglocke am frühen Montagmorgen riss Declan aus dem Schlaf. Er fluchte, als er aus dem Bett sprang. Was zum Teufel war los mit diesen frühmorgendlichen Weckrufen? Er bekam ohnehin nicht genug Schlaf zwischen seinen schmerzenden Rippen und den Gedanken an Maggie, die bis in die späten Stunden durch seinen Kopf wirbelten. Gestern hatte er sie weitgehend gemieden. Nicht, weil er keine Wiederholung des Samstags wollte, sondern weil er es tat. Sein Körper konnte nicht verkraften, was er zu wollen glaubte. Es war besser, sich nicht selbst zu quälen.

Er stolperte in den Flur und wäre fast mit ihr zusammengestoßen, als sie beide auf das Türklingeln reagierten, das erneut ertönte.

»Warum passiert das ständig?«, fragte sie.

»Ich weiß nicht. Aber es ist zweifellos Seb. Schläft der überhaupt jemals?« Sie gingen die Treppe hinunter.

»Offenbar nicht.«

Declan drehte die Schlösser auf und riss die Tür auf. Seb

stand auf der Veranda, mit einem grimmigen Gesichtsausdruck.

»Mann. Es ist sogar früher als beim letzten Mal.«

»Ich weiß, aber das konnte nicht warten.«

Declan trat zurück, damit Seb hereinkommen konnte.

»Können wir uns setzen?«

»Seb, was ist los?«, fragte Maggie.

Er deutete auf den Sitzbereich zu ihrer Rechten. »Setzen wir uns.«

Declan wechselte einen Blick mit Maggie, beide unsicher, was vor sich ging.

Seb ging zu den Möbeln und setzte sich in den Sessel. Declan zog Maggie mit sich auf das Sofa.

»Okay, wir sitzen. Sag uns, warum du uns schon wieder weckst und dabei so finster aussiehst«, sagte Declan.

Seb holte tief Luft, den Blick auf Declan gerichtet. »Katie hat mit ihrer CRISPR-Technik verwertbare DNA von der Frau aus der Jagdhütte gewonnen.«

»Das ist großartig. Warum schaust du nicht begeistert?«, sagte Declan.

»Sie hat eine Übereinstimmung gefunden. Nun, eine teilweise Übereinstimmung.«

Declan machte eine kreisende Handbewegung. »Und? Spuck's einfach aus, Seb.«

Seb faltete und entfaltete seine Hände. »Die Übereinstimmung war zu dir.«

»Was?« Er setzte sich etwas aufrechter hin. Verwirrung zog

seinen Mund nach unten und ließ seine Augenbrauen zusammenrücken.

»Es war eine fünfzigprozentige familiäre Übereinstimmung zu dir. Katie denkt, es ist deine Mutter.«

Maggie sog neben ihm scharf die Luft ein und griff nach seiner Hand. Er umklammerte ihre Finger, während er verdaute, was Seb gesagt hatte.

»Meine Mutter?« Declan räusperte sich und schaute weg, versuchte seine Emotionen im Zaum zu halten. Die intensive Trauer war unerwartet. Er hatte sie nicht mehr gesehen, seit er nach seinem Schulabschluss von zu Hause weggegangen war. Als er nach seiner Zeit bei den Marines zurückkam, war sie längst weg, und nicht einmal Macy wusste, wohin sie gegangen war. Die Verbindung zu beiden Elternteilen zu kappen, war das Beste, was er je getan hatte. Sherri Briggs war bestenfalls eine abwesende Mutter. Er hatte nur wenige wirklich gute Erinnerungen an seine Mutter. Wenn sie nicht betrunken oder high war, arbeitete sie und ignorierte ihn und Macy. Ihre größte Leistung war, dass sie sie nie geschlagen hatte.

Er blickte zu Maggie, deren Augen ihre eigene Ungläubigkeit verrieten, bevor er seine Aufmerksamkeit wieder auf Seb richtete. »Warum sollte meine Mutter in dieser Hütte sein? Wer würde sie lebendig verbrennen wollen?« Er mochte seine Mutter zwar nicht, aber sie hatte es nicht verdient, so zu sterben.

»Ich weiß nicht. Kannst du dir jemanden vorstellen, mit dem sie früher zu tun hatte, der so etwas tun könnte?«

»Gott, ich weiß es nicht, Seb. Ich habe sie seit meiner Grundausbildung weder gesehen noch von ihr gehört. Sie hing mit einigen Asozialen herum, einschließlich meines Vaters, aber das waren alles Kiffer und Säufer, keine Mörder.«

»Weißt du, wo sie in letzter Zeit gelebt hat?«

»Nein. Ich habe sie nicht im Auge behalten.«

»Hat Macy das?«

Er runzelte die Stirn. »Ich bin mir nicht sicher. Ich kann hingehen und sie fragen.«

»Und dein Vater? Weißt du, wo er ist?«

»Das letzte, was ich hörte, war, dass er wieder im Gefängnis war. Aber das ist Jahre her. Jemand hat es in einer Zeitung aus Denver gelesen und mir davon erzählt. Ich weiß nicht, ob er noch dort ist.«

»Ich werde das überprüfen. Er könnte wissen, wo sie war und mit wem sie in Kontakt gekommen ist.« Seb seufzte erneut. »Es tut mir leid, so früh so schlechte Nachrichten zu bringen.«

Declan fuhr sich mit der Hand über den Kiefer, das Kratzen klang in seinen eigenen Ohren laut. »Das ist alles sehr unwirklich. Was zum Teufel ist los? Wie hängt meine Mutter mit drei Brandstiftungen und einem Mord zusammen?« Er hielt inne, als er darüber nachdachte, was zwei der Brände gemeinsam hatten. »Glaubst du, das hat etwas mit diesem Kinderhandelsfall zu tun?«

»Es würde mich nicht überraschen. Nicht jetzt, wo Thomas' Klinik angegriffen wurde.«

»Nein.« Declan stand auf, weil er sich bewegen musste, während Unruhe in seinem Bauch brodelte. »Ich kann mir jedoch nicht vorstellen, dass sie daran beteiligt war. Sie war eine miese Mutter, aber sie würde niemals ein Kind ausnutzen. Sie hatte mit mir und Macy genug Gelegenheiten dazu, hat es aber nie getan.«

»Vielleicht wusste sie etwas und wurde getötet, um sie zum Schweigen zu bringen.«

Er schnaubte. »Sie hätten sie einfach high halten können, wenn sie ihr Schweigen wollten.« Er seufzte und blieb am Fenster stehen, um in den trüben Tag hinauszublicken. Tiefhängende, graue Wolken jagten über den Himmel, und trockene Blätter wirbelten mit dem Wind die Straße hinunter. Es sollte später regnen, bevor es in Schnee überging.

Maggies sanfte Berührung auf seinem nackten Rücken riss ihn aus seinen Gedanken. Er drehte sich um und blickte zu ihr hinunter. Sie sah mit ihren schokoladenbraunen Augen zu ihm hinauf und schlang ihre Arme um seine Taille. Er hielt sie fest, legte seine Wange auf ihren Kopf und nahm den Trost an, den sie ihm bot.

Seb stand auf. »Ich versuche, deinen Vater aufzuspüren. Sprich mit Macy und lass mich wissen, was sie sagt.«

Declan nickte. »Werde ich.«

Er neigte zustimmend den Kopf und ließ sich dann selbst hinaus. Declan blieb stehen, wo er war, und sog Maggies Gegenwart in sich auf. Es war Balsam für seine durcheinandergebrachten Gefühle.

»Es tut mir leid, Declan.«

Er zog sich weit genug zurück, um sie anzusehen. »Danke. Ich bin mir nicht sicher, warum mich das so aus der Fassung bringt.«

Sie zuckte mit den Schultern. »Sie war deine Mutter.«

»Nur dem Namen nach. Ich glaube, es ist mehr der Schock darüber, wie sie gestorben ist, der mich durcheinanderbringt. Wer verbrennt jemanden zu Tode?« Er konnte nicht zulassen, sich vorzustellen, wie schrecklich das für sie gewesen sein muss. Er hoffte, sie war lange bewusstlos, bevor die Flammen sie erreichten.

»Jemand, der sehr gestört ist.« Sie umarmte ihn fester.

Er umarmte sie zurück, bevor er einen Kuss auf ihren Kopf drückte und sich zurückzog. »Lass uns gehen und uns anziehen und mit Macy sprechen. Vielleicht hat sie ein paar Antworten.« Er hoffte zu Gott, dass sie die hatte, denn er musste wissen, was zum Teufel los war. Nicht nur, um einen Brandstifter und Mörder zu stoppen, sondern auch für seinen eigenen Verstand.

»Sie wird uns hassen, das weißt du, oder?« Maggie stieg aus ihrem Auto und ging um die Motorhaube herum. »Ihr bei der Arbeit so eine Bombe platzen zu lassen.«

»Ja, aber ich bin nicht bereit, bis zu ihrem Feierabend zu warten, um hoffentlich ein paar Antworten zu bekommen.« Declan runzelte die Stirn, als sie auf die Tür zugingen. Macy würde damit klarkommen müssen. Wenn jemand für den Rest des Tages eine glückliche Fassade vortäuschen konnte, dann sie.

Er öffnete die Tür und ließ Maggie vor ihm hineingehen, weg vom stürmischen Nieselregen, der eingesetzt hatte.

Macy schaute auf, als sie hereinkamen, ein Lächeln im Gesicht. Es verblasste, als sie den ernsten Ausdruck in Declans Gesicht sah.

»Ich würde guten Morgen sagen, aber es sieht nicht so aus, als hättet ihr einen. Was ist jetzt passiert?«

Maggie und Declan kamen näher.

»Können wir hinten reden?«, fragte Declan. Der Laden war voll, und er wollte nicht, dass ihr Gespräch in der ganzen Stadt herumerzählt wurde.

»Verdammt. Das wird mir nicht gefallen. Ja, okay.« Sie wandte sich der jungen Frau zu, die neben ihr arbeitete, und sagte ihr, sie würde in der Küche sein, falls sie gebraucht würde.

Die drei gingen durch die Schwingtür nach hinten. Macy blieb an einem Edelstahltisch stehen und wandte sich ihnen zu.

»Was gibt's?« Sie verschränkte die Arme und lehnte eine Hüfte gegen den Tisch.

»Hast du von der Leiche gehört, die Seb und ich in dieser illegalen Jagdhütte im Nationalpark gefunden haben?«

Sie nickte. »London hat es erwähnt.« Sie richtete sich auf und ließ die Arme sinken. »Moment, haben sie die Leiche identifiziert?«

»Ja.« Declan räusperte sich. Maggie nahm seine Hand. Er drückte sie leicht und dankte ihr stumm für die Unterstützung, bevor er fortfuhr. »Katie hat eine DNA-Übereinstimmung gefunden. Es ist Mom.«

Die Farbe wich aus Macys Gesicht. »Was?«, hauchte sie mit weit aufgerissenen Augen. »Ist sie sicher?«

»Ja. Meine DNA ist im System, seit ich wegen Mordes verhaftet wurde. Es ist eine halbe Übereinstimmung, was auf ein Elternteil hindeutet.«

»Oh mein Gott.« Sie stieß sich vom Tisch ab und ging einige Schritte weg, bevor sie sich umdrehte. Ihre Hand umklammerte ihren Pferdeschwanz, und ihre Augen huschten in der Küche umher, während sie verarbeitete, was er ihr gesagt hatte. »Warum sollte jemand sie töten wollen? Auf diese Weise jedenfalls. Ich kann mir vorstellen, dass sie sich Feinde gemacht hat, aber sie in einem Feuer zu verbrennen?«

»Ich weiß nicht, ob es überhaupt etwas mit ihr zu tun hatte.«

»Seb und Declan haben eine Theorie, dass es mit dem Kinderhandelsring zu tun hat, den Thomas und Rayna zerschlagen haben.«

Macys Augen wurden noch größer. »Unmöglich. Sie würde sich nicht an so etwas beteiligen.«

»Das habe ich auch gesagt. Aber vielleicht wusste sie etwas? Hast du in letzter Zeit mit ihr gesprochen? Oder weißt, wo sie gelebt hat?«

»Nicht seit ein paar Jahren. Sie war damals in Denver. Sie rief mich eines Nachts an, betrunken, und faselte davon, wie leid es ihr täte. Ich schaffte es, herauszufinden, in welcher Stadt sie war, aber nicht viel mehr, bevor sie sich dafür entschuldigte, meinen Abend gestört zu haben, und auflegte.«

Declan runzelte die Stirn. »Warum hast du mir nichts davon gesagt?«

»Weil ich wusste, dass es dich nur aufregen würde. Es hatte keinen Sinn, wenn ich wusste, dass jeder Versuch, ihr zu helfen, genau wie beim letzten Mal enden würde.«

»Beim letzten Mal? Was meinst du?« Sie hatten als Teenager versucht, mit ihr zu reden, damit sie aufhört zu trinken und nüchtern bleibt, aber sie hatte immer versprochen, es zu tun, und es dann nie getan. Sie hatten nie mehr als das versucht.

»Während du beim Militär warst, bevor sie die Stadt endgültig verließ, hatte sie eine lange trockene Phase. Sie ging sogar regelmäßig zu AA-Treffen und hatte einen Job. Ich dachte, sie wäre endlich clean. Ich ging rüber, um sie zum Mittagessen abzuholen, und sie war völlig zugedröhnt. Sie bot mir ihre Drogen an und sagte, ich solle es probieren, weil es sich so gut anfühle. Ich fragte sie, ob es ihr leidtue, rückfällig geworden zu sein. Sie lächelte und sagte nein. Dass sie es leid sei zu kämpfen und einfach nur den Rausch wolle. Dass es besser sei als das Elend des wirklichen Lebens.« Sie schüttelte den Kopf. »Nach allem, was ich durchgemacht hatte, um sie clean zu bekommen, ging ich weg und schwor, nicht zurückzukommen. Da bin ich nach Kalifornien gegangen. Sie zog nicht lange nach mir weg.«

Declan starrte seine Schwester schockiert an. »Warum hast du mir nie etwas davon erzählt?«

»Du warst im Einsatz, und ich wollte dich nicht mit den Problemen hier zu Hause ablenken.«

»Ja, aber sie war eine Weile nüchtern. Warum hast du das geheim gehalten?«

»Es war nicht unbedingt ein Geheimnis. Sie bat mich nur, es nicht zu tun. Sie sagte, sie wolle es dir selbst sagen, wenn du zurückkommst. Aber bis dahin hat sie es nicht geschafft.«

»Mensch.« Er kniff sich in die Nasenwurzel. »Also hast du nach dem Anruf vor ein paar Jahren nichts mehr von ihr gehört?«

Sie nickte.

»Was ist mit Dad?«

»Dieser Arsch könnte meinetwegen in einem Graben verrotten.«

Declan stimmte zu. »Hat sie ihn je erwähnt? Als sie nüchtern war oder als sie dich anrief?«

»Nein. Nicht, dass ich mich erinnere. Ich glaube, sie hasste ihn genauso sehr wie wir.«

Er rieb sich die Schläfen, spürte wie Kopfschmerzen einsetzten. »Warum war sie wieder hier?«

»Vielleicht war sie nüchtern und wollte etwas wiedergutmachen«, schlug Maggie vor.

»Aber warum?«, fragte Macy. »Es ist Jahre her, und wir haben uns nicht im Guten getrennt.«

»Vielleicht war sie krank und wollte Frieden schließen.«

»Wenn das der Fall ist, werden wir es vielleicht nie erfahren. Ich bezweifle, dass Alex aus seiner Untersuchung viel über ihren allgemeinen Gesundheitszustand sagen konnte. Sie war in schlechtem Zustand.« Er versuchte, nicht daran zu denken, wie sie aussah, als er sie fand. Jetzt, da er wusste, wer unter all dem Schutt lag, war das Bild noch schrecklicher. Er atmete durch die Nase ein und versuchte, seine Gedanken in die Gegenwart zurückzubringen.

»Wir werden Seb von deinem Gespräch mit ihr erzählen. Es wird ihm zumindest einen Ausgangspunkt geben«, sagte Maggie und rettete ihn davor, sprechen zu müssen, während er sich wieder unter Kontrolle brachte.

»Okay. Das ist verrückt. Ich hoffe, er kann herausfinden, was sie hier gemacht hat.«

»Das muss er. Ich denke, sie ist der Schlüssel zu allem, was vor sich geht.« Declan seufzte. »Danke, Macy. Wir lassen dich wieder arbeiten.«

»Oh ja. Arbeit. Als ob ich mich jetzt konzentrieren könnte.«

»Du hattest eine Menge Kunden da draußen. Ich bin sicher, du kommst schnell wieder in deinen Rhythmus«, sagte Maggie, als sie sich alle umdrehten, um nach vorne zu gehen.

»Ja, wahrscheinlich. Wollt ihr einen Kaffee, bevor ihr geht?«

»Ist der Himmel blau?«, antwortete Maggie.

»Heute nicht.« Macy deutete auf das Fenster vorne. Der Regen prasselte jetzt heftig herunter.

»Vergiss den Vergleich. Die Antwort ist ja. Seb hat uns um

halb sieben geweckt. Wir sind direkt hierhergekommen, nachdem er weg war.«

Macy ging zu ihrer professionellen Kaffeemaschine und nahm eine Tasse, um Declan einen Kaffee einzuschenken. »Maggie, möchtest du einen schwarzen Kaffee oder einen Latte?«

»Latte.« Sie warf Declan einen Blick zu. »Heute brauche ich etwas Schnickschnack, um die Anspannung zu übertünchen.«

Er stöhnte. »Wir werden alt und grau sein, und du wirst mir das immer noch vorhalten.«

Sie tätschelte seine Wange. »Darauf kannst du wetten.«

Macy runzelte neugierig die Stirn. »Was? Was hab ich verpasst? Da läuft doch ein Insider-Witz, oder?« Sie blickte zu ihnen hinüber, während sie Milch für Maggies Latte aufschäumte.

»Er findet, ich bin pingelig.«

»Ich hab das schon zurückgenommen.« Er drehte seinen Nacken und wandte sich ihr zu.

Macy kicherte. »Bist du auch ein bisschen. Aber gleichzeitig auch nicht.«

»Siehst du?«, sagte Declan.

»Aber schäm dich, dass du sie so genannt hast.« Macy goss die aufgeschäumte Milch in den Espresso und setzte einen Deckel auf den Becher, bevor sie ihn Maggie reichte.

»Ha!« Maggie nahm den Becher und lächelte dankbar. »Genugtuung.«

»Was auch immer. Können wir gehen? Ich würde ja wütend rausstürmen und ohne dich abhauen, aber du bist meine Mitfahrgelegenheit.« Er grinste.

»Ich sollte dich hier lassen.«

»Nein!«, sagte Macy und streckte abwehrend die Hände aus. »Er treibt mich in den Wahnsinn. Nimm ihn mit, bitte.«

Declan legte einen Arm um ihren Hals und zog sie an sich. »Du liebst mich.«

»Tu ich nicht. Lass mich los, du Depp!«

Er gab ihr einen schmatzendem Kuss auf den Kopf und ließ sie los. Macy richtete ihre Schürze und funkelte ihn an. Er grinste sie nur an. Es machte immer noch Spaß, seine kleine Schwester aufzuziehen.

»Husch!« Sie schob ihn zum Ende der Theke. »Geh mit Seb reden.«

Declan wurde ernst, als er an den Grund ihres Besuchs erinnert wurde. »Ja. Halt die Augen und Ohren offen. Wir wissen nicht, wer ein Ziel sein könnte.«

Sie nickte. »Ich werde vorsichtig sein.«

Er hob seinen Kaffeebecher zum Abschied und ging dann mit Maggie aus dem Café. Sie eilten durch den Regen zu ihrem Auto und setzten sich hinein. Sie startete den Motor und fuhr die wenigen Blocks zur Polizeistation.

»Weißt du, ich wünschte fast, es wäre Schnee«, sagte Maggie und parkte auf einem Platz so nah wie möglich an der Tür.

»Warum?«

»Weil ich Regen ohne Donner hasse. Es ist meistens kalt und einfach blöd. Wenigstens sind Gewitter aufregend.«

»Stimmt. Aber es ist Herbst, und das ist eben, was er macht.« Er machte seinen Gurt los. »Bereit?«

Sie löste ihren Gurt und zog den Schlüssel aus dem Zündschloss, griff nach ihrer Handtasche. »Jep.«

Sie rissen ihre Türen auf und rannten zum Unterstand, wo sie das Wasser abschüttelten, als sie im Trockenen waren.

»Mann, es schüttet wirklich.« Declan zog die Tür auf und hielt sie für sie.

Sie ging hinein und lächelte den diensthabenden Sergeant, Alaina Wilder, an.

»Hallo, Maggie. Lieutenant. Seid ihr hier, um den Sheriff zu sehen?«

»Ja, sind wir«, antwortete Maggie.

Alaina schob ein Besucherbuch zu ihnen und zwei Besucherausweise. »Tragt euch für mich ein.«

Sie kritzelten ihre Namen in das Buch und steckten die Ausweise an ihre Hemden. Alaina drückte einen Knopf, um die Tür zu entriegeln, und es summte.

»Er ist in seinem Büro.«

»Danke.« Maggie lächelte ihr zu und ging durch die Tür voran. Sie gingen den Flur entlang und folgten dem Umriss des Großraumbüros, um zu Sebs Büro zu gelangen. Seine Tür stand einen Spalt offen. Sie klopfte leise und stieß sie auf.

»Hey.« Er seufzte und lehnte sich in seinem Stuhl zurück. »Habt ihr mit Macy gesprochen?«

»Ja.« Declan folgte Maggie hinein, und sie setzten sich auf die Stühle vor dem Schreibtisch. »Sie sagte, sie habe vor ein paar Jahren von ihr gehört. Ich glaube, sie war total betrunken und etwas zusammenhanglos, aber Macy meinte, sie habe erfahren, dass sie damals in Denver war. Sie wusste nichts Genaueres als das.«

»Nun, das gibt mir einen Ausgangspunkt. Ich werde dort anrufen und sehen, ob sie eine Adresse für sie haben. Wenn sie Drogen genommen hat, wurde sie vielleicht kürzlich verhaftet.«

Declan lehnte sich vor und stützte die Ellbogen auf die Knie, presste für einen kurzen Moment die Handballen gegen seine Augen. »Ich verstehe einfach nicht, warum sie wieder hier sein sollte. Hier gab es nichts für sie. Nichts. Sie wusste, dass Macy und ich nichts mit ihr zu tun haben wollten. Warum sollte sie zurückkommen?«

»Ich weiß es nicht, aber ich werde mein Bestes tun, um es herauszufinden.«

Er nickte. »Ja, ich weiß. Ich bin nur frustriert. Und besorgt. Hast du meinen Vater gefunden?«

»Noch nicht. Er war bis vor etwa einem Jahr im staatlichen Gefängnis. Ich habe den Gefängnisdirektor angerufen, und er hat seine Akte herausgeholt. Ich habe den Namen seines Bewährungshelfers bekommen und wollte ihn gerade anrufen, als ihr angekommen seid.«

»Tu es.« Declan deutete auf das Telefon auf dem Schreibtisch.

Seb nahm den Hörer ab und tippte die Nummer auf einem Klebezettel ein.

»Hallo, hier ist Sheriff Sebastian Archer aus dem Boone County. Ich suche nach Informationen zu einem Ihrer Bewährungsfälle, Cole Briggs.«

Declan legte die Fingerspitzen aneinander und ließ sie auf seinem Kinn ruhen. Er tippte mit den Zehen eines Fußes, während er zuhörte. Maggie saß still neben ihm und starrte ihren Bruder an.

Seb nahm seinen Stift und kritzelte eine Adresse auf den Klebezettel. »Okay, danke.« Er legte auf. »Letzte bekannte Adresse ist in Denver. Lust auf eine Fahrt?«

»Verdammt, ja.« Er stand auf.

»Was ist mit dir, Mags?«

Sie erhob sich. »Nein. Geht ihr zwei. Ich muss sicherstellen, dass ich für die Gerichtsverhandlung morgen bereit bin. Es gab noch ein paar Dinge, die ich klären muss, und ich muss mich mit meinem Mandanten treffen.«

Declan berührte ihre Schulter. »Pass auf dich auf. Ich hasse es, dass meine kaputte Familie dich vielleicht in Gefahr gebracht hat.«

»Es ist nicht deine Schuld. Und mir wird es gut gehen. Ich weiß, wie ich auf mich aufpassen kann.«

»Ich weiß, dass du das kannst. Das bedeutet nicht, dass ich mir keine Sorgen machen kann.« Und das würde er. Sie hatte mit Rayna Jiu-Jitsu gelernt, aber es gab immer noch Situationen, die sie nie kommen sehen würde.

Sie trat näher und gab ihm einen Kuss auf die Wange. »Ich werde dich mit Textnachrichten nerven, wie wäre das?«

»Klingt gut.«

»Wir sehen uns später.« Sie ließ die beiden allein.

Declan schaute vom Türrahmen weg, nachdem sie verschwunden war, und sah Seb, der ihn beobachtete und den Kopf schüttelte.

»Was?«

»Nichts. Ich versuche immer noch, euch beide zu verstehen.« Er stand auf und nahm seine Dienstwaffe vom Schreibtisch, befestigte sie neben seinem Abzeichen an seinem Gürtel, bevor er seinen Mantel nahm und anzog. »Lass uns gehen.«

»Da gibt es kein ›uns‹.« Declan folgte ihm zur Tür hinaus.

»Bist du dir da sicher?«

Er war sich bei nichts sicher, wenn es um Maggie Archer ging, außer dass er sie wollte. Sein Wunsch, durchs Leben allein zu gehen, war in den Hintergrund getreten angesichts seines Verlangens nach ihr. Das war ihm jedoch egal. Dieser Kuss hatte etwas freigesetzt. Er sehnte sich nach mehr. Aber er begann sich zu fragen, ob es eine gute Idee war, in ihrer Nähe zu sein, angesichts der heutigen Enthüllung. Das Aufwühlen seiner Vergangenheit ließ ihn sich schmutzig fühlen. Er wollte ihr Image nicht beschmutzen, indem er sie durch den Dreck seiner Familie zog.

»Nein«, schnaubte er.

Seb schaute zurück und hob eine Augenbraue, sagte aber nichts. Sie gingen durch die Hintertür der Station und stiegen in Sebs Polizei-SUV. Während Seb fuhr, öffnete Declan seine E-Mails auf seinem Handy und ging Behörden-Memos durch. Er hatte noch jährliche Beurteilungen zu erledigen, aber die müssten warten.

Die Fahrt nach Denver dauerte länger als normal, das Wetter verlangsamte sie. Declan gähnte, während er die vorbeiziehende Landschaft beobachtete und wünschte, er hätte seinen Kaffee nicht in Maggies Auto gelassen. Bevor sie die Stadt verließen, würde er Seb bitten anzuhalten, um Kaffee zu holen. Es war ohnehin fast Mittagszeit.

Sie verließen die Interstate und fuhren durch Wohnviertel, bis sie an einem Haus in einem heruntergekommenen Stadtteil hielten. Ein rostiger, uralter Sedan stand in der Einfahrt. Einige Kinderspielzeuge waren im Garten verstreut. Ihr Anblick ließ Declans Magen sinken. Irgendetwas sagte ihm, dass er seinen Vater hier nicht finden würde.

Declan stieg aus dem SUV aus und ging den bröckelnden Gehweg zur Veranda hoch. Seb klopfte an die Tür. Ein kleiner Hund bellte. Er konnte hören, wie seine Krallen über einen

Holzboden kratzten, als er zur Tür rannte. Eine Frau schrie den Hund an, er solle die Klappe halten.

Das Schloss klickte, und die Innentür öffnete sich, um eine Frau um die vierzig mit stumpfem blonden Haar zu enthüllen, das zu einem unordentlichen Dutt zusammengebunden war. Sie trug einen weiten Pullover und Jeans. Sie hielt den Hund fest und versuchte, ihn zu beruhigen, während er sie anknurrte. »Ja?«

»Ma'am, ich bin Sebastian Archer, Sheriff von Boone County. Wir suchen Cole Briggs. Ist er hier?«

»Diesen Bastard hab ich seit Monaten nicht mehr gesehen. Er kam nach Hause, nachdem er Ende letzten Jahres aus dem Gefängnis entlassen wurde. Lang genug, um seinen Bewährungshelfer zufriedenzustellen, dann verschwand er. Wie er es immer macht.«

Declan blinzelte. Vielleicht waren sie doch am richtigen Ort. Er warf einen Blick auf die Spielzeuge im Garten. »In welcher Beziehung steht er zu Ihnen?«

»Er ist der gute-für-nichts Vater meiner Kinder.« Sie runzelte die Stirn und sah ihn an. »Du kommst mir bekannt vor. Wer bist du?«

Die Welt drehte sich. Declan legte eine Hand ans Haus, um sich zu stabilisieren. »Ich bin sein Sohn, Declan.«

Die Augen der Frau weiteten sich. »Er erwähnte, dass er ein paar Kinder hatte, als wir uns kennenlernten, aber sprach kaum über euch. Sagte nur, dass ihr nicht Teil seines Lebens wart.«

Er schluckte schwer, dann deutete er auf die Spielzeuge. »Sie haben Kinder?«

Sie nickte, nun zurückhaltender. »Drei. Mein Ältester ist neunzehn und ging nach dem Abschluss letztes Jahr in die

Ölfelder im Norden, um Arbeit zu finden. Ich habe auch zwei Töchter. Zwölf und sieben.«

»Wie heißen sie?«

»Mein Sohn heißt Michael. Meine Töchter sind Hannah und Jessie.«

Declans Verstand überschlug sich. Was zum Teufel? Wie konnte er drei Geschwister haben und nichts davon wissen? Er spottete in Gedanken über sich selbst. Weil sein alter Herr ein selbstsüchtiger Mistkerl war, deshalb. Er griff in seine Tasche, holte eine Visitenkarte aus seiner Brieftasche und sah dann zu Seb. »Hast du einen Stift?«

Seb griff in die Innentasche seines Mantels und reichte ihm einen. Declan schrieb mit zitternden Händen seine Handy-nummer auf die Rückseite der Karte.

»Ich weiß, dass Sie mich nicht kennen, aber ich würde mich sehr freuen, wenn Sie mich irgendwann anrufen würden, damit meine Schwester und ich unsere Geschwister kennen-lernen können.« Er reichte ihr die Karte.

Sie nahm sie und betrachtete sie, fuhr mit dem Finger über das Emblem und las seinen Titel laut vor. »Lieutenant Declan Briggs, Notfalldienste Boone County.« Sie sah zu ihm auf. »Du bist Feuerwehrmann?«

»Ja, Ma'am. Wie ist Ihr Name?«

»Denise James. Wie heißt deine Schwester?«

»Macy. Sie besitzt ein Kaffeehaus in der Stadt, in der wir leben.«

»Was ist mit eurer Mutter? Lebt sie in eurer Nähe? Cole sagte nur, dass sie nicht mehr zusammen waren. Ich habe ein paar Mal versucht, ihn dazu zu bringen, über sein Leben vor unserer Begegnung zu sprechen, aber er sagte mir nur, es sei Vergangenheit und ich soll die Klappe halten.«

Das klang nach seinem Vater. »Mom ist tot.«

»Deshalb sind wir eigentlich hier, Ms. James«, sagte Seb. »Sherri Briggs wurde vor ein paar Tagen ermordet aufgefunden. Wir versuchen, ihren letzten bekannten Aufenthaltsort zu ermitteln, um ihren Mörder zu finden.«

»Meine Güte! Denkt ihr, Cole hatte etwas damit zu tun?«

»Wir sind nicht sicher. Wir gehen nur jeder Möglichkeit nach. Warum? Denken Sie, er ist zu einem Mord fähig?«

Sie schnaubte und rückte den Hund zurecht. Er schnüffelte jetzt in der Luft um sie herum und begutachtete die Neuankömmlinge. »Ich denke, er ist zu so ziemlich allem fähig.« Ihre Augen wanderten zu Declan. »Ich weiß nicht, wie viel du dich an ihn erinnerst, aber dein Vater ist gerissen. Er könnte einem Vogel ein Flugzeug verkaufen.«

»Ich war ein Teenager, als er ging. Ich erinnere mich an seine silberne Zunge. Er hatte auch ein Temperament.«

»Ja. Ich weiß.«

Declan runzelte die Stirn, er fühlte mit dieser Frau mit. »Warum haben Sie ihn immer wieder zurückgenommen, wenn Sie wussten, wie er ist?«

»Weil er der Vater meiner Kinder ist. Ich hätte ihn kurz nach unserem Kennenlernen verlassen sollen, aber ich wurde schwanger mit Michael. Ich war jung – erst achtzehn – und hatte nirgendwo hin. Cole hat mich unterstützt. Zumindest bis er im Gefängnis landete. Ich schwor, wenn er rauskäme, würde ich ihn nicht wieder in unser Leben lassen, aber er redete sich immer wieder die Tür rein und dann war ich verloren. Hannah kam nach seiner ersten Entlassung aus dem

Gefängnis. Jessie nach der nächsten. Ich habe meine Lektion gelernt, nachdem sie geboren wurde, und sichergestellt, dass ich diesmal mit meiner Verhütung auf dem neuesten Stand bin. Ich brauche keine weiteren Mäuler, die ich stopfen muss.«

Wut schwoll in Declans Brust an und steigerte sich zu einer Raserei, dass sein Vater diese Frau weiterhin ausnutzte. Sie war nicht schuldlos, aber er spielte mit ihrer Schwäche.

»Wissen Sie, wo er sein könnte?«, fragte Seb.

»In einer Bar. In irgendeiner dunklen Gasse, wo er sich Heroin spritzt. Verdammt, er könnte meinetwegen tot sein. Er ist im März von hier abgehauen. Habe ihn seitdem weder gesehen noch von ihm gehört.«

»Angenommen, er lebt. Welche Bars hat er frequentiert? Hatte er Freunde, mit denen er in Kontakt stehen könnte?«

Sie zählte einige Namen auf und nannte ihnen ein paar Bars, die sie abklappern könnten. Seb tippte sie in eine Notizen-App auf seinem Handy ein.

»Es tut mir leid, dass er so ein Arschloch ist«, sagte Declan, als sie sich zum Gehen bereit machten. »Und ich würde mich wirklich freuen, wenn du mich mal anrufst. Macy und ich würden die Kinder gerne kennenlernen.«

Sie lächelte. »Ich glaube, sie würden dich auch gerne kennenlernen. Michael könnte wahrscheinlich einen stabilen Mann in seinem Leben gebrauchen.« Eine besorgte Falte erschien auf ihrer Stirn. »Er ist seinem Vater ein bisschen zu ähnlich. Er hatte in der Highschool ein paar Auseinandersetzungen mit dem Gesetz. Zum Glück hat er sich sauber gehalten, seit er nach North Dakota gegangen ist. Soweit ich weiß, jedenfalls. Er ruft nicht so oft zu Hause an, wie ich es gerne hätte.« Sie schüttelte die Schwermut von ihrem Gesicht und lächelte wieder. »Ich wünschte, die Mädchen wären zu Hause. Aber sie sind in der Schule.«

Er wünschte auch, sie wären zu Hause. Er hatte mehr Schwestern! Macys Gesicht tauchte in seinen Gedanken auf, und er konnte nicht anders, als sich zu fragen, wie ähnlich sie ihr sahen. Sie ähnelte ihrer Mutter, hatte aber die gleiche Nasenform wie ihr Vater und auch seine Größe. Declan hatte den Körperbau und einige Züge seines Vaters, aber seine Haare und Augen waren ganz die seiner Mutter. Ehrlich gesagt war er froh, dass er dem Bastard nicht mehr ähnelte.

»Wir werden uns bald treffen«, versprach er ihr. »Danke für die Informationen. Wenn du irgendetwas brauchst, ruf mich bitte an.«

»Das werde ich mir merken.« Sie zögerte. »Wenn die Mädchen nach Hause kommen und mit dir sprechen wollen, darf ich dich anrufen?«

»Auf jeden Fall. Du kannst mich sogar per FaceTime anrufen. Und wenn du mir kurz Bescheid gibst, kann ich Macy auch dazuholen.«

Denise strahlte. »Nun, dann werden wir wahrscheinlich später mit dir sprechen.«

»Klingt super. Mach's gut.« Er ging rückwärts von der Veranda, winkte, als er sich umdrehte, um zurück zum Auto zu gehen. Seine Hände fühlten sich taub an, als er den Türgriff zog. Er sank in den Sitz und schnallte sich an, während er das Haus beobachtete. Denise ging wieder hinein.

Seb startete den Motor und fuhr vom Bordstein weg. »Alles in Ordnung bei dir?«

»Keine Ahnung. Er hatte ein komplett anderes Leben. Wir haben nie wieder von ihm gehört, nachdem er gegangen war. Ich kann mir nicht vorstellen, dass er in Moms Tod verwickelt ist. Nicht jetzt. Er kam immer wieder zu dieser Frau zurück, aber er hatte nie Kontakt zu uns, nachdem er endgültig verschwunden war. Warum sollte er sie jetzt plötzlich umbringen?«

»Ich glaube, du hast wahrscheinlich recht, aber wir müssen trotzdem jeden Blickwinkel untersuchen. Vielleicht ist es etwas aus ihrer Vergangenheit, das sie wieder einholt. Er könnte auch tot sein.«

Declan seufzte. »Ich weiß.« Er fuhr sich mit der Hand übers Gesicht. »Gott, das ist ein Chaos.«

»Das scheint in den letzten Monaten die Norm zu sein.«

»Stimmt, oder? Ich meine, sind wir in ein alternatives Universum eingetreten, ohne es zu wissen? Es ist eine seltsame Sache nach der anderen.«

»Ja. Ich brauche eine Pause. Aber zuerst müssen wir einen Mörder und einen Brandstifter stoppen. Bist du bereit, ein paar der Adressen anzufahren, die Ms. James uns gegeben hat?«

»Klar. Wer weiß? Vielleicht finden wir den Arsch.«

»Schlag ihn bloß nicht. Oder warne mich zumindest vorher, damit ich wegschauen kann. Ich will dich nicht wieder verhaften müssen.«

»Das will ich auch nicht. Der Knast war scheiße.« Das war eine Erfahrung, die er nie wieder machen wollte. »Also, wo fahren wir zuerst hin?«

»Ich denke, wir können ein paar der Freunde versuchen. Diese Adressen liegen in der Nähe.«

»Lass uns das machen.«

Seb machte eine Reihe von Abbiegungen, und sie hielten vor einem anderen Haus. Dieses sah schlimmer aus als das von Denise. Die Farbe blätterte von der Fassade ab, und die Veranda hing durch. Ein starker Windstoß, und es sah aus, als würde sie zusammenbrechen. Der Hof war mehr mit Unkraut als mit Gras bedeckt.

»Es sieht nicht so aus, als wäre jemand zu Hause«, sagte Declan, als er die Autotür schloss und um die Motorhaube herumging.

»Wir werden es herausfinden.« Das Tor aus Maschendraht quietschte, als Seb es aufstieß. Sie gingen die verrotteten Verandatreppen hinauf und klopften an die Tür.

Declan spähte durch das Fenster. Nichts bewegte sich. »Ich glaube nicht, dass sie zu Hause sind.«

»Ja, ich auch nicht. Versuchen wir die nächste Adresse.«

Sie gingen zurück zum Auto und verbrachten die nächsten zwei Stunden damit, durch die Stadt zu fahren. Bei jedem Stopp war entweder niemand zu Hause, oder niemand hatte Cole gesehen. Frustration nagte an Declan. Er hatte gefürchtet, seinen Vater wiederzusehen, aber jetzt wollte er ihn einfach nur finden, um ihn zu fragen, warum er wegegangen war und eine ganz neue Familie gegründet hatte. Declan war nicht verärgert darüber, dass Cole ihn und Macy verlassen hatte – es ging ihnen ohne ihn besser – aber er wollte wissen, warum Denise und ihre Kinder anders waren.

Seb fuhr bei einem Fast-Food-Laden vorbei und bestellte ihnen Burger. Declan brachte ihn dazu, auch noch bei einem Starbucks durchzufahren. Ein Teil der Kopfschmerzen, die hinter seinen Augen pochten, kam vom Koffeinentzug. Nachdem sie gegessen hatten und Declan seinen Kaffee in der Hand hielt, machten sie sich auf den Heimweg.

Es war eine lange Fahrt. Declan konnte seinen Kopf nicht ausschalten, obwohl seine Rippen schmerzten und sein Kopf hämmerte. Er ließ sich von Seb bei Peppy Brewster absetzen und bereitete sich darauf vor, seiner Schwester zum zweiten Mal an einem Tag eine Bombe platzen zu lassen.

Macys Lächeln verschwand, und ihre Schultern sackten nach unten. »Gott, was jetzt?«

Er sagte nichts, ging an ihr vorbei und drückte sich durch die Schwingtür in die Küche. Sie sagte der jungen Frau, die mit ihr arbeitete, dass sie gleich zurück sein würde, und folgte ihm. Er blieb am Tisch stehen und lehnte sich dagegen, stützte seine Hände auf die Kante des kühlen Metalls auf beiden Seiten seiner Hüften.

»Dad ist auch tot, oder?«

»Nicht soweit wir feststellen konnten.«

Sie runzelte die Stirn. »Okay. Was ist es dann?«

»Seb hat von seinem Bewährungshelfer eine letzte bekannte Adresse für ihn bekommen. Wir sind zu dem Haus gefahren. Er war nicht da, aber eine Frau hat die Tür geöffnet.«

»Er hat eine Freundin?«

»Sie ist viel mehr als das. Sie haben drei Kinder zusammen.«

»Was?« Macys Stimme stieg um mehrere Oktaven.

»Ein Junge und zwei Mädchen. Michael ist neunzehn. Die Mädchen, Hannah und Jessie, sind zwölf und sieben. Ihre Mutter heißt Denise James. Ich habe ihr meine Visitenkarte und Handynummer gegeben. Ich hoffe, sie wird uns später per FaceTime anrufen, damit wir mit den Mädchen sprechen können. Michael lebt in einem anderen Bundesstaat. Er arbeitet auf einem Ölfeld in North Dakota.«

Macy bedeckte ihren Mund mit den Händen. »Oh mein Gott«, murmelte sie dahinter, bevor sie die Hände sinken ließ. »Denkst du, Mom wusste davon?«

»Vielleicht? Ich bin mir nicht sicher.« Sein Handy piepte, und er holte es heraus, um nachzusehen. »Na, das nenne ich mal gutes Timing. Es ist eine Nachricht von Denise. Die

Mädchen sind aus der Schule zurück und wollen mit uns sprechen.«

»Ruf sie an.« Macy stieß sich vom Tisch ab, um neben ihm zu stehen.

Declan drückte auf die Taste, um einen FaceTime-Anruf zu starten. Denises Gesicht füllte den Bildschirm.

»Hallo! Ich hatte nicht erwartet, dass du so schnell zurückrufst.«

»Ich war im Café meiner Schwester und habe ihr gerade die Neuigkeiten über dich und deine Kinder erzählt.«

Macy winkte. »Hallo.«

Denise lächelte, während sie durch ihr Haus ins Wohnzimmer ging. »Mädels. Declan hat angerufen. Er und Macy sind per FaceTime dran.«

Sie hörten das Murmeln junger Stimmen, als sie sich auf dem Sofa niederließ. Die Gesichter der Mädchen kamen auf beiden Seiten von ihr ins Bild. Sie winkten, und Declans Herz machte einen Satz.

»Hallo! Ich bin Hannah«, sagte die Ältere.

»Ich bin Jessie«, fügte das jüngere Mädchen hinzu. »Du bist hübsch!«, sagte sie zu Macy.

Declan schaute zu ihr hinüber und sah ein strahlendes Lächeln auf ihrem Gesicht.

»Danke. Ihr seid wunderschön. Ihr beide. Es ist so schön, euch kennenzulernen.«

Und das waren sie. Beide hatten hübsche Lächeln und Coles hellblondes Haar. Hannah hatte die blauen Augen ihrer Mutter, aber Jessies waren braun wie die ihres Vaters. Selbst im Sitzen konnte er erkennen, dass beide auch seine Größe hatten. Hannah war so groß wie ihre Mutter, wie sie dort saß, und Jessie sah älter aus als ihre sieben Jahre. Beide Mädchen wirkten glücklich. Declan war froh, dass Denise eine gute Mutter zu sein schien. Er hoffte, dass sich das bewahrheiten würde, wenn sie sich besser kennenlernten.

»Eure Mutter hat gesagt, ihr seid gerade aus der Schule gekommen«, sagte Macy. »Mögt ihr eure Lehrer?«

Die Mädchen begannen, ihren Tag zusammenzufassen, was dann zu einer Diskussion über ihre Lieblingsfächer und ihre Freunde führte. Declan und Macy erfuhren, dass Hannah Mathe und Lesen mochte und Jessie Kunst.

Declan blickte zurück, als sich die Küchentür öffnete. Maggie trat ein.

»Seb hat angerufen und gesagt, ich sollte herkommen. Ich bin so schnell gekommen, wie ich konnte.« Sie runzelte die Stirn und hielt ein paar Meter entfernt inne, als sie den FaceTime-Anruf bemerkte.

Er winkte sie zu sich. »Komm her und lerne unsere Schwestern kennen.«

Ihre Augen wurden groß. »Eure was?« Ihre Füße trugen sie zu ihm, um neben ihm zu stehen.

»Deck hat eine Überraschung in Denver gefunden«, sagte Macy.

Maggie schaute auf den Handybildschirm, Überraschung auf ihrem Gesicht. »Hallo.«

»Hallo!«, zwitscherte Jessie. »Ich bin Jessie. Wer bist du?«

»Ich heiße Maggie.«

»Maggie ist eine Freundin von uns«, sagte Declan.

»Schön, dich kennenzulernen. Das ist meine Schwester, Hannah. Und meine Mom.«

»Ich bin Denise.« Die Frau winkte.

»Schön, euch alle kennenzulernen.« Maggie schaute Declan an. »Das ist eine ziemliche Überraschung.«

»Ja. Ich werde dich später mehr aufklären.«

»Wir sollten wahrscheinlich gehen, damit ihr mit dem weitermachen könnt, was ihr gerade getan habt. Wir werden bald wieder sprechen, nicht wahr, Mädels?«, sagte Denise.

Ihre Köpfe wippten.

»Das wäre toll«, sagte Macy. »Wir würden uns freuen, wenn ihr zu Besuch kommt. Vielleicht in ein paar Wochen? Wir sind alle dieses Wochenende auf einer Hochzeit, sonst würde ich sagen, dieser Samstag wäre perfekt.«

»Ein paar Wochen wären perfekt.«

»Gut. Seid brav für eure Mutter, Mädels.«

»Wir sind immer brav«, witzelte Jessie.

Denise lachte. »Das ist fraglich. Wir sprechen später mit euch. Tschüss.«

Macy, Declan und Maggie winkten alle, und Declan berührte den Bildschirm, um den Anruf zu beenden.

»Du hast andere Geschwister?«, sagte Maggie, sobald der Bildschirm dunkel wurde.

»Ja. Es hat mich fast umgehauen, als Denise es mir erzählt hat. Dad hat ein Leben geführt, von dem wir nichts wussten. Obwohl, ich kann es kaum ein Leben nennen. Sie sagte, er war mehr im Gefängnis als draußen.« Was nicht anders war als das, was er und Macy mit ihm als Vater erlebt hatten.

»Aber trotzdem, zwei Kinder?«

»Drei. Es gibt einen neunzehnjährigen Jungen, der in einem anderen Bundesstaat lebt.«

Maggie blinzelte. »Wow.«

»Allerdings. Bist du für heute fertig? Ich muss hier raus und meinen Kopf freibekommen.«

»Größtenteils, ja. Ich habe noch ein paar Dinge zu erledigen, aber die kann ich später machen.«

»Gut.« Er nahm ihren Arm und führte sie zum Vordereingang des Cafés. »Macy, wir sehen uns später.«

»Oh, klar. Lass Bombe Nummer zwei platzen und lauf weg. Mmm-hmm.«

Er warf ihr ein Grinsen zu, während sie ihnen folgte. »Wenigstens war diese positiv.«

»Trotzdem nicht weniger atemberaubend. Ich werde mich in Kaffee und Londons Macarons ertränken.«

»Ooh. London hat Macarons für dich zum Verkauf gemacht?« Maggie grub ihre Hacken ein.

Declan zog an ihrer Hand, bereit, für eine Weile aus der Stadt rauszukommen. Sie befreite sich, und er seufzte, den Kopf zurückwerfend. »Was haben Frauen nur mit diesen Keksen?«

»Ach was«, sagte Macy. »Ich kann mich erinnern, dass du vor ein paar Monaten einen Behälter voll davon vor mir versteckt hast, nachdem du Londons Warmwasserboiler repariert hast.«

Er runzelte die Stirn. Verdammt, sie würde sich daran erinnern. »Na ja, das war was anderes. Ich hatte Angst, ich würde gar keine abbekommen, wenn ich sie nicht verstecke.«

»Okay, sicher. Für's Lügen kriegst du jetzt nichts.« Sie ging zur Vitrine und beugte sich vor, um die Rückseite aufzuschieben. Sie nahm eine Makrone heraus und reichte sie Maggie. »Stell sicher, dass du ihn wissen lässt, wie köstlich die ist, wenn du sie isst.«

Maggie kicherte. »Mach ich.« Sie öffnete ihre Handtasche, um ihr Portemonnaie herauszuholen.

Declan winkte ab und reichte Macy seine Kreditkarte. »Kann ich wenigstens einen Kaffee haben?«

Sie nahm seine Karte mit einem frechen Lächeln. »Ja.«

»Danke.«

Es dauerte nicht lange, bis sie sie abkassiert und ihm eine Tasse Kaffee eingeschenkt hatte. Sobald er den Kaffee in der Hand hielt, schob er Maggie zur Tür hinaus. Sie rannten durch den Regen zu ihrem Auto.

»Igitt!« Sie wischte sich Regentropfen aus dem Gesicht. »Wird es heute jemals aufhören zu schütten? Ich dachte, es sollte in Schnee übergehen.«

»Ich weiß nicht. Und ich schätze, es ist zu warm geblieben für einen Wechsel.« Für einmal war Declan froh, nicht im Dienst zu sein. Es würde heute Abend wahrscheinlich mehrere Wasserrettungen geben. Sich durch Hochwasser zu schleppen in seiner ganzen Ausrüstung war nicht seine Vorstellung von Spaß.

»Ich sollte das wohl essen, bevor wir irgendwohin fahren.« Maggie hob die Makrone an ihren Mund und biss hinein. Das Knirschen erfüllte das Auto. Kleine Stücke bröckelten ab, als sie zubiss, und sie hielt ihre Hand unter ihr Kinn, um sie aufzufangen. »Mmm... lecker.« Ein Lächeln zuckte um ihren Mund, während sie kaute.

Er lachte. »Das war erbärmlich. Es muss nicht so lecker sein, wie du dachtest.«

Sie verdrehte die Augen und kicherte. »Ich werde London sagen, dass du das gesagt hast.«

»Vielleicht macht sie mir eine eigene Ladung, um mich vom Gegenteil zu überzeugen.«

»Unwahrscheinlich. Sie wird dich wahrscheinlich aus ihrer Küche verbannen.«

Er schüttelte einen Finger vor ihr. »Das ist wahrscheinlicher, ja.«

Sie stopfte sich den Rest des Kekses in den Mund und kaute, während sie sich anschnallte und das Auto startete. »Also, wohin fahre ich? Ich habe das Gefühl, du willst nicht nach Hause.«

»Nein. Ich muss... etwas tun.«

»Was machst du normalerweise, wenn du unruhig bist?«

»Klettern. Skifahren. Laufen.«

»Im Grunde alles Dinge, die du derzeit nicht machen darfst.«

»Bingo.«

»Okay. Also, was machen wir? Einen Film?«

Er schüttelte den Kopf. »Es muss etwas Körperliches sein. Wenn ich nur dasitzen muss, werden meine Gedanken abschweifen. Ich brauche eine Aufgabe, auf die ich mich konzentrieren kann.«

Maggie tippte an ihr Kinn und dachte nach. Nach einem Moment hellte sich ihr Gesicht auf. »Ich habe eine Idee.« Sie legte den Rückwärtsgang ein und setzte auf die Straße zurück.

»Wohin fahren wir?«

»Wirst du schon sehen.«

Er kniff die Augen zusammen und versuchte herauszufinden, ob ihm gefallen würde, wohin sie ihn brachte, aber es war zwecklos. Die Frau hatte ein ausgezeichnetes Pokerface.

Sie fuhren aus der Stadt hinaus, vorbei an der Pension und in Richtung der Ranch ihrer Familie. Bevor sie jedoch die Einfahrt erreichte, bog sie auf eine andere Straße ab, und Declan wusste, wohin sie fuhren.

»Zu Duvalls? Was ist da draußen?« Knox Duvall züchtete einige der besten Pferde des Landes, aber er konnte sich nicht vorstellen, warum Maggie ihn dorthin bringen würde. Knox bot keine Ausritte an, und wenn sie das im Sinn hätte, würden sie zum Broken Bow gehen. Er konnte sowieso nicht reiten, mit seinen gebrochenen Rippen.

»Wirst du schon sehen«, wiederholte sie.

Er seufzte. »Maggie. Ich hatte für einen Tag genug Überraschungen.«

»Es ist nichts Schlimmes, versprochen. Ich finde es entspannend.«

»Etwas, das du mit Knox machst?« Die ersten Ranken der Eifersucht schlängelten sich durch ihn. Knox war ein netter Mann, dazu noch ungebunden und gut aussehend.

»Nein. Mit seiner Schwester.«

»Alice? Ich dachte, sie wohnt in der Stadt.« Alice Duvall war die Kunstlehrerin der Grundschule und hatte ihr eigenes kleines Haus direkt am Stadtrand.

»Tut sie auch.«

»Ich bin verwirrt.«

Sie kicherte. »Es wird bald alles klar sein, versprochen.«

»Na gut.« Er würde nicht mit ihr streiten. Sie und Alice waren gute Freundinnen, da sie in der gleichen Klassenstufe gewesen waren. Stattdessen lehnte er sich in seinem Sitz zurück und versuchte, die Fahrt zu genießen. Es war hübsch in dieser Gegend, selbst bei Regen. Die Straße zur Duvall-Ranch wand sich die Bergseite hinauf, daher waren die Aussichtspunkte atemberaubend.

Ein paar Minuten später bog Maggie in die Einfahrt der Ranch ein. Die Reifen machten ein schleifendes Knirschen, als sie den Kiesweg hinauffuhr. Am Ende der vierhundert Meter langen Einfahrt nahm sie die Abzweigung, die zum Haupthaus führte, und parkte neben einem gelben Jeep, der neben einem Metallgebäude hinter dem Farmhaus stand. In den Fenstern brannte Licht, und fröhliche Herbstdekorationen umrahmten die Tür.

MAGGIE STELLTE DEN MOTOR AB, ÖFFNETE IHREN Sicherheitsgurt und ihre Tür. »Komm schon.« Sie schenkte ihm ein ermutigendes Lächeln. Er hatte solche Angst, dass sie ihn zu etwas Schrecklichem führte. Sie konnte sich nur vorstellen, was er dachte. Wahrscheinlich irgendeine super mädchenhafte Spa-Behandlung oder so. Zugegeben, was sie taten, war ein bisschen mädchenhaft, aber nicht so schlimm.

Mit gegen den Wolkenbruch gebeugten Rücken eilten sie hinein und stampften das Wasser ab, als sie eintraten.

»Maggie! Das ist eine Überraschung. Und du hast einen Freund mitgebracht.« Alice lächelte sie von ihrer Position an einer Töpferscheibe aus an. »Ich würde euch zwei anständig begrüßen, aber ich bin ein Durcheinander.« Sie hielt ihre mit Ton bedeckten Hände hoch.

»Wir töpfern?« fragte Declan.

Maggie drehte sich zu ihm um. »*Bemalen* Töpferwaren.« Sie zeigte auf Regale voller getrockneter Tonstücke, die darauf warteten, bemalt zu werden. »Töpfern würde andere Kleidung erfordern. Ich fasse diese Töpferscheibe nicht in diesem Kleid und diesen Schuhen an.«

Er musterte sie von oben bis unten, sein Blick verweilte auf ihren bloßen Beinen. Sie hatte überlegt, heute Stiefel zu tragen, aber die Art, wie Declan sie immer in hohen Absätzen ansah, hatte sie umgestimmt.

Alice lachte. »Das wäre ein Anblick. Du versuchst, in diesem Rock Ton zu schleudern. Du müsstest entweder wie die Königin sitzen, mit deinen Beinen zur Seite gelegt, oder mit hochgerafftem Rock um deine Hüften.«

Maggie sah bei Alices Worten zu Declan hinüber, Hitze stieg ihr in die Wangen. Seine blauen Augen verdunkelten sich, und sie konnte erkennen, dass er sie sich wie letzteres vorstellte. Sie räusperte sich und trat auf einen Tisch zu, zog ihren Mantel aus.

»Ich hoffe, es macht dir nichts aus, dass wir so unangemeldet auftauchen. Ich weiß, dass du an den meisten Tagen nach der Schule hierher kommst, also hoffte ich, du würdest uns erlauben, ein paar Stücke zu bemalen. Wir – besonders Declan – müssen Dampf ablassen.«

Alices Augen glitten zwischen ihnen hin und her, ein Lächeln blühte auf ihrem Gesicht auf. Sie blies eine Strähne ihres blonden Haares aus ihrem Gesicht. »Es gibt viel bessere Möglichkeiten, Dampf abzulassen, als Töpferwaren zu bemalen.«

Maggies Gesicht rötete sich noch mehr. Alice sah mit ihrem weizenblonden Haar und ihren kornblumenblauen Augen ganz zurückhaltend und unschuldig aus, aber sie hatte einen frechen Zug. »Ja, nun, wir sind an diesen Möglichkeiten nicht interessiert, also sind wir hier.«

»Ich sage Bullshit. Der Blick auf seinem Gesicht sagt, dass er genau das gerne tun würde. Aber hey, wenn du es leugnen willst, geht es mich nichts an.« Sie deutete auf die unfertigen Töpferwaren. »Nur zu. Ich wollte sowieso später einen Durchlauf durch den Brennofen machen.«

Maggie weigerte sich, Declan anzusehen. Bilder von ihm ohne Hemd liefen wie auf einem Filmstreifen durch ihren Kopf. Er lief gern oft ohne Hemd herum. Zusammen mit Shorts und Loungehosen, die tief auf seinen Hüften hingen.

War es heiß hier drin? Sie fächelte sich Luft zu.

Im Bemühen, diese Bilder aus ihrem Kopf zu verdrängen, ging sie zu den Regalen und nahm einen Krug und einen großen quadratischen Teller. Sie würden sich gut als Mittelstück auf Declans Tisch machen. Sie stellte sie an einen Arbeitsplatz, dann ging sie zu den Glasuren hinüber und suchte nach Farben, die ihrer Meinung nach sein vorhandenes Dekor ergänzen würden.

Er trat neben sie. Sie hielt ihre Augen auf die Glasur gerichtet.

»Maggie.«

»Hmm?« Sie stöberte in den Flaschen, weigerte sich immer noch, ihn anzusehen. Wenn sie es täte, würde sie die Gedanken, die durch ihren Kopf liefen, nicht von ihrem Gesicht fernhalten können.

»Maggie, sieh mich an.«

Sie blies einen Atemzug durch ihre Nase, schloss für einen Moment die Augen und drehte dann ihren Kopf, um seinem Blick zu begegnen.

Ein gebändigtes Feuer brannte in seinen Augen. Eine antwortende Hitze ließ ihre Wangen brennen.

»Ich denke, wir müssen ein ernstes Gespräch über das führen, was zwischen uns passiert.«

Sie nahm mehrere Flaschen Glasur. »Ich stimme zu. Aber nicht hier.« Mit einem letzten, verweilenden Blick ging sie zu ihrem Arbeitsplatz. Sie dachte schon, dass sie reden mussten, aber Mann, sie freute sich nicht darauf. Beziehungen waren nicht ihr Ding. Und ihr Mangel an Erfahrung im Bereich Romantik würde wahrscheinlich zur Sprache kommen. Zu gestehen, dass sie noch nie Sex hatte, stand nicht ganz oben auf der Liste der Gespräche, die sie mit ihm führen wollte. Es war eines, das sie so lange wie möglich aufschieben wollte. Nenn sie feige, aber es war ihr egal. Es war peinlich, dem Mann, der deinen Körper mit nur einem Blick zittern ließ, zu gestehen, dass im reifen Alter von achtundzwanzig noch niemand sie nackt gesehen hatte.

Maggie schielte durch ihre Wimpern zu Declan hinüber, ihr Kopf war gebeugt, während sie an dem Teller arbeitete. Er hatte sich am Tisch neben ihr niedergelassen und eine Kaffeetasse zum Bemalen ausgewählt.

Er blickte auf und erwischte sie dabei, wie sie ihn beobachtete. Ein sexy Lächeln breitete sich auf seinem Gesicht aus, und sie sah weg. Sie hätte ihn einfach nach Hause fahren und sich dann mit ihrer Fallvorbereitung einigeln sollen.

Im besten Bemühen, ihre Augen auf ihrem Projekt zu halten, beschloss sie, den Krug zu ombré, indem sie Schattierungen von Blaugrün verwendete. Trotz ihrer Befürchtungen gelang es ihr, ihre Gefühle zurück in ihre kleine Schachtel zu schieben, und bald entspannte sie sich bei ihrer Aufgabe. Es half, ihren Geist zu beruhigen, nicht nur von Gedanken an Declan, sondern auch von ihrem Gewaltfall morgen. Sie hoffte auf einen schnellen Freispruch, aber bei dem Wahnsinn der letzten Zeit zählte sie nicht darauf.

»Maggie, das sieht fantastisch aus.« Alice kam hinter sie, um sich anzusehen, was sie gemacht hatte.

»Danke.« Sie drehte den Krug und überprüfte ihre Übergangszonen. Sie sahen ziemlich glatt aus. »Ich glaube, ich bin fertig.«

»Großartig. Du kannst sie einfach da lassen und ich werde sie später in den Brennofen stellen.«

Maggie nickte, dann sah sie zu Declan, der sich einem kompletten Set von Tassen zugewandt hatte, während sie an ihren Sachen arbeitete. »Was wirst du mit all denen machen?«

Er zuckte mit den Schultern. »Eine behalten und den Rest verschenken.« Er lächelte sie an. »Ich bin froh, dass du mich hierher gebracht hast. Du hattest Recht; das ist entspannend.«

»Gut. Bist du bereit zu gehen? Ich habe Hunger.«

»Du hast immer Hunger.« Er lachte.

»Was soll ich sagen?« Sie reinigte ihre Pinsel. »Ich mag Essen.« Maggie stand auf, nahm ihre Glasurflaschen und stellte sie zurück ins Regal. Declan tat dasselbe.

»Danke nochmal, dass du uns das Bemalen erlaubt hast«, sagte sie zu Alice.

»Jederzeit. Ich werde diese heute Abend brennen und ihr könnt sie abholen, wann immer ihr wollt.«

»Klingt super. Wir sehen uns später.«

Alice lächelte. »Tschüss.«

Es regnete immer noch, als sie nach draußen traten. Maggie seufzte. Sie brauchten den Regen, aber sie war bereit, dass er aufhörte. Sie mochte es nicht, darin zu fahren. Besonders im Dunkeln.

»Macht es dir etwas aus, wenn wir am Broken Bow anhalten, bevor wir zurück in die Stadt fahren? Ich muss meine Post holen.« Sie schnallte sich an und startete den Motor.

»Nein, das ist in Ordnung. Wir können im Heartwood essen, wenn du willst.«

Sie war sich nicht sicher, ob sie sich der Überprüfung aussetzen wollte, die das Essen dort hervorrufen würde. Obwohl Tara nicht arbeitete, weil sie mit den Hochzeitsvorbereitungen beschäftigt war. Und etwas vom Zedernbrett-Lachs ihrer Schwester klang fantastisch.

»Das passt.« Sie fuhr vom Gebäude weg und fuhr die Einfahrt hinunter.

Die Fahrt war schnell, die beiden Ranches waren nur ein paar Kilometer voneinander entfernt. Maggie bog in die Auffahrt zum Anwesen ihrer Familie ein und hielt zuerst an der Reihe von Briefkästen. Sie leerte ihre Box und reichte alles Declan.

»Mensch, Maggie. Wann warst du das letzte Mal hier?«

»Ähm, es ist eine Weile her. Eine Woche vielleicht?« Sie zuckte mit den Schultern und fuhr wieder auf die Einfahrt. »Die meisten meiner Rechnungen sind auf automatische Zahlung eingestellt, und die, die es nicht sind, bezahle ich online.« Sie zeigte auf den Stapel, durch den er blätterte. »Das meiste davon ist wahrscheinlich Müll.«

»Ja, sieht so aus.« Er blätterte durch einige Flyer. »Außer diesem hier.« Er hielt einen handadressierten Umschlag hoch. »Es sieht wie eine Karte aus.«

Sie schaute hinüber und runzelte die Stirn. »Warum sollte mir jemand eine Karte schicken? Mein Geburtstag ist im Februar. Mach sie auf.«

»Bist du sicher?«

»Ja. Es ist mir egal, ob du sie siehst. Es ist ja nicht so, als wäre es ein kitschiger Brief von einem Liebhaber.«

Er lachte. »Das wäre lustig.«

»Mach sie einfach auf.«

Er riss den Umschlag auf und zog eine Karte heraus. Maggie sah wieder hinüber und bemerkte, wie sich sein Gesichtsausdruck in eine tiefe Falte verwandelte.

»Was?«

»Es ist eine Beileidskarte.«

»Beileid? Niemand ist gestorben. Haben sie die richtige Margaret Archer? Vielleicht wollten sie jemand anderen erreichen. Mein Name ist altmodisch.«

Er klappte die Karte auf und sog scharf die Luft ein, als er sah, was drin war. »Nein, sie haben die richtige Frau. Verdammt noch mal.«

»Was?« Sie fuhr langsamer. »Was ist es?« Sein Tonfall und der Unglaube und Zorn in seinem Gesicht machten ihr Sorgen.

»Wir müssen Seb anrufen.«

»Warum? Declan, was ist in der Karte?«

»Fahr zum Restaurant und park, dann zeig ich's dir.«

Sie fuhr die restliche Strecke so schnell, wie es der nasse Kies erlaubte, und bog dann auf den Parkplatz des Heartwood ein, wo sie ihren Wagen in eine Lücke steuerte. Sie warf den Schalthebel auf Parken. »Zeig her.«

Er drehte die Karte um und gab sie ihr. Maggie spürte, wie ihr das Blut aus dem Gesicht wich, als sie die Bilder in der Karte betrachtete. Es waren vier, und auf allen vieren hatte jemand ihr Gesicht ausgebrannt. Mit tauben Fingern fielen sie ihr in den Schoß. »Oh mein Gott. Wer würde so etwas tun?«

DECLANS MAGEN VERKRAMPFTE SICH, ALS ER AN DIESE BILDER dachte. Jemand wollte Maggie ernsthaft schaden. »Irgendein kranker Bastard, das ist es. Es gibt keine Absenderadresse auf dem Umschlag. Fällt dir jemand ein, der dir wehtun wollen würde?«

»Ich bin Strafverteidigerin. Da gibt es wahrscheinlich so einige.«

»Jemand Bestimmtes?«

»Nicht, dass mir spontan jemand einfallen würde.« Sie legte ihre Finger an die Schläfen. »Obwohl Schock und Adrenalin sicher etwas mit meiner momentanen Denkunfähigkeit zu tun haben.«

Er stieß seine Tür auf. »Komm schon. Lass uns was essen gehen und einen starken Drink nehmen, und dann rufen wir Seb an.«

»Das klingt wunderbar.« Sie stieg aus. »Mit dem Drink muss ich allerdings warten. Ich muss uns ja zurück in die Stadt fahren.«

»Wir könnten auf der Ranch bleiben. Dein Haus ist nur den Weg runter.«

Sie presste die Lippen zusammen und überlegte. »Das hat was für sich. Aber du hast keine anderen Klamotten dabei.«

Declan hielt ihr die Tür auf, und sie traten ein, wo sie erneut die Regentropfen abschüttelten. »Es wäre nicht das erste Mal, dass ich dieselben Sachen zwei Tage hintereinander trage. Das geht schon.«

Die Empfangsdame lächelte sie an, als sie auf sie zukamen. »Maggie. Schön, dich zu sehen. Tara ist nicht hier, falls du sie suchst.«

»Hi, Kaylee. Tun wir nicht. Wir sind nur zum Essen gekommen.«

»Oh, okay. Prima. Wollt ihr eine Nische oder einen Tisch?«

»Nische«, antwortete Declan. »Irgendwo privat.« Er wollte nicht, dass jemand das Gespräch mithörte, das sie bald mit Seb führen würden.

»Natürlich.« Sie nahm zwei Speisekarten. »Folgt mir.«

Sie durchquerten den Speisesaal zu einer Nische, die in der Ecke versteckt war. Declan ließ sich auf seinen Sitz sinken, während Maggie sich ihm gegenüber fallen ließ.

»Kann ich euch beiden etwas zu trinken bringen, bevor ihr bestellt?« Kaylee reichte ihnen die Speisekarten.

»Ich will eine Erdbeer-Margarita. Eine große«, sagte Maggie und zog ihren Mantel aus.

Das Mädchen nickte und schaute dann Declan an.

»Jack mit Cola.«

»Okay. Euer Kellner bringt sie gleich raus.« Sie drehte sich auf dem Absatz um und ließ sie allein.

Declan nahm sein Handy heraus und rief Seb an.

»Du unterbrichst gerade unseren Familienspielabend«, sagte Seb, als er antwortete. »Abigail macht mich fertig, also bin ich nicht allzu verärgert.«

Trotz der Situation lachte Declan. »Gut für sie. Ich werde dich vor einer weiteren Niederlage bewahren. Kannst du zum Heartwood kommen? Maggie und ich haben an der Ranch angehalten, um ihre Post zu holen und etwas zu essen.

Sie hat eine bedrohliche Karte bekommen, die du sehen solltest.«

»Was?«

Declan konnte aus diesem einen Wort praktisch das Stirnrunzeln auf Sebs Gesicht sehen. »Komm einfach her.«

»Ja.« Er seufzte. »Bin unterwegs.«

»Kommt er?« fragte Maggie, als Declan auflegte.

»Ja.« Er nahm seine Speisekarte in die Hand, ohne sie wirklich zu sehen. Sein Blick wanderte zu der Karte, die auf dem Tisch lag. Von wem könnte sie sein? Sie könnte Recht haben, dass sie von einem unzufriedenen Kläger oder Mandanten stammt. Aber das ausgebrannte Gesicht machte ihm zu schaffen. Nach all den Bränden war es zu viel des Zufalls. Warum der Brandstifter Maggie ins Visier nehmen sollte, hatte er keine Ahnung. Wenn die Brände mit dem Kinderhandelsring zu tun hatten, sollte sie kein Ziel sein.

Ihr Kellner kam mit ihren Getränken, und sie gaben ihre Bestellungen auf. Declan fragte Maggie nach ihrem Tag, während sie warteten, und tat sein Bestes, um sie beide abzulenken. Er hätte ihre Beziehung ansprechen können, aber er war sich nicht sicher, ob er darüber nachdenken wollte. So sehr er sie auch mochte und attraktiv fand, zögerte er, sie weiter in sein Familiendrama hineinzuziehen. Verdammt, je mehr er über seine Eltern erfuhr, desto mieser fühlte er sich. Maggies Familie war stinkreich. Sie war verdammt noch mal Anwältin. Er war ein Feuerwehrmann aus einer höllischen Familie. Sie brauchte seine Vergangenheit nicht, die ihr Leben überschattete. Er war besser dran mit seinem einsamen Zustand. Sie beide waren es. So wurden weniger Menschen verletzt.

Sie lächelte, während sie sprach, und die Schönheit traf ihn im Sonnengeflecht und raubte ihm den Atem. Er war sich nicht sicher, ob seine Vorbehalte einen Unterschied machen würden. Sie zog ihn an, ihre hübschen Hände hielten sein Herz fest umklammert.

Schwere Schritte, die sich näherten, erregten seine Aufmerksamkeit, und er atmete erleichtert auf. Seb blieb an ihrem Tisch stehen, und Maggie rutschte zur Seite, um ihm Platz zu machen. Ihr Kellner folgte dicht dahinter mit ihrem Essen. Sie stellte die Teller ab und lächelte Seb an.

»Kann ich Ihnen etwas bringen, Sheriff?«

»Ich bin versorgt, danke.«

»Lassen Sie es mich wissen, wenn Sie Ihre Meinung ändern.«

Seb sah ihr nach und stellte sicher, dass sie außer Hörweite war, bevor er sprach. »Also gut, zeig mir diese Karte.«

Declan schob sie zu ihm herüber und steckte sich dann einen Bissen seines Steaks in den Mund, den er schnell kaute. Er wollte so viel wie möglich essen, bevor sein Magen von ihrem Gespräch sauer wurde und Essen nicht mehr ansprechend war.

Seb nahm die Karte aus dem Umschlag und hielt sie an den Rändern fest.

»Vorsichtig, da sind Bilder drin«, warnte Maggie.

»Natürlich sind da welche«, murmelte Seb. Er öffnete die Karte und sog die Luft ein, als er sie sah. »Verdammt noch mal. Weißt du, wann diese aufgenommen wurden?«

Sie nickte. »Sie waren alle letzte Woche. Die«, sie zeigte auf die oberen zwei, »waren vor meinem Büro. Das nächste war an der Feuerwache und das vierte am Gerichtsgebäude.«

Seb studierte sie alle und schaute dann auf den Umschlag. »Er hat einen Poststempel aus Denver, also wollte jemand nicht zeigen, dass er dir Sachen schickt. Wir könnten aber herausfinden, wer sie gemacht hat. Das Gerichtsgebäude und die Feuerwache sind öffentliche Orte mit vielen Kameras. Die umliegenden Geschäfte haben auch welche. Ich werde meine Deputies das Filmmaterial von dort besorgen lassen, und vielleicht finden wir unseren Fotografen. In der Zwischenzeit musst du vorsichtig sein. Du bleibst doch noch bei Deck, oder?«

»Ja. Er kann immer noch nicht fahren.«

»Gut. Macht weiter so.« Er runzelte die Stirn, als sie ihren Cocktail nahm und einen Schluck trank. »Du fährst aber nicht, nachdem du das alles getrunken hast, oder?«

Sie stellte das Getränk ab und schüttelte den Kopf. »Nein. Wir werden heute Nacht in meinem Haus bleiben. Wenn ich zu beschwipst bin, kann ich Brady anrufen, um uns abzuholen.«

»Ich kann die kurze Strecke fahren«, sagte Declan. »In meinem Getränk ist viel weniger Alkohol als in deinem, und es tut mir nur ein bisschen weh, die Arme zu heben. Der Arzt soll mich sowieso später diese Woche freigeben.«

Sie runzelte die Stirn. »In Ordnung. Aber wenn du dich verletzt-«

»Werde ich nicht.« Er sah Seb an. »Wie hoch sind die Chancen, dass das mit unserem Brandstifter zu tun hat?«

Überraschung zeigte sich auf Sebs Gesicht. »Was bringt dich darauf?«

»Die ausgebrannten Gesichter. Schneiden die meisten Leute, die so etwas schicken, die Gesichter nicht aus oder kreuzen sie mit einem großen X durch?«

Er zuckte mit den Schultern. »Normalerweise ja. Aber ich habe Stalker gesehen, die die Gesichter verbrennen. Meistens sind es allerdings Raucher.«

»Siehst du?« Maggie sah Declan an. »Es ist wahrscheinlich jemand, der mit einem meiner Fälle zu tun hat.«

»Das ist wahrscheinlicher«, sagte Seb. »Du musst deine jüngsten Fälle durchgehen und eine Liste von allen machen, die dir schaden wollen könnten.«

Sie stieß einen Seufzer aus. »Ja. In Ordnung. Ich fange morgen nach der Gerichtsverhandlung damit an.«

»Und ich werde meine Deputies daran setzen, Kameraaufnahmen aus der Gegend zu besorgen. Vielleicht passt eines der Gesichter zu einem Namen auf deiner Liste.« Seb rutschte aus der Nische und nahm die Karte und ihren Inhalt mit. »Ich werde jetzt gehen. Ich werde das als Beweismittel einreichen und dann nach Hause gehen. Hoffentlich hat London es geschafft, eine Runde oder zwei gegen Abigail zu gewinnen, damit sie gut gelaunt ist. Dieses Mädchen ist rücksichtslos.«

Maggie kicherte. »Was habt ihr gespielt?«

»Poker.«

Declan lachte. »Du lässt Abigail Poker spielen?«

»Wer, glaubst du, hat ihr das Spielen beigebracht?« Er grinste. »Wir sehen uns später, Leute. Maggie, sei vorsichtig.«

»Werde ich. Lass mich wissen, was du herausfindest.«

»Jepp. Wenn irgendetwas Seltsames passiert, ruf mich an.«

Sie nickte, und er winkte, bevor er sie wieder allein ließ.

»Karten klingen nach Spaß«, überlegte Declan und wandte sich ihr zu. »Willst du später eine Runde spielen?«

»Vielleicht. Ich muss noch meine Notizen für morgen durchgehen. Das sollte nicht zu lange dauern. Ich habe nur den einen Fall. Ich will nur sichergehen, dass ich nichts übersehen habe. Der Staatsanwalt ist dafür bekannt, Worte zu verdrehen. Ich will vorbereitet sein.«

Declan runzelte die Stirn. »Ich dachte, Seb hätte in der Staatsanwaltschaft aufgeräumt, als er diesen Kinderhandelsring zerschlug.« Richter Brandt war nicht der einzige beteiligte Amtsträger gewesen.

»Hat er auch, aber der Anwalt, gegen den ich antrete, war sauber. Er ist einfach ein Arschloch.«

»Das ist schade.«

»Ja. Er ist einer dieser Menschen, die mich dazu gebracht haben, Strafverteidigerin zu werden. Er wird morgen vor nichts Halt machen, um Angie ins Gefängnis zu bringen.«

»Angie? Tulley? Sie ist deine Mandantin?«

Maggie nickte.

»Ich wünschte, du hättest diesen Fall nicht angenommen.«

»Warum?« Sie runzelte die Stirn. »Angie hat in Notwehr gehandelt, als ihr Mann sie und eines ihrer Kinder krankenhausreif geprügelt hat.«

»Weil ich Hank kenne. Er ist ein gemeiner Hurensohn. Wenn seine Frau im Gefängnis ist, könnte sein Anwalt argumentieren, dass es gegenseitig war, aber wenn sie freikommt, könnten ihre Aussage und ihre Geschichte ihn für lange Zeit hinter Gitter bringen.«

»Ich weiß. Deck, ich bin nicht blind für die Risiken meines Jobs. Ich ergreife Vorsichtsmaßnahmen.«

»Nimm mehr davon. Er hat ein Kind ins Krankenhaus gebracht, als wir in der Highschool waren, nur weil die Arbeit, die er den Jungen schreiben ließ, ein B statt ein A bekam. Hab einfach Augen im Hinterkopf.« Er wünschte, er könnte sie überzeugen, den Fall an jemand anderen abzugeben, aber er wusste, dass sie das nie tun würde. Er musste sich damit begnügen, sicherzustellen, dass sie so gut wie möglich vorbereitet war.

»Ich werde meine Augen offen halten, versprochen.«

Er nickte und nahm noch einen Bissen von seinem Steak. Sie beendeten ihre Mahlzeiten und Getränke, dann bezahlte Declan die Rechnung.

»Schlüssel«, forderte er, als sie das Restaurant verließen.

»Es ist nur einen halben Kilometer. Auf einer Privatstraße.«

»Egal.« Er hielt seine Hand aus, die Handfläche nach oben. »Schlüssel.«

Sie schnaubte und kramte sie aus ihrer Handtasche. »Na gut.« Sie klatschte sie in seine Handfläche.

Er drückte den Knopf, um die Türen zu entriegeln, und sie stiegen ein. Er setzte zurück und bog rechts aus dem Parkplatz. Am Tor, das den Rest der Ranch vom öffentlichen Zugang trennte - eine neue Einrichtung seit Taras Zusammenstoß mit Jared Fetter und Tim Jacobsen - gab Declan den Code ein, und das Metalltor schob sich zurück, ließ sie durch und schloss sich hinter ihnen.

Die Fahrt die Straße hinunter dauerte weniger als eine Minute. Er bog in ihre Einfahrt ein und drückte den Knopf am Garagentoröffner, bevor er den Wagen in die Garage fuhr.

»Wie hat sich das angefühlt?« fragte sie, als sie ausstiegen.

»Nicht schlecht.« Er gab ihr die Schlüssel, damit sie die Innentür aufschließen konnte. »Ein bisschen Schmerz, aber nicht viel. Ich glaube nicht, dass ich Probleme haben werde, bei meinem Termin am Donnerstag wieder die Fahrerlaubnis zu bekommen.«

»Gut.« Sie ging ins Haus hinein. »Ich weiß, dass du schon ungeduldig warst, deine Unabhängigkeit zurückzubekommen.« Sie schaltete die Lichter ein und legte ihre Handtasche auf die Theke.

»Ja. Auf andere angewiesen zu sein, um überall hinzukommen, ist Scheiße. Nicht, dass ich es nicht mag, dich um mich zu haben, aber es ist schön, Dinge selbst tun zu können.«

»Nein, das verstehe ich.« Sie schaute sich um.

Declan spürte, wie sich eine gewisse Unbehaglichkeit einschlich, jetzt wo sie allein waren. Die hitzigen Blicke und Worte, die sie in Alice' Töpferstudio ausgetauscht hatten, füllten seinen Kopf. Ihre Pupillen wurden größer und ihre Wangen röteten sich. Er wusste, dass sie auch daran dachte.

Maggie räusperte sich und sah weg. »Na ja, ich werde noch einmal meine Notizen durchsehen und dann ins Bett gehen. Es gibt extra Decken und Kissen im Flurschrank. Du kannst entweder im Wohnzimmer auf der Couch schlafen, oder es ist ein Bett im Gästezimmer hergerichtet.«

»Ich nehme das Schlafzimmer.« Zwei geschlossene Türen zwischen ihnen waren besser als eine. »Hast du eine Ersatzzahnbürste?«

Sie nickte. »Im Badezimmerschrank.«

»Okay.« Sein Blick hielt ihren fest, als sie sich nicht bewegte. »Maggie, du musst arbeiten gehen.« Seine Stimme war ein raues Flüstern.

»Ich weiß«, flüsterte sie zurück.

Er machte einen Schritt auf sie zu. Das rüttelte sie aus ihrer Trance, und sie bewegte sich zurück.

»Arbeiten. Ich muss arbeiten«, sagte sie leise. »Gute Nacht, Declan.«

Sie huschte davon, und er sackte gegen die Theke, nur um sich wieder aufzurichten, als sie zurückkam.

»Ich habe meinen Aktenkoffer vergessen.« Sie eilte an ihm vorbei in die Garage. Eine Autotür wurde geöffnet, dann geschlossen, und sie kam wieder herein. Sie hielt nicht an, als sie vorbeihuschte, und bot ihm nur ein Winken und einen schnellen Gruß.

Declan stöhnte und rieb sich mit den Händen übers Gesicht. Ein Teil von ihm wollte in ihr Büro stürmen und sie die Arbeit vergessen lassen. Aber der andere Teil von ihm zählte all die Gründe auf, warum sie eine schlechte Idee waren. Der Altersunterschied, ihr Job, seine furchtbare Herkunft, wie sie ihn an seine Ex erinnerte – all das zusammen brachte seine Füße dazu, sich stattdessen in Richtung Gästezimmer zu bewegen.

Maggie verließ den Gerichtssaal mit einem Gefühl des Sieges. Der Staatsanwalt, Kyle Bancroft, hatte sein Bestes versucht, um ihren Mandanten in ein schlechtes Licht zu rücken, aber all ihre Vorbereitungen hatten sich ausgezahlt. Der Richter ließ alle Anklagen gegen Angie fallen.

»Maggie.«

Sie drehte sich beim Klang von Declans Stimme um. »Hey. Was machst du hier?«

Er kam näher, sah in seiner knackigen khakifarbenen Cargohose und dem Poloshirt der Feuerwehr einfach umwerfend aus.

»Ich wollte sehen, wie dein Fall gelaufen ist.«

»Es lief gut. Kovac hat die Anklage fallen gelassen.«

»Das ist großartig.« Seine Augen schweiften durch den Korridor und beobachteten die Menschen, die um sie herum unterwegs waren.

Sie verschränkte die Arme. »Du bist nicht wirklich gekommen, um von meinem Fall zu hören, oder?«

»Was? Natürlich bin ich das.«

Sie verdrehte die Augen und ließ die Arme sinken. »Ja, klar.« Sie ging in Richtung Treppe. »Deshalb schaust du auch jede Person an, als würde sie nur darauf warten, mich anzugreifen.«

»Na, kannst du mir das verdenken?« Er folgte ihr. »Jemand hat dir diese Fotos geschickt – Fotos, die derjenige von dir hier gemacht hat – und du hast einen der gemeinsten Männer, die ich je kannte, provoziert, indem du seine Frau verteidigt hast. Also ja, ich bin hier, um auf dich aufzupassen.«

»Und ich habe dir gesagt, dass ich nicht brauche, dass du auf mich aufpasst. Ich komme allein gut zurecht.«

»Und das wirst du auch weiterhin – nur jetzt eben mit mir an deiner Seite.«

»Musst du nicht arbeiten?« Sie stieg die letzte Stufe hinunter und lief über den Marmorboden, ihre Absätze klapperten in einem stetigen Stakkato, während sie ging.

»Du bist wichtiger.«

Sie blieb stehen und drehte sich um. »Nein. Tu das nicht.«

»Was denn?«

»Mich vor deine Angestellten stellen. Ich werde nicht der Grund sein, warum jemand seine Gehaltserhöhung nicht pünktlich bekommt.«

»Das wirst du auch nicht. Ich habe noch etwas Zeit. Und ich habe vor, die Akten mit nach Hause zu nehmen, um daran zu arbeiten.«

»Declan...« Maggie seufzte.

Er trat näher und drang in ihren persönlichen Raum ein. Sein Duft wehte auf einer Welle seiner Körperwärme zu ihr herüber. Ihre Augen wollten sich vor Ekstase nach hinten rollen. Er roch wunderbar. Sie liebte sein holziges Aftershave.

»Tu mir den Gefallen, Mags. Bitte?«

Sie schnaubte. »Na gut.« Sie wirbelte herum und setzte ihren Marsch in Richtung Tür fort, begierig, von seinem verlockenden Duft wegzukommen, bevor sie etwas Skandalöses mitten an einem öffentlichen Ort tat. »Wie bist du überhaupt hierhergekommen?«, fragte sie, als sie nach draußen traten.

»Ich habe einen der Jungs gebeten, mich abzusetzen. Sie mussten sowieso einkaufen fahren, also habe ich mir eine Mitfahrgelegenheit erschnorrt.«

Sie blieb an ihrem Auto stehen und schloss es auf. »Ich muss nach Colorado Springs, um Tischdekoration für Taras Hochzeit zu besorgen. Soll ich dich an der Feuerwache absetzen, oder kommst du mit?«

»Ich kann mit dir kommen. Bei meinen Verletzungen und der freien Zeit, die ich für später diese Woche für die Hochzeit bereits eingeplant hatte, will der Kapitän nur, dass ich die Personalüberprüfungen abschließe. Ich habe bis zum Ende des Tages am Freitag Zeit.«

»In Ordnung. Steig ein.« Sie öffnete ihre Tür und kletterte hinein.

Er stieg ein und schnallte sich an. Sie fuhr vom Gericht weg. Während der Fahrt sprachen sie über ihren Fall und was als Nächstes für Angie Tulley und ihre Kinder anstand. Maggie hoffte, dass Angie nicht zurückziehen würde, was ihre Zeugenaussage anging. Sie hatte heute verängstigt ausgesehen. Hank war gegen Kaution frei, und Maggie hatte das Gefühl, dass er ihr irgendwie gedroht hatte. Jetzt, da sie frei war, hoffte Maggie, dass Angie nicht mitten in der Nacht davonlaufen würde. Ihr Ehemann würde eine härtere Strafe bekommen, und sie könnte letztendlich viel mehr Zeit und

Abstand zwischen sich und ihn bringen, wenn sie bliebe und ihre Version der Geschichte erzählte.

Sie schlängelte sich durch die Innenstadt von Colorado Springs und fand schließlich einen Parkplatz vor einem Geschäft.

»Was holen wir hier?« Er schaute zu dem Schild über der Tür hinauf. Dort stand Genevieve's Antiques.

»Wir brauchen Vasen.« Tara wollte auf jedem Tisch Vasen mit Wildblumen und Lichterketten gruppieren. Sie hatten einige in Silver Gap gefunden – genug für drei Tische – aber sie brauchten viel mehr.

»Wie viele?«

»Viele.« Sie griff nach der Tür, öffnete sie und trat ein. Eine ältere Frau blickte auf, als sie eintraten, und lächelte.

»Hallo.«

Maggie lächelte zurück. »Hallo. Wir brauchen Vasen. Sie sind für eine Hochzeit. Verschiedene Größen. Die Farbe spielt nicht so eine große Rolle, aber wir brauchen ziemlich viele.«

Die Frau deutete um sie herum. »Ich habe sie überall verstreut, also müsst ihr euch umschauen. Ich mache etwas Platz auf der Theke, und ihr könnt sie alle hier aufstellen.«

»Das klingt super, danke.« Maggie schaute zu Declan hoch. »Fangen wir an zu suchen.«

Sie ging zu einer Auslage in der Nähe des Fensters. Mehrere kleine Vasen standen auf einem Regal. Maggie schnappte sie alle. Declan wies auf einige größere zu ihrer Linken hin.

»Was ist mit denen?«

»Die gehen. Aber nicht größer als das.«

Die nächsten zwanzig Minuten durchsuchten sie den Laden und sammelten Dutzende von Vasen. Maggie begutachtete, was sie auf der Theke hatten, und begann, sie in Gruppen anzuordnen. Die Besitzerin verstand, was sie tat, und half ihr, Gruppen zu bilden, bis sie genug für neun Tische hatte. Die Frau fand einige Kisten, und sie packten alles ein.

Declan griff nach einer Kiste, aber Maggie scheuchte ihn weg. »Du kannst die Tür aufhalten.«

»Ach, komm schon, Maggie. Es ist eine Kiste mit Vasen.«

»Die mehr als zehn Kilo wiegt. Du darfst nicht so viel heben.« Sie kniff die Augen zusammen, während sie zu ihm hochschaute. »Und sag mir nicht, dass du nicht noch Schmerzen hast. Besonders nachdem du meinen Hintern aus der Scheune gezogen hast.«

Sein Mund verzog sich nach unten. »Nur damit du es weißt, es nervt ganz schön, dir beim Tragen all dieser Kisten zuzusehen, während ich die Tür aufhalte.«

»Keine Sorge.« Sie hob die erste Kiste hoch. »In meinen Augen bist du immer noch ein Macho.«

Declan lachte und ging zur Tür. »Gut zu wissen.«

Sie rauschte mit einem strahlenden Lächeln an ihm vorbei.

Nachdem sie alles eingeladen hatten, schlug Maggie ein Mittagessen vor. Es war nach eins.

»Essen klingt gut. Wollen wir das Auto hier stehen lassen und zu Fuß gehen? Es gibt mehrere gute kleine Cafés in der Innenstadt.«

»Klar.« Es war kühl, aber die Sonne schien, so dass es sich wärmer anfühlte als in den letzten Tagen. Sie schloss das Auto ab, und sie machten sich auf den Weg den Bürgersteig entlang. Declan bot ihr seinen Arm an, und sie nahm ihn.

»Worauf hast du Lust?«, fragte er.

»Hmm. Eine gute Suppe?«

Er nickte. »Ich weiß genau, wo wir hingehen sollten.« Er führte sie zur Ecke, und sie überquerten die Straße. Einen Block später blieb er vor einem kleinen Bistro stehen.

»Wie hast du von diesem Ort erfahren?«, fragte sie, als sie hineinging, während er ihr die Tür aufhielt.

»Meine Ex, Lilah, aß hier gerne.«

Maggie warf ihm ein wehmütiges Lächeln über die Schulter zu, als er hinter ihr hereinkam. »Okay. Ich kann verstehen, warum du mich mit ihr gleichsetzen könntest. Das sieht genau wie mein Typ Lokal aus.« Sie schaute sich um. »Werden wir ihr hier nicht begegnen, oder?«

»Sollten wir nicht. Ihre Mittagspause ist vorbei.«

»Was macht sie eigentlich?«

»Sie ist Finanzberaterin bei einer Investmentfirma.«

»Wie in aller Welt hast du sie kennengelernt? Ich will nicht sagen, dass du nicht kultiviert bist, aber Feuerwehrleute und Finanzberaterinnen bewegen sich normalerweise nicht in denselben Kreisen.«

Er lachte. »Nein. Sie war auf einem Junggesellinnenabschied einer ihrer Freundinnen. Sie zogen von Bar zu Bar und kamen in die gleiche Bar, in der ich war. Wir haben ein bisschen geplaudert, und sie gab mir ihre Nummer. Zu meiner Überraschung ging sie ran, als ich ein paar Tage später anrief.«

»Ihr wart ziemlich lange zusammen, oder?« Sie trat an die Theke und betrachtete das Menü.

»Etwa anderthalb Jahre, ja. Es war aber alles auf Distanz. Wir haben uns normalerweise nur an den Wochenenden gesehen, an denen ich frei hatte.«

Sie gaben ihre Bestellungen auf und traten zur Seite, um zu warten. Maggie lehnte sich gegen die Theke, während Declan sich an eine Wand stellte.

»Du gehst nicht oft aus, oder?«, fragte sie.

»Nein. Ich bin nicht so gesellig. Ich mag meine kleine Gruppe von Freunden. Der einzige Grund, warum ich in dieser Bar war, als ich Lilah traf, war, dass ein Marine-Kumpel von mir in der Stadt war. Du gehst aber auch nicht viel aus.«

»Nein. Zu beschäftigt.« Sie schaute weg und hoffte, dass ihre Unerfahrenheit nicht zu sehen war. Ihr Blick fiel auf eine Frau, die sie beobachtete. Maggies Augen weiteten sich, als sie sie erkannte. »Deck.« Sie stieß ihn an und deutete mit dem Kopf.

Er drehte sich um und unterdrückte ein Stöhnen. »Es tut mir leid. Ich dachte wirklich nicht, dass sie so spät noch hier sein würde.« Er winkte Lilah zu und zwang sich zu einem Lächeln.

Maggie konnte nicht anders, als zu starren, als die andere Frau herübergeschlendert kam. Lilah war groß und perfekt. Jedes dunkle Haar auf ihrem Kopf saß genau richtig. Ihr Make-up war makellos. Ein hellgraues Leinenkleid umschmeichelte ihre schlanke Figur unter ihrem schwarzen Trenchcoat. Elegante schwarze Pumps und eine Perlenkette vervollständigten ihren Look.

Eifersucht regte sich, aber Maggie unterdrückte sie, als sie sich daran erinnerte, dass diese Frau Schönheit über Spaß stellte, und dass dies einer der Gründe war, warum sie und Declan sich getrennt hatten.

»Declan. Es ist lange her. Wie geht es dir?«

Meine Güte, sogar ihre Stimme war perfekt. Melodisch schwebte sie durch die Luft.

»Mir geht es gut, danke. Du siehst toll aus. Läuft noch alles gut für dich?«

Sie nickte. »Ich wurde im Sommer zur Seniorpartnerin befördert.«

»Herzlichen Glückwunsch.«

»Danke. Wer ist deine Freundin?«

»Wir haben uns schon getroffen.« Maggie streckte ihre Hand aus. »Maggie Archer.«

Lilah nahm ihre Hand. »Oh ja. Jetzt erinnere ich mich an dich. Du siehst ein bisschen anders aus.«

Maggie stellte sich vor, dass dies stimmte. Bei dem letzten Treffen, zu dem Declan Lilah mitgebracht hatte, hatte Maggie ihrem Vater geholfen, einige verirrte Kälber einzufangen, als der Zaun in einem Sturm gebrochen war. Sie war in ihrer zerrissenen Jeans und dem schmutzigen T-Shirt erschienen. »Heute jage ich keine Rinder, also habe ich mich ein bisschen schicker angezogen.«

»Ich sehe es. Ich liebe dein Kleid.«

»Danke.«

»Was führt euch zwei nach Colorado Springs?«

»Wir haben Vasen für Tischdekorationen gekauft.«

»Oh? Veranstaltet deine Familie wieder eine Party?« Lilah schaute Maggie an. »Ich erinnere mich, dass sie ihre Familientreffen sehr mochten.«

»Das tun wir, aber es ist mehr als eine Party. Es ist eine Hochzeit.«

Schock zeigte sich auf Lilahs Gesicht, und ihre Augen wanderten zwischen den beiden hin und her. Maggie glaubte, dort auch eine Dosis Bedauern zu sehen. »Ihr zwei heiratet?«

»Ja, wir heiraten«, sagte Declan, als Maggie den Mund öffnete, um mit Nein zu antworten. Sie warf ihm einen scharfen Blick zu.

Nun mit ernsterem Gesichtsausdruck, richteten sich Lilahs Schultern auf. »Oh. Nun, das ist wunderbar. Ich freue mich für dich, Declan. Herzlichen Glückwunsch.« Sie zwang sich zu einem Lächeln.

»Danke.«

Einer der Mitarbeiter rief ihre Bestellnummer auf.

»Das sind wir.« Declan deutete auf die Theke. »War schön, dich zu sehen, Lilah.«

»Dich auch.« Er nahm Maggies Hand und führte sie um seine Ex herum.

Maggie lächelte und winkte.

»Was zum Teufel sollte das?«, zischte sie, als sie außer Hörweite waren.

»Tut mir leid. Ich konnte an ihrem Gesicht sehen, dass sie sich darauf vorbereitete, mich zu bitten, sie anzurufen. Ihr zu sagen, dass du meine Verlobte bist, ist für uns beide einfacher, als sie direkt abzuweisen. Sie kann ihr Gesicht wahren, und ich muss kein unangenehmes Gespräch darüber führen, warum ich nicht wieder mit ihr ausgehen will.«

»Feigling.«

»Nein, pragmatisch. Warum sollte ich ihr Verlegenheit bereiten, indem ich ihr sage, dass ich kein Interesse habe? Glaub mir, wenn sie die Wahl hätte, würde sie es vorziehen zu denken, ich sei verlobt, als dass ich sie nicht will. Sie ist eine

Narzisstin, erinnerst du dich?« Er griff nach dem Tablett auf der Theke und hob es hoch.

»Trotzdem hast du gelogen. Wir sind nicht einmal zusammen, geschweige denn verlobt.«

»Sind wir das nicht? Zusammen, meine ich?«

Wärme breitete sich in Maggies Körper aus, als er auf sie hinabstarrte, Verlangen, das seine Augen zu einem noch tieferen Indigo färbte. Sie leckte sich die Lippen. »Ich habe keine Ahnung, was wir sind.«

Sein Mund wurde flach. »Ich auch nicht.« Er ging zu einem Tisch am Fenster. »Wir hatten nie dieses Gespräch darüber, wo wir stehen.«

Sie schaute sich um, ihr Blick fiel kurz auf Lilah, die ihnen den Rücken zugewandt hatte, während sie bestellte. »Und du denkst, jetzt ist der richtige Zeitpunkt dafür?«

Er zuckte mit den Schultern und schob ihre Schüssel Suppe und ein kleines Baguette zu ihr. Sie zog es näher zu sich heran und tauchte ihren Löffel in die Suppe.

»Müssen wir überhaupt eines führen? Ich denke, das Feuer zwischen uns spricht für sich selbst. Obwohl ich mir nicht sicher bin, ob du mit mir in Verbindung gebracht werden willst.«

Ihr Löffel hielt auf dem Weg zu ihrem Mund inne. »Was meinst du? Warum sollte ich das nicht wollen?«

Er rührte in seiner Suppe und schaute nach unten, während er antwortete. Er sah unwohl aus, aber sie wusste nicht, warum er das sein sollte. Declan war einer der selbstbewusstesten Männer, die sie je getroffen hatte.

»Nun, erstens wurde ich des Mordes beschuldigt. Auch wenn ich freigesprochen wurde, sehen mich die Leute immer noch anders an. Du bist Strafverteidigerin. Und du warst *meine* Anwältin. Überleg mal, wie das auf deine Kollegen wirkt.«

Sie schnaubte. »Es ist eine Kleinstadt, und in Anbetracht dessen, wer der wahre Täter war, *und* allem, was seitdem passiert ist, kannst du dich wegen all dem beruhigen. Nächstes Argument.«

Er seufzte. »Okay. Was ist mit meiner Familie? Beide Eltern waren Junkies. Meine Mutter wurde gerade ermordet, mein Vater ist nach seiner Entlassung aus dem Gefängnis spurlos verschwunden – ich komme nicht gerade aus gutem Hause.«

Sie ließ ihren Löffel in ihre Schüssel fallen und lehnte sich zurück, während Wut in ihrem Bauch brodelte. »Also denkst du, ich würde nicht deine Freundin oder was auch immer sein wollen, weil deine Eltern Mist gebaut haben? Deck, deine Familie ist mir scheißegal. Woher du kommst, spielt keine Rolle. Alles, was zählt, ist der Mensch, der du jetzt bist, und du bist ein guter Mann.« Sie nahm ihren Löffel auf und nahm noch einen Bissen. »Woher kommt das alles überhaupt?«, fragte sie, nachdem sie geschluckt hatte. »Dir hat es noch nie an Selbstvertrauen gemangelt.«

Er nahm einen Bissen von seinem Sandwich und dachte nach, während er kaute. »Wir haben bereits festgestellt, dass ich nicht viel ausgehe. Aber wenn ich es tue, dann nur, weil ich eine Frau wirklich mag.« Er fing ihren Blick ein und hielt ihn fest. »Ich habe noch nie eine Frau so sehr gemocht wie dich. Ich möchte jemand sein, auf den du stolz sein kannst.«

Maggies Herz stolperte. Das war so süß! Sie streckte die Hand aus und legte sie über seine freie Hand. »Das bist du bereits.« Er starrte zurück, Unsicherheit auf seinem gutaussehenden Gesicht. Sie seufzte. »Das wird einige Überzeugungsarbeit erfordern, wie ich sehe.«

Er schenkte ihr ein reuevolles Lächeln. »Ich versuche es, Maggie. Wirklich, aber woher wir kommen, hat Auswirkungen. Auf andere und auf uns selbst. Ich dachte, ich wäre über meine miese Herkunft hinweg, aber Moms Tod und Dads Untreue und wiederholte Straftaten haben alles wieder hochgebracht. Was wir haben, ist explosiv und verspricht, erstaunlich zu werden, aber –« er brach ab und starrte wieder in seine Suppe. »Ich will dich nicht mit runterziehen.«

Sie gab ein leises Knurren von sich und lehnte sich zurück. »Das werde ich nicht zulassen.«

Er zuckte mit den Schultern. »Das liegt nicht bei dir. Ich weiß, dass du eines Tages für ein öffentliches Amt kandidieren möchtest. Was würde es mit diesen Plänen machen, mich als Ehemann zu haben?«

»Die Leute würden mich noch mehr lieben. Sie werden dich als jemanden sehen, der sich über einen schrecklichen Anfang hinaus zu einem erstaunlichen Mann entwickelt hat.« Sie verschränkte die Arme und funkelte ihn an. Warum weigerte er sich, die Dinge aus ihrer Sicht zu sehen?

»Oder sie werden mich als jemanden sehen, der versucht, auf deinen Schultern zu einem besseren Leben zu gelangen.«

»Jetzt bist du einfach nur lächerlich.«

»Nein, bin ich nicht. Wie oft siehst du politische Kandidaten Wahlen verlieren, weil ihre Ehepartner nicht gut genug waren?«

Sie runzelte die Stirn. »Und? Declan, ein öffentliches Amt zu bekleiden ist ein Ziel, ja, aber ich würde lieber in meinem Privatleben glücklich sein. Ein Job kann mich nachts nicht wärmen oder mich aufheitern, wenn ich traurig bin.« Als er weiterhin stoisch dasaß, seufzte sie. »Versprich mir einfach, dass du darüber nachdenken wirst, okay?«

Er nahm wieder Blickkontakt mit ihr auf. »Ich will dir nicht wehtun.«

»Uns keine Chance zu geben, würde mehr wehtun, als eine Wahl zu verlieren.« Sie nahm ihren Löffel wieder auf, wissend, dass sie alles gesagt hatte, was sie konnte. Er würde selbst entscheiden müssen, ob er dachte, dass sie es wert waren, es zu versuchen.

Mit beladenen Armen bekam Maggie ihre Finger um den Türknauf der Hintertür von Peppy Brewster und ließ sich ein. Es war Buchclub-Abend – ihr erster – und sie bastelten Tischdekoration, anstatt das Buch zu besprechen, das keiner von ihnen gelesen hatte.

»Oh! Hier, lass mich dir helfen.« London eilte nach vorne, um eine Box vom Stapel zu nehmen, den Maggie trug.

»Im Auto sind noch mehr.«

»Wir holen sie«, sagte Macy. Sie deutete Rayna an, und die beiden gingen hinaus, um den Rest der Vasen zu holen.

Tara kam herüber, um in die Kisten zu schauen, die Maggie auf den Tisch gestellt hatte. »Oh, die gefallen mir. Ihr habt's gut gemacht, Leute.«

Maggie lächelte und begann, sie auszupacken. »Danke. Der Laden, in dem wir waren, hatte tolle Sachen. Hast du die Lichter und so mitgebracht?«

»Jep.« Tara zeigte auf eine Box am Ende des Tisches.

»Super.«

Die Hintertür öffnete sich erneut und ließ Macy und Rayna herein.

»Pack nicht alles hier hinten aus. Vorne haben wir mehr Platz«, sagte Macy.

»Oh. In Ordnung.« Maggie legte die paar Vasen, die sie herausgeholt hatte, zurück in die Box und hob sie auf. Sie trug sie ins Café hinaus. Die anderen folgten ihr.

»Also, was machen wir?«, fragte Rayna.

Tara erklärte, was sie wollte, und sie verteilten sich auf die Tische, jeder nahm sich eine Heißklebepistole und einige Vasen, Lichter, Bänder und Blumen.

»Wo hast du die alle her, Maggie?«, fragte Macy. »Sie sind wunderschön.«

»Declan und ich waren bei Genevieve's Antiques in Colorado Springs.«

»Du hast Declan dazu gebracht, einkaufen zu gehen?«

Sie zuckte mit den Schultern und bückte sich, um ihre Klebepistole anzuschließen. »Ich habe angeboten, ihn zur Feuerwache zu bringen, aber er sagte, er käme lieber mit mir mit. Er war besorgt, dass es einen Rückschlag vom Ehemann einer Frau geben könnte, die ich vertreten habe. Sie wurde wegen schwerer Körperverletzung angeklagt, argumentierte aber mit Notwehr, und der Richter stimmte zu.«

London rümpfte die Nase. »Gut. Seb hat mir von diesem Fall erzählt. Ich bin froh, dass sie den Bastard verlässt.«

»Ich auch. Ich hoffe, sie bleibt diesmal weg.«

»Aber Declan war besorgt? Gab es eine glaubwürdige Bedrohung?«, fragte Macy.

»Nicht wirklich, nein. Hank Tulley ist einfach gemein.«

»Mein Bruder ist verknallt.«

Maggie schnaubte. »Vielleicht, aber es wird nichts passieren.«

»Ja, sicher«, sagte Tara. »Ich habe gesehen, wie ihr zwei euch im Gasthaus angeschaut habt.«

»Oh, ich leugne die Anziehung nicht. Er ist einfach fest entschlossen, dass er nicht gut genug für mich ist.« Sie klebte eine Blume an das Glas und nahm eine andere.

»Was?«, sagte Macy. Ihr Kopf schnellte hoch, um Maggie anzustarren. »Warum zum Teufel sollte er das denken?«

»Deine Eltern. Und seine Verhaftung im Juni.«

»Das ist einfach Schwachsinn. Diese Anklagen wurden fallen gelassen. Und unsere Eltern waren seit unserem Abschluss nicht mehr Teil unseres Lebens.«

»Das habe ich ihm auch gesagt. Ich weiß nicht, was ich sonst noch sagen kann, um ihn vom Gegenteil zu überzeugen.«

»Sag gar nichts«, meinte Rayna.

Maggie hielt inne und schaute auf. »Wie?«

»Es sind nicht Worte, die ihn überzeugen werden. Es sind Taten. Du musst ihm zeigen, dass du immer für ihn da sein wirst.«

»Okay. Ich hatte nicht vor aufzugeben.«

»Gut. Stell nur sicher, dass er weiß, dass du mehr willst als nur Freundschaft. Sonst wird er deine Anwesenheit als Freundschaft auslegen.«

Macy grinste. »So sehr ich auch nicht über das Sexleben meines Bruders nachdenken will, hast du irgendwelche, ähem, enthüllenden Outfits?«

Maggie errötete bis in die Haarwurzeln. »Nein. Nicht so, wie du denkst.«

»Wirklich?«, sagte Tara. »Nicht mal Überbleibsel aus früheren Beziehungen?«

Sie nahm eine weitere Blume und hielt ihre Augen auf dem Glas. »Ich hatte nie einen Grund, solche Sachen zu tragen.«

Stille folgte ihrem Geständnis. Sie wagte einen Blick auf die anderen. Alle starrten sie verblüfft an.

»Willst du damit sagen, dass du nie-« Macy wackelte mit der Hand in der Luft, »Beziehungen hattest?«

Ihr Gesicht musste knallrot sein. Maggie konnte fühlen, wie es brannte. »Ja. Das ist es, was ich sage.«

»Nun, das verändert die Dinge ein bisschen«, sagte London.

»Oh mein Gott, ich will dieses Gespräch nicht führen.«

»Ich hatte keine Ahnung, dass du noch Jungfrau bist«, sagte Tara. »Wie ist das passiert?«

Maggie zuckte mit den Schultern und weigerte sich immer noch, sie anzuschauen. »Ich habe nie jemanden getroffen, der interessanter war als meine Bücher.«

»Mein Bruder, der lieber allein auf einem Berg ist oder liest, als auszugehen und zu feiern, ist interessanter als deine Bücher?«

Declans entspanntes Lächeln und schlagfertige Antworten schwebten durch ihren Kopf. »Naja, ja.«

Macy schüttelte den Kopf. »Bücherwürmer.«

Die anderen kicherten.

»Ich finde das toll«, sagte Rayna. »Und ich denke, ihr passt zueinander. Du holst ihn ein bisschen aus seinem Schneckenhaus, und er hat diese Ernsthaftigkeit, die du brauchst.«

Mit immer noch flammendem Gesicht schaute sie auf. »Ja, nun, sag ihm das.«

»Oh, das werde ich«, erklärte Macy.

Maggie seufzte. Sie schätzte die Unterstützung, aber dass Macy und die anderen in das eingriffen, was zwischen ihr und Declan war, war keine gute Idee. »Danke, aber ich kann mit Declan umgehen.«

»Kann ich dich zum Dessous-Einkaufen mitnehmen?«, fragte Tara. Ein freches Lächeln breitete sich auf ihrem Gesicht aus.

»Ich kann meine eigenen Dessous kaufen.«

»Oh, komm schon. Es wird Spaß machen. Wir könnten alle gehen.«

»Und wann wolltest du das machen? Du heiratest in drei Tagen und gehst dann auf Hochzeitsreise.«

Tara biss sich auf die Lippe. »Guter Punkt.« Ihr Gesicht hellte sich auf. »Ich gebe dir stattdessen einfach Tipps, wonach du suchen solltest.«

Maggie lachte und hob ihre Hände. »Ich denke, ich kann selbst herausfinden, was ich kaufen soll.« Falls sie überhaupt ging. Sie waren noch lange nicht in diesem Stadium. Vielleicht würden sie es nie sein.

Die anderen grinsten.

»Lassen wir die arme Maggie in Ruhe«, sagte Rayna. »Sie und Declan können die Dinge auch ohne unsere Einmischung klären.«

»Danke«, sagte Maggie. Sie fuhr mit einer Klebelinie um den Rand einer Vase und drückte dann die Jute hinein.

»Na gut«, seufzte Tara. Sie band eine Schleife um ihre Vase und klebte sie fest. »Also, hatten alle ihre letzte Anprobe für das Kleid?«

Es gab einen Chor von Jas im ganzen Raum.

»Du solltest dein Kleid noch einmal für mich anprobieren«, sagte Rayna zu Tara. »Dein Bauch ist gewachsen.«

Tara fuhr mit der Hand über ihren ausgedehnten Bauch. »Erzähl mir davon. Sie sind auch aktiver geworden.«

»Dein Ultraschall zur Mitte der Schwangerschaft ist morgen, oder?«, fragte London.

»Ja.« Tara grinste. »Ich bin so aufgeregt.«

»Wirst du herausfinden, was du bekommst?«, fragte Macy.

»Wenn sie kooperieren. Ich will dekorieren und Kleidung kaufen.«

»Was glaubst du, was du bekommst?«, fragte Maggie. Sie war so glücklich, dass sie dieses Mal Taras Schwangerschaft mit ihr erleben durfte. Und dass es gut lief. Nach dem Ende ihrer ersten Schwangerschaft verdiente Tara es, dass die Dinge reibungslos verliefen.

»Ich weiß es ehrlich gesagt nicht. Weil es zwei sind, trage ich anders als bei Lucy. Ich fühle mich auch anders. Ich kann nicht sagen, was daran liegt, dass ich Zwillinge bekomme, und was an ihrem Geschlecht liegt. Es wird für uns alle eine Überraschung sein.« Sie füllte eine Vase mit einigen Steinen und steckte einige Blumen hinein, während sie sprach.

»Hast du eine Präferenz?«, fragte London.

»Nein. Ich will einfach gesunde Babys.« Sie blinzelte ein paar Mal heftig.

Maggies Herz stockte, als sie wusste, dass ihre Schwester an das Baby dachte, das sie verloren hatte. »Das ist es, was wir alle wollen. Ich kann es kaum erwarten, meine kleinen Nichten oder Neffen zu verwöhnen. Oder beide.« Sie kicherte.

Tara lächelte. »Der Rest von euch muss sich beeilen, eure eigenen zu bekommen, damit meine Kinder Spielgefährten haben.«

Maggie schaute sich um und bemerkte die roten Flecken auf Londons Wangen. Sie setzte sich etwas gerader hin. »Warte. London?«

Londons Kopf schoss hoch. »Was?« Die Röte blühte heller auf.

»Niemals!«, rief Rayna aus. Ein strahlendes Lächeln erhellte ihr Gesicht. »Bist du wirklich?«

»Ich weiß nicht, wovon du sprichst.«

»Ach, was«, sagte Macy. »Genau das sagt uns, dass du es bist. Und es erklärt auch deinen unberührten Wein.« Sie zeigte auf Londons immer noch volles Glas. »Warum hast du nicht früher etwas gesagt?«

Londons Schultern sackten herab, und sie lehnte sich zurück. »Wir wollten bis nach der Hochzeit warten.« Sie schaute Tara an. »Wir wollten dir nicht die Show stehlen.«

»Das wäre mir egal, das weißt du.«

»Ich weiß, aber du verdienst deinen Tag nach allem, was du durchgemacht hast.«

»Die Geste wird geschätzt, aber keine Geheimnisse, erinnerst du dich?«

»Ja«, seufzte London. »Ich erinnere mich.« Sie grinste. »Also ja, ich bin schwanger. Das Baby kommt im Juli.«

Tara quietschte und klatschte in die Hände. »Ausgezeichnet. Oh, das ist so aufregend!«

Die Gruppe verfiel in ein lebhaftes Gespräch über Babynamen und Kinderzimmerthemen. Maggies Gedanken wanderten ein wenig ab, und sie stellte sich vor, wie es wäre, ihr eigenes Kind zu haben. Eines mit Declans tiefblauen Augen und seinem entspannten Lächeln. Sie seufzte. Sie musste ihn erst davon überzeugen, dass sie eine gute Idee waren.

»Was ist mit dir, Rayna?«, fragte Tara. »Haben du und Thomas über Kinder gesprochen?«

»Wir haben alle Hände voll mit Emma zu tun. Aber wir haben darüber gesprochen. Wir wollen warten, bis wir verheiratet sind. Das gibt uns allen Zeit, uns in eine Routine einzufinden und die Eigenarten des anderen kennenzulernen.«

»Passt sie sich gut an?«, fragte Maggie. Sie konnte sich vorstellen, dass es einige Zeit dauern würde, bis die junge Emma Lund sich in ihrer neuen Umgebung wohlfühlen würde. Nach Jahren in mittelmäßigen Pflegefamilien wartete sie wahrscheinlich immer noch darauf, dass der Schuh fallen und ihr die neu gefundene Familie wegnehmen würde.

»Ja, größtenteils. Wir hatten ein paar Stolpersteine, hauptsächlich mit der Ausgangssperre. Ihre vorherige Pflegefamilie kümmerte sich nicht sehr darum, was sie tat, solange sie zu Hause keine Wellen schlug. Wir wollen nicht, dass sie nach Einbruch der Dunkelheit herumläuft. Dass Mason in der Nähe ist, hat jedoch geholfen. Sie vertraut ihm, und sie wird besser darin, rechtzeitig zurück zu sein. Sie ist ein gutes Kind.«

»Das ist super«, sagte Macy. »Ich liebe es, dass ihr beide aufgenommen habt. Ich wünschte-«

Ein lauter Knall hinter dem Café unterbrach sie. Das Gebäude wackelte, und ihre Autoalarme gingen los.

»Was zum Teufel war das?«, fragte London und stand auf.

»Es klang wie eine Explosion«, antwortete Rayna.

Sie eilten alle in die Küche. Die Hintertür war eingeschlagen, und Rauch füllte schnell den Raum.

Maggie bedeckte ihren Mund und ihre Nase mit ihrem Shirt. »Tara, London, ihr beide bleibt zurück.«

»Du auch«, sagte Rayna. »Deine Lungen sind noch nicht vollständig geheilt.« Sie winkte Macy nach vorne. »Lass uns nachsehen. Jemand sollte den Notruf wählen.«

London zog ihr Telefon aus der Tasche. Macy und Rayna eilten zur Tür, ihre Gesichter mit Handtüchern vom Stapel auf dem Tisch bedeckt. Maggie konnte den Schein eines Feuers von dort aus sehen, wo sie stand. Glut schwebte durch die Luft, und Rauch wallte.

»Oh mein Gott!« Macy schaute zurück. »Maggie, dein Auto ist explodiert.«

»Was?« Alarmiert eilte sie nach vorne und trotzte dem Rauch. Er stach in ihre Augen und kratzte in ihrem Hals. Sie hielt ihr Shirt etwas fester an ihr Gesicht und spähte an ihren Freunden vorbei nach draußen. Flammen schossen von den verdrehten Überresten ihres SUV in den Himmel. Dicker schwarzer Rauch wirbelte um das Fahrzeug, als das Motoröl brannte.

Die Welt drehte sich, und ihr Sichtfeld wurde grau, als Schock und eine gesunde Portion Angst sie trafen. Sie hielt sich am Türrahmen fest. Das Geräusch eines Feuerwehrautos, das vorne mit heulenden Sirenen ankam, registrierte sie kaum.

»Komm schon, Maggie«, sagte Rayna und drehte sie um. »Wir müssen hier raus und die Feuerwehrleute ihre Arbeit machen lassen.«

Ihre Füße fühlten sich wie Blei an, aber sie ließ zu, dass Rayna sie durch die Küche zur Vorderseite des Cafés führte. Macy schloss die Vordertür auf, und sie traten nach draußen. Feuerwehrleute eilten herum und schlossen Schläuche an. Matt Crichton kam auf sie zu.

»Was ist passiert?«

»Wir waren vorne und arbeiteten an Dekorationen für Taras Hochzeit, als wir einen Knall hörten und das Gebäude wackelte. Wir rannten zurück, um nachzusehen, und fanden Maggies Auto in Flammen. Es sieht aus, als wäre es explodiert«, sagte Macy.

Er nickte schnell. »Okay. Ihr bleibt hier draußen hinter dem Feuerwagen.« Er schaute zurück und gab einen scharfen Pfiff. »Stickley, McPherson, Schlauch unter Druck. Wir gehen durch das Gebäude. Das Feuer ist hinten.«

Maggie umarmte sich selbst und folgte den anderen Frauen um das Feuerwehrauto herum und über die Straße. Sie starrte auf das Gebäude, ihre Gedanken woanders. Warum würde jemand ihr Auto in die Luft jagen wollen? War es Hank Tulley? War er auch die Person, die ihr diese Fotos geschickt hatte? Oder hatte sie einen anderen unsichtbaren Feind, der lauerte? Der erste Schauer der Angst lief ihr über den Rücken.

Ein Pickup kam quietschend am Absperrband zum Stehen, das die Polizei aufgestellt hatte. Es war Declan. Das Fahrzeug schaukelte noch, als er ausstieg, den Helm unter dem Arm. Er joggte auf sie zu.

»Maggie!« Er blieb vor ihr stehen, umfasste mit seinen Händen ihre Arme und fing ihren Blick auf. »Bist du okay? Was ist passiert? Ich habe die Adresse über den Scanner gehört.«

Sie blinzelte ihn an, dann blickte sie zu seinem Truck. »Du solltest nicht fahren.«

Er gab ihr einen leichten Schüttler. »Maggie, Schatz, vergiss das. Was ist passiert?«

Sie holte tief Luft und klärte ihren Verstand ein wenig. »Ähm, mein Auto ist explodiert.«

»Was?« Schock färbte seinen Ton und sein Gesicht. Seine Augen wanderten über die anderen, verweilten auf Macy, bevor er seine Aufmerksamkeit zurück auf Maggie richtete. »Wie?«

Sie zuckte mit den Schultern. »Ich weiß es nicht. Ich werde aber raten, dass es kein Unfall war.«

Er fluchte und schaute sich um. »Das ist Crichtons Einheit, richtig? Wo ist er? Egal, ich werde ihn finden. Bleib hier, okay?«

Maggie nickte. Wohin sollte sie auch gehen? Ihr Auto war ein verdrehter Haufen brennendes Metall. Ein hysterisches Lachen blubberte in ihrem Hals hoch. Sie schluckte hart, hielt es zurück, wissend, dass wenn sie es herausließe, es sich schnell in Schluchzen verwandeln würde, das sie nicht stoppen könnte.

DECLAN SCHLÄNGELTE SICH DURCH DIE EINSATZFAHRZEUGE VOR Ort, auf der Suche nach Crichton, und fand ihn an der offenen Tür zum Pumpenfahrzeug stehen, mit einem Funkgerät in der Hand.

»Crichton!«

Der andere Mann drehte sich um. Er sagte etwas ins Funkgerät, dann hängte er es an den Haken am Armaturenbrett. »Hey, Briggs. Hast du deine Schwester gefunden? Sie und ihre Freundinnen sind alle wohlauf.«

»Ja, ich habe mit ihnen gesprochen. Maggie sagte, ihr Auto sei explodiert.«

Crichton nickte. »Das ist es. Stickley und McPherson löschen es jetzt. Willst du es begutachten, sobald es gelöscht ist?«

Declan nickte. »Irgendeine Idee, was passiert ist?«

»Noch nicht. Es ist aber definitiv explodiert. Das Dach und alle Türen sind abgesprengt. Die Explosion hat auch die Hintertür des Cafés eingedrückt.«

»Hat es noch andere Schäden verursacht?«

»Alle ihre Autos standen dicht beieinander. Die beiden zu beiden Seiten von Ms. Archers Auto haben den Großteil der Explosion abbekommen und wurden stark beschädigt. Die anderen beiden Autos scheinen dem Schlimmsten entkommen zu sein.«

Er fuhr sich mit der Hand durch die Haare. Er hoffte, dass Tara heute Abend nicht ihren alten Ford in die Stadt gefahren hatte. Sie liebte diesen Truck und hatte ihn selbst restauriert.

Das Funkgerät auf dem Armaturenbrett knackte. Crichton nahm es auf. Declan hörte zu, wie Stickley Entwarnung gab.

»Gehen wir.« Er wartete nicht auf Matt. Mit schnellen Schritten setzte er seinen Helm auf, während er durch den Laden ging und zur Hintertür kam. Rauch hing schwer in der feuchten Luft, als er nach draußen trat und seinen ersten Blick auf die Verwüstung warf.

Sein Herz stolperte, als er die Zerstörung sah. Maggies Auto war eine verkohlte, rauchende Hülle dessen, was es einmal war. Er konnte die Dachplatte hinter dem Auto auf dem kleinen Parkplatz sehen. Londons und Raynas Autos zu beiden Seiten waren von der Kraft der Türen und der Druckwelle eingedrückt. Glas glitzerte im Licht der Straßenlaterne. Rauch und Dampf stiegen in dicken Schwaden auf.

»Jesus«, murmelte er. Declan trat näher, bemüht, seine Emotionen auszuschalten und die Szene zu betrachten, wie er es bei jeder anderen tun würde. Er schaute genauer auf das Innere und bemerkte den höheren Grad an Schäden nahe der Fahrerseite. Furcht setzte sich tief in ihm fest und ließ sein Herz schneller schlagen.

»Stickley, schau unter den Fahrersitz und sag mir, was du siehst.«

»Wonach suche ich genau?«, fragte Stickley, während er sich hockte.

»Verkohlungsmuster und Zerstörungen im Pflaster.«

Er nickte und beugte seinen Kopf, um unter das Auto zu schauen. »Da ist ein verkohlter Bereich mit etwa einem Durchmesser von zwei Fuß und Teile des Autos sind in das Pflaster eingebettet.« Er hob seinen Kopf, um Declan anzusehen.

»Verdammt.« Declan wollte etwas schlagen. »Okay. Wir müssen die Forensik rufen. Lasst die Polizei diesen Bereich absperren. Jemand hat eine Bombe in diesem Auto platziert.«

Stickleys Augen weiteten sich. »Bist du sicher?«

Declan nickte. »Ja, ich bin sicher.« Er fuhr mit einer Hand über seinen Kiefer. Spannung ließ die Muskeln in ihm zucken. Jemand hatte gerade versucht, Maggie zu töten.

Das Chaos um ihn herum registrierte, und der Drang, sie wieder zu finden, traf ihn hart. »Ich werde Hilfe rufen. Lasst niemanden sonst hier herein.«

Stickley nickte, und Declan drehte sich weg und joggte durch das Café, ohne sich darum zu kümmern, dass die Bewegung seinen Brustkorb bei jedem Schritt erschütterte. Maggie zu erreichen hatte oberste Priorität. Erst dann würde er Hilfe rufen. Er schlängelte sich durch die Schlauchlinien und

Einsatzfahrzeuge. Seine Schultern sackten um einen Bruchteil ab, und sein Herz verlangsamte sich, als er sie dort erblickte, wo er sie verlassen hatte.

»Was hast du herausgefunden?«, fragte Macy, als er sie erreichte.

Seine Augen verbanden sich mit Maggies. Er konnte keinen netten Weg finden, ihr die Neuigkeiten mitzuteilen, also platzte er mit der Wahrheit heraus. »Ich denke, jemand hat eine Bombe unter dem Fahrersitz platziert.«

Sie wurde bleich, und ihre Knie gaben nach. Declan schlang seine Arme um sie und hielt sie fest.

»Warum sollte jemand Maggie verletzen wollen?«, fragte London. »Das ist verrückt.«

»Ich weiß es nicht, aber wir werden es herausfinden.« Er schaute auf die Frau in seinen Armen herab. »Ich muss deinen Bruder anrufen. Wirst du für ein paar Minuten okay sein?«

Etwas von diesem berühmten Archer-Mut zeigte sich, als sie sich aufrichtete. Ihre Augen verhärteten sich, als sich der Schock etwas lichtete, und sie nickte. »Tu, was du tun musst, und finde diesen Arsch.«

Er drückte einen Kuss auf ihre Schläfe und strich eine dunkle Haarsträhne zurück, die ihr ins Gesicht gefallen war. »Das werde ich. Bleib bei den anderen. Geh nicht allein weg, okay?«

Sie nickte wieder.

»Das gilt für euch alle. Bleibt zusammen.«

»Das werden wir«, sagte Rayna. »Keine von uns hat den Wunsch, jetzt allein zu sein.«

London und Macy murmelten ihre Zustimmung.

Declan ließ Maggie los. »Gut. Ich bin gleich zurück.« Er ging den Weg zurück, in Richtung des Feuerwehrautos, um dessen Funk zu benutzen.

Crichton sah ihn kommen und fluchte. »Ich fragte mich, ob es schlimm ist, als ich sah, wie du schnurstracks zu den Frauen gegangen bist.« Er hielt das Funkgerät hin.

»Ja, es ist schlimm.« Er nahm das Gerät. »Danke.« Er drückte den Mikrofon-Knopf und rief ein Forensik-Team. Er war gerade dabei, nach dem Aufenthaltsort des Sheriffs zu fragen, als er den großen Mann durch die Menge der Rettungskräfte und Schaulustigen gehen sah.

Er blickte zu Crichton. »Es war eine Bombe unter dem Fahrersitz. Ich habe Stickley angewiesen, Leute von dem Bereich fernzuhalten. Ich muss mit Seb reden.«

»Mann, was zum Teufel geht hier vor? Erst Brandstiftungen, jetzt eine Bombe?« Er winkte in Sebs Richtung. »Geh, sprich mit ihm. Halt mich auf dem Laufenden.«

»Mache ich.« Declan gab ihm das Funkgerät zurück und eilte davon, Seb heranwinkend.

»Was ist passiert?«, fragte Seb, seine langen Beine überbrückten die Lücke zwischen ihnen. »Wo sind London und die anderen?«

»Sie sind sicher dort drüben.« Declan zeigte zum Bürgersteig, wo die fünf Frauen zusammengedrängt standen und das Getümmel beobachteten.

Seb stieß einen Atemzug aus, Erleichterung entspannte seine Züge. »Gut. Ich habe gehört, wie du Forensik gerufen hast.« Er deutete auf das Funkgerät an seinem Gürtel.

»Ja. Jemand hat eine Bombe in Maggies Auto gelegt.«

Sebs Augen wurden groß. »Ist das dein Ernst? Wie schlimm sind die Schäden? Und warum ist sie nicht verletzt? Ich meine, das ist normalerweise das Ziel einer Bombe, oder? Das Ziel zu verletzen oder zu töten?«

Declan nickte. »Ich bin mir nicht sicher. Ich denke aber, sie ging vorzeitig hoch. Sie war unter dem Fahrersitz.«

»Scheiße.« Seb legte eine Hand an seine Stirn und drehte sich um mehrere Schritte weg, bevor er zurückkam. »Irgendeine Idee, wer es sein könnte? Steigert unser Brandstifter sein Spiel?«

»Bin nicht sicher. Es könnte auch Hank Tulley sein.«

Sebs Mund wurde flach, und er schüttelte seinen Kopf. »Er ist es nicht. Er sitzt in meinem Gefängnis. Gentry brachte ihn herein, gerade als ich gegen sechs ging. Er beschloss, seinen Kummer in einer Flasche zu ertränken, und begann einen Kampf in einer Bar.«

»Das lässt unseren Brandstifter oder einen anderen unbekannten Verdächtigen übrig.«

»Was sagt dein Bauchgefühl?«

Declan kaute auf seiner Unterlippe und blickte weg. Da Tulley aus dem Spiel war, war es zu viel Zufall, dass es eine dritte, unbekannte Person sein sollte. »Ich denke, es ist der Brandstifter. Bisher ist, minus meiner Mutter, jeder andere mit deiner Familie verbunden.«

»Vielleicht geht es um sie. Aber ich weiß nicht, welche Verbindung Maggie zu ihr haben könnte.«

»Ich auch nicht. Aber vielleicht wird die Bombenlegung einige Hinweise liefern. Es ist viel schwieriger, einen Sprengsatz zu zünden, ohne eine Spur zu hinterlassen, als etwas Benzin auf ein Gebäude zu gießen und es anzuzünden.«

Seb seufzte. »Ja. Und Katie ist die Beste, wenn also etwas zu finden ist, wird sie es finden.« Er zeigte in Richtung des Cafés. »Zeig mir das Auto.«

Declan führte ihn durch das Café und wappnete sich, als er nach hinten trat, wissend, was er sehen würde.

Seb ließ einen leisen Pfiff los. »Verdammt.« Er schaute Declan an. »Sobald wir hier fertig sind, müssen wir ein Familientreffen einberufen. Ich will dich und Macy auch dabei. Wir müssen einen Plan machen, um alle so sicher wie möglich zu halten.«

»Ich stimme zu. Wir werden da sein.« Was auch immer der Plan beinhaltete, Declan würde sicherstellen, dass es bedeutete, dass Maggie bei ihm blieb. Er musste da sein, um sie zu beschützen.

Elf

Maggie hielt inne, als sie ihr Zimmer verließ, und versuchte nicht zu starren, als Declan mit freiem Oberkörper aus dem Badezimmer kam. Die Blutergüsse an seinem Brustkorb waren verblasst und färbten die Haut nun in Gelb- und Brauntönen, während sie heilten. Ohne die intensivere Verfärbung traten seine gut definierten Muskeln hervor. Sie krümmte ihre Finger und zwang ihre Hände, an ihrer Seite zu bleiben.

»Oh, entschuldige«, sagte er und ging an ihr vorbei in das Schlafzimmer, das er benutzte. Sie waren jetzt in ihrem Haus. Nach der Autobombe hatten alle beschlossen, dass die Ranch mit ihren Kameras und dem Zaun der sicherste Ort war. Declan wohnte bei ihr, und Macy zog ins Haupthaus zu Maggies Eltern. Thomas und Rayna blieben mit Mason und Emma in seinem Haus, bis sich die Lage beruhigt hatte. Rayna hatte sogar ihre Eltern überredet, Sebs alte Wohnung zu übernehmen, da sie besorgt war, dass sie allein auf der Double Moon blieben, während die Bedrohung über ihnen allen hing. Nur Seb und London lebten woanders.

Sie räusperte sich. »Bist du fast fertig? Wir haben heute viel zu tun.« Tara hatte eine ellenlange Liste von Dingen, die sie vor der Probe heute Abend erledigen mussten. Maggie war sicher, dass sie bis zum Beginn der Probe arbeiten würden und wahrscheinlich auch danach noch.

Er schaute über seine Schulter. »Ja. Ich muss nur noch ein Hemd holen und etwas essen, dann können wir gehen.«

»Ich mache dir Rühreier.«

»Klingt gut, danke.«

Sie nickte ihm kurz zu und huschte davon, bevor sie auf ihn zuging und ihre Hände über all diese wogenden Muskeln gleiten ließ. Die letzten sechsunddreißig Stunden waren eine Qual gewesen. Er weigerte sich, von ihrer Seite zu weichen, aber er hatte auch keinen Schritt unternommen, um ihre Beziehung in etwas mehr zu verwandeln. Tatsächlich hatte er sie nach der Umarmung bei Peppy Brewster nicht mehr berührt. Sie kam schnell zu dem Schluss, dass Rayna Recht hatte; sie musste die Richtung ihrer Beziehung selbst in die Hand nehmen.

Nach Taras Hochzeit. Sie hatte nicht die Energie, beides zu bewältigen.

Maggie nahm vier frische Eier aus dem Korb auf der Theke und schlug sie in eine Schüssel, fügte einen Schuss Milch und Salz hinzu, bevor sie sie mit einer Gabel aufschlug. Sie ließ etwas Butter in einer Pfanne schmelzen und gab dann die Eier hinzu, wobei sie sie während des Kochens umrührte. Declan kam herein, während sie arbeitete. Er schaltete die Kaffeemaschine ein und deckte den Tisch, dann goss er zwei Tassen Kaffee ein. Als die Eier fertig waren, verteilte sie sie auf die beiden Teller, die er bereitgestellt hatte, dann holte sie zwei Bananen und zwei Joghurts, da sie wussten, dass sie für den bevorstehenden Tag Energie brauchen würden. Declan machte sich auch noch Toast.

Sie aßen schnell, stellten ihre schmutzigen Teller in die Spülmaschine, als sie fertig waren, und eilten dann zur Tür hinaus. Vögel zwitscherten ihr Morgenlied, als sie den Weg zur Scheune hochgingen. Maggie ließ es über sich ergehen und etwas von dem Stress wegspülen, mit dem sie aufgewacht war. Heute und morgen würden fröhliche Zeiten sein. Sie würden Liebe, Leben und Familie feiern. Sie würde ihre Probleme nicht in diese Zeit eindringen lassen.

Als sie sich der Scheune näherten, hörte sie Hämmern und ihre Brüder, die einander Anweisungen zuriefen.

»Was bauen sie?«, fragte Declan.

»Wahrscheinlich eine Bühne. Brady war für die Musik zuständig, und wenn ich ihn kenne, wette ich, dass es Live-Unterhaltung geben wird.« Ihr Bruder liebte Musik und war sogar in seiner Jugend in einer Band, bis die Anforderungen der Uni und die Führung einer Ranch ihm die meiste Freizeit nahmen. Jetzt spielte er nur noch für sich selbst, sang und spielte Gitarre an Abenden und bei zwanglosen Familientreffen.

»Du weißt nicht, wen er engagiert hat?«

Sie schüttelte den Kopf. Sie betraten die Scheune und sahen, wie am anderen Ende eine Plattform aufgebaut wurde. Brady trug einen Zweimal-Vier-Balken zu einem Rahmen auf dem Boden. Thomas und Seb standen in der entferntesten Ecke, Seb hielt zwei Bretter, während Thomas sie zusammenschraubte. Eine Säge startete rechts, wo Jace weitere Bretter für die Querträger zuschnitt.

»Wow. Sie waren fleißig«, sagte Declan.

Maggie lächelte. »Brady hat wahrscheinlich bei Sonnenaufgang alleine angefangen. Es sieht aus, als hätte er einige Stützpfeiler zusammengebaut, um Lichter daran aufzuhängen.« Sie deutete auf die Vier-mal-Vier-Pfosten, die an der Scheunenwand lehnten, jeweils zu zweit durch ein Stück Zwei-mal-Vier verbunden. Sie stellte sich vor, dass er sie auf drei Seiten am Bühnenboden befestigen und dann einige Beleuchtungen und andere Dekorationen hinzufügen würde.

»Wurde auch Zeit, dass ihr zwei auftaucht.«

Maggie drehte sich um und sah Macy hinter ihnen stehen, die mehrere Klappstühle trug.

»Habt ihr beschlossen, länger zu schlafen?« Sie grinste. »Oder andere Dinge zu tun?«

Maggies Gesicht flammte auf, obwohl sie keinen Grund hatte, verlegen zu sein. »Tara sagte acht Uhr. Es ist sieben Uhr dreiundfünfzig. Wir sind nicht zu spät.«

»Doch, wenn Brady das Sagen hat. Er hat mich um halb sechs geweckt.«

»Moment«, sagte Declan. »Ich dachte, du wohnst bei Lee und Jenny?«

Macy stellte die Stühle ab und winkte ab. »Ach das. Ich war dort, aber ich schlief auf der Couch. Die Kinder belegen jetzt alle ihre Gästezimmer. Brady hat ein Gästezimmer und hat es mir angeboten, als er das erfuhr.«

Maggie konnte sich das Grinsen nicht verkneifen, das sich über ihr Gesicht ausbreitete. »Ach ja? Wie läuft's so?« Sie wusste, dass Macy für ihren Bruder schwärmte. Das wussten alle. Außer Brady.

»Gut, außer dass er ein Frühaufsteher ist. Wie unnatürlich früh. Ich höre seine Dusche jeden Morgen um vier angehen.« Eine Röte kroch ihren Hals hoch, und Maggie wusste, dass sie an Brady unter der Dusche dachte. Macy räusperte sich. »Wir stellen jetzt Tische auf. Warum holst du nicht ein paar Stühle? Du kannst die tragen, oder, Deck?«

Er nickte. »Höchstwahrscheinlich. Bei meinem Termin gestern wurde ich für leichtes Heben und Fahren freigegeben.«

»Super. Alles ist draußen in Lees Truck.« Sie zeigte in die Richtung, aus der sie gekommen waren. London und Rayna betraten die Scheune mit eigenen Stapeln von Stühlen. Die Pflegekinder, die bei den Archers wohnten, folgten ihnen mit Tischen.

Sie folgten ihr aus der Scheune, um mit der Arbeit zu beginnen. Die nächsten Stunden verbrachten sie damit, Tische, Stühle und Dekorationen aufzustellen. Da alle mitarbeiteten, schafften sie viel mehr, als Maggie gedacht hatte. Es half, dass Tara Brady mit dem Aufbau beauftragt hatte. Der Mann konnte alles bis auf den letzten Zentimeter organisieren. Sie hatte das letzte Wort bei allem, aber Brady kannte sie gut genug, um zu wissen, was sie wollte, und sie änderte nur wenig an seinen Plänen.

Als sie Mittagspause machten, mussten sie nur noch die Dachsparren dekorieren. Tara wollte Lichter zwischen ihnen aufhängen. Sie hatte auch einige große Blumenarrangements, die an den Stützbalken befestigt werden sollten. Aber für den Moment war es Pausenzeit.

Maggie belud einen Teller mit einem Schinkensandwich, Chips und einer Gurke, bevor sie mit einem Stöhnen auf einen Stuhl an einem Tisch sank. Es tat gut zu sitzen. Sie nahm ihr Sandwich und biss hinein, während sie aufblickte, als Declan neben sie trat. Er stellte eine Flasche Wasser vor sie hin und setzte sich dann.

Sie schluckte. »Danke.«

Er nickte und nahm sein eigenes Sandwich. Maggie knabberte an einem Chip und schaute sich all ihre Arbeit an. Der Raum sah toll aus. Sie konnte sich vorstellen, wie er aussehen würde, wenn sie fertig wären. Er würde erstaunlich sein und definitiv ihre Schwester und Jace widerspiegeln.

»Wie sind deine Rippen?«, fragte sie Declan und sah ihn an.

»Wund, aber nicht zu schlimm. Mir geht's gut.«

»Hat der Arzt gesagt, wann du wieder voll einsatzfähig sein wirst?« Sie hatte diese Frage gestern nicht gestellt, als sie ihn zu seinem Chirurgen brachte. Er kam mit einem breiten Lächeln aus der Klinik und bestand darauf zu fahren.

»Mindestens zwei weitere Wochen. Ich darf jetzt aber etwas leichtes Training machen. Er hat mir einige Kräftigungsübungen gegeben.«

Maggie wollte gerade fragen, ob er sie schon ausprobiert hatte, als Sebs Telefon klingelte. Es war wahrscheinlich nichts, aber sie wurde jetzt nervös, wenn sein Telefon piepte.

Alle anderen mussten dasselbe gefühlt haben, denn jedes Gespräch verstummte, als er antwortete.

»Ja, Katie?«

Maggie hielt den Atem an. Sie hoffte, Katie hätte etwas gefunden, das auf denjenigen hindeutete, der ihr Auto in die Luft gejagt hatte.

»Okay, danke.«

Er legte auf und schaute sich um, bevor er sich auf sie konzentrierte. »Keine brauchbaren Fingerabdrücke oder DNA, aber sie konnte einen Zünder zusammensetzen. Es war ein Handy. Und sie hat eine intakte SIM-Karte gefunden. Ich muss einen Durchsuchungsbefehl für die Telefonanbieter in der Gegend beantragen, um Telefonanrufdaten vom Zeitpunkt der Explosion zu erhalten.« Er stand auf und beugte sich zu London hinunter, um ihr einen schnellen Kuss zu geben.

»Brauchst du mich?«, fragte Jace.

»Nein, ich sollte zurechtkommen. Ich hole Wilder und Gentry dazu, wenn ich Hilfe brauche. Sofern die Welt nicht um uns herum zusammenbricht, bist du frei, bis du von deinen Flitterwochen zurück bist.«

London schlug ihm gegen das Bein. »Pst! Verschrei es nicht!«

Er verzog das Gesicht. »Sorry. Bis später, Leute.«

Sie winkten und murmelten Abschiedsworte, als er aus der Scheune stürmte. Maggie schob ihren Teller weg, ihr Appetit war jetzt mit der Erwähnung ihres Autos verschwunden. Sie wusste, dass ihre Stimmung durch den Hinweis hätte gehoben werden sollen, aber es brachte nur die Angst zurück. Dass jemand so leicht an sie herankommen konnte, war beunruhigend. Sie wusste immer noch nicht, warum sie nicht tot war.

Da sie etwas tun musste, stand sie auf.

»Du hast dein Mittagessen nicht aufgegessen«, sagte Declan.

»Ich war nicht so hungrig, wie ich dachte. Ich gehe wieder an die Arbeit.«

»Das ist Quatsch. Du isst mehr als manche Männer, die ich kenne.« Er stand neben ihr und fasste sie am Ellbogen, führte sie von den anderen weg.

»Deck, was machst du da?«, zischte sie.

»Du wirst mir sagen, was dich bedrückt.« Er warf beide Teller auf dem Weg aus der Scheune in den Müll und führte sie um die Seite, wo es ruhig war. »Rede. Was ist los?«

Sie schnaubte und starrte über seine Schulter hinweg auf die Weide dahinter. »Nichts. Wir hatten ein großes Frühstück, also wollte ich nicht so viel zu Mittag essen.«

»Versuch's noch mal, Mags.«

Sie verschränkte die Arme und stemmte eine Hüfte nach vorn, während sie zu ihm hochstarrte. »Mir geht's gut.«

»Nein, tut es nicht. Ich kann in dir lesen wie in einem Buch, erinnerst du dich?«

Verdammt. Er hatte Recht. Es war nervig. Sie ließ ihre Arme fallen und schaute einen Moment zum Himmel. »Gut. Das Gespräch über die Bombe hat all die Angst zurückgebracht, okay? Ich dachte, ich wäre darüber hinweg, aber jetzt ist alles zurückgekommen. Es ist beängstigend, wie nah jemand kam. Wie nah *ich* daran war zu-« Sie brach ab, unfähig, den Gedanken laut auszusprechen.

»Verdammt, Maggie.« Declans Stimme war sanft. Er zog sie an seine Brust.

Sie schlang ihre Arme um seine Taille und schniefte.

»Es tut mir leid, Liebling. Ich weiß, dass Seb alles tut, was er kann, um diesen Kerl zu finden. Und niemand wird an dich herankommen, solange ich in der Nähe bin.«

Sie umarmte ihn fester. »Ich weiß.« Sie hob ihren Kopf. »Ich weiß das zu schätzen. Du gibst mir ein Gefühl von Sicherheit. Deshalb habe ich mich nicht dagegen gesträubt, dass du bei mir bleibst, obwohl du mich nicht mehr brauchst.«

Er hob eine Hand und vergrub sie in ihrem Haar. »Da bin ich mir nicht so sicher.« Seine Augen glitten zu ihrem Mund, Hitze loderte in ihren blauen Tiefen auf.

Maggie spürte, wie eine antwortende Hitze tief in ihrem Bauch aufstieg. Sie wollte, dass er sie küsste.

Übernimm die Führung.

Raynas Worte schwebten durch ihren Kopf.

Also gut, fein. Sie neigte ihr Gesicht nach oben, stellte sich auf die Zehenspitzen und presste ihren Mund auf seinen.

Er gab ein leises Überraschungsgrunzen beim Kontakt von sich, entspannte sich aber in der Umarmung. In einem Wimpernschlag übernahm er die Kontrolle. Seine Hände umfassten ihren Kopf, während er ihren Mund plünderte. Sie ging in einem Augenblick von null auf hundert. Ihre Finger spielten mit dem Saum seines Hemdes und glitten darunter, um die Haut an seiner Taille zu berühren. Sie hatte seit Wochen von der goldenen Haut seines Oberkörpers geträumt. Sie würde sie berühren, solange sie die Gelegenheit hatte.

Vorsichtig wegen seiner empfindlichen Rippen ließ sie ihre Hände seinen Rücken hinaufgleiten und genoss das Gefühl von seidiger Haut über harten Muskeln. Seine Hände wanderten nach Süden, um ihre Hüften zu halten. Er zog sie an sich, und Maggie spürte den Beweis seines Verlangens an ihrem Unterleib. Ein Schauer durchfuhr sie und sandte Schauer ihren Rücken hinunter. Sie wünschte, sie wären zurück in ihrem Haus.

Gelächter aus der Scheune störte ihren Moment und brachte sie auseinander. Declan starrte auf sie herab, seine Augen verschleiert.

»Das hätte nicht passieren sollen.«

»Warum nicht?«

»Ich bin nicht gut für dich, Maggie. Du willst nicht, dass meine Vergangenheit dein Leben überschattet. Wir sind besser als Freunde.«

»Einen Scheiß sind wir das. Wie wäre es, wenn du mich das entscheiden lässt?«

Überraschung über ihren Ausbruch weitete seine Augen, aber sie war es leid, dass er Ausreden machte, warum sie nicht zusammen sein sollten. »Es ist mir egal, wer deine Eltern sind. Und jeder, der dich kennt, weiß, dass du niemals jemanden absichtlich verletzen würdest.«

»Maggie-«

Sie hob eine Hand. »Ich will nicht streiten, Declan. Lass uns einfach wieder reingehen.« Er hielt sie immer noch, also starrte sie zu ihm hoch und wartete darauf, dass er sie losließ.

»Verdammt.« Er ließ sie los und trat zurück.

Sie ging um ihn herum und steuerte auf die Tür zu.

»Du wirst nicht aufgeben, oder?«

»Nein.« Sie drehte sich um. »Ich mag dich. Genug, um all meine Unsicherheiten bezüglich Männern beiseite zu schieben und eine Chance zu wagen. Ich will nicht nur Freunde sein. Ich will mehr. Ich brauche nur, dass du erkennst, dass du mehr bist als deine Familie.« Sie drehte sich um und marschierte zurück in die Scheune. Ihre Hände zitterten, als ihr die Erkenntnis traf, dass sie ihm gesagt hatte, wie sie wirklich fühlte. Mut in einer Beziehung war etwas, das sie nicht gewohnt war. Aber niemand hatte je so viel bedeutet wie Declan. Sie würde nicht aufgeben.

Declan stand zwischen Thomas und Alex, während sie mit dem Pfarrer die Hochzeitszeremonie von Tara und Jace probten. Er konnte seine Augen nicht von Maggie abwenden, die als Trauzeugin neben ihrer Schwester stand. Sie hatte ihre Shorts und das T-Shirt gegen ein zartrosa, knielanges Sommerkleid für die Probe getauscht. Riemchensandalen mit Absatz zierten ihre Füße, betonten ihre langen Beine und trieben ihn in den Wahnsinn.

Er musste ständig an das denken, was sie früher gesagt hatte. Declan wollte glauben, dass seine Vergangenheit keine Rolle spielte, aber er fürchtete, was in ein paar Jahren passieren würde, wenn sie beschloss, in die Politik einzusteigen. Ihr Gegner würde es zweifellos gegen sie verwenden. Er wollte nicht der Grund sein, warum sie verlor.

Aber er würde verdammt sein, wenn er sich von ihr fernhalten könnte.

Declan zwang sich, seine Aufmerksamkeit von ihr ab und auf den Altar zu richten. Der Pfarrer erklärte die Zeremonie und ließ sie dann in umgekehrter Reihenfolge den Gang hinuntergehen. Deck trat in den Gang und hielt London seinen Arm hin.

Sie lächelte zu ihm auf und nahm ihn. »Schau nicht so grimmig. Die Leute werden denken, du billigst diese Ehe nicht.«

»Was? Oh, tut mir leid. Meine Gedanken sind woanders.«

Sie kicherte. »Das merke ich. Sie sieht heute Abend sehr hübsch aus.«

»Ja, Tara sieht toll aus. Die Schwangerschaft steht ihr gut.«

»Das tut sie, aber sie ist nicht diejenige, von der ich gesprochen habe, und das weißt du auch.« Sie warf ihm einen Seitenblick zu, während sie gingen.

Ein Mundwinkel hob sich. »Ich weiß.«

»Wann wirst du etwas dagegen unternehmen?«

Er seufzte. »Nicht du auch noch.«

»Ich möchte nur, dass ihr beide glücklich seid. Ich denke, ihr gebt ein gutes Paar ab.«

»Aber wird das auch der Fall sein, wenn Maggie in der Öffentlichkeit steht?«

»Maggie wird glücklich sein, solange sie mit dir zusammen ist. Ihre Karriere definiert sie nicht, das solltest du wissen.«

Vielleicht nicht, aber Maggie verdiente es, das zu sein und zu tun, was sie wollte. Er wollte sie nicht zurückhalten.

Sie erreichten das Ende des Ganges, und London ließ seinen Arm los. »Denk einfach über das nach, was ich gesagt habe, okay?«

Er nickte. »Das werde ich.«

»Gut.« Sie lächelte und drehte sich um, um ihren Mann zu suchen.

Declan seufzte, seine Gedanken waren wirr. Er wünschte, er hätte eine Kristallkugel, die ihm einen Blick in die Zukunft erlauben würde.

Er trat auf die anderen zu, mit der Absicht sich zu mischen, als plötzlich Dunkelheit über die Scheune hereinbrach, als alle Lichter ausgingen. Die jüngeren Kinder schrien, und Unruhe kroch Declans Rücken hinauf.

»Alle bleiben ruhig und bewegen sich nicht«, sagte Lee. »Brady, lass uns die Sicherung überprüfen. Vielleicht haben all diese zusätzlichen Lichter einen Stromkreislauf ausgelöst.«

Bradys Handy leuchtete auf, als er seine Taschenlampen-App einschaltete. Glas zerbrach und das Rauschen aufflammenden Feuers folgte dicht dahinter. Flammen rasten am Boden entlang zur Öffnung der Scheunentore. Das Klirren weiteren Glasbruchs ertönte auf der anderen Seite der Scheune, und Rauch begann einzudringen.

»Wir sitzen in der Falle!« schrie eines der Kinder.

»Nein, tun wir nicht«, sagte Declan. »Wir sind in einer Scheune.« Er schaltete seine Handytaschenlampe ein und richtete sie auf Brady. »Sind hier noch Werkzeuge drin?«

Brady verstand, worauf er hinauswollte. »Ja.« Er stürmte davon, Declan dicht auf den Fersen. Sie hielten vor einem Lagerraum, der, wie sie bald feststellten, abgeschlossen war.

Brady knurrte frustriert, aber das bremste ihn nicht. Er nutzte seine Größe zu ihrem Vorteil und rammte die Tür mit der Schulter auf.

»Äxte, Hämmer, alles, womit wir durch die Wände brechen können«, sagte Declan und trat vor, um eine Axt von der Wand zu nehmen.

»Alles klar.«

Die beiden sammelten verschiedene Werkzeuge und rannten zurück zu den anderen. Dichter Rauch füllte den Raum und schränkte die Sicht ein. Sie verteilten, was sie gesammelt hatten.

»Kommt schon.« Brady bedeutete ihnen, einer der Seitenwände zu folgen.

»Zwei Teams«, sagte Declan. »Wir greifen zwei Punkte an und wechseln uns ab, damit niemand ermüdet.«

»Warum können wir nicht durch ein Fenster raus?« fragte Mason.

»Weil unter jedem Feuer ist.« Der Brandstifter würde sicherstellen, dass sie keinen einfachen Ausweg hatten. Durch eine Wand zu brechen war ihre beste Chance. Declan war dankbar, dass Tara ihre Hochzeit in einer der älteren Scheunen abhalten wollte. Wären sie in einer der neuen Scheunen gewesen, die aus Stahlträgern und Blechplatten bestanden, hätten sie es viel schwerer gehabt auszubrechen.

Sie stellten sich etwa fünf Meter voneinander entfernt auf und bearbeiteten die Wand. Declan hielt sich zurück, leuchtete mit seiner Lampe auf die Wand und bewertete ihren Fortschritt. Feuer leckte an den vorderen und hinteren Wänden empor, und kleinere Brände entstanden unter den Fenstern. Er konnte das Flackern der Flammen durch das Glas sehen.

Jace und Brady durchbrachen mit ihren Äxten die Wand. Nachdem sie mehrere Spalten ins Holz geschlagen hatten, traten sie beiseite und ließen Thomas und Seb mit Vorschlaghämmern die Öffnungen vergrößern. Innerhalb von Minuten hatten sie zwei Löcher, die groß genug zum Durchklettern waren.

Es war auch höchste Zeit. Sie alle husteten jetzt wegen des Rauchs. Declan versuchte, sein Husten zu unterdrücken, aber der Schmerz stach dennoch durch seine Brust. Er sah zu Maggie und machte sich Sorgen, wie sie mit dem Rauch nach ihrer kürzlichen Begegnung zurechtkam. Sie hustete, aber nicht stärker als alle anderen.

Brady und Seb bahnten sich ihren Weg durch die Löcher und lehnten sich dann zurück.

»Gebt uns die Kinder«, sagte Seb.

Sie reichten die Kinder durch, einschließlich Emma und Abigail. London und Tara folgten als nächstes, dann der Rest der Gruppe.

Sobald Declan die Scheune verlassen hatte, rief er die Einsatzleitung an, um den Brand zu melden und medizinische Hilfe anzufordern.

»Geht es allen gut?« rief Seb.

Zwischen ihrem Husten nickten alle.

»Rufst du die Feuerwehr?« fragte er Declan.

»Ja.«

»Bitte auch um Polizeieinsatz.« Er blickte über die Gruppe. »Jace, Brady, Thomas, Mason, kommt mit mir. Dad, du und Deck bleibt bei den anderen. Wir werden die anderen Gebäude überprüfen.«

Declan kam ein Gedanke. »Ich werde das Bombenkommando der Staatspolizei anfordern. Nur zur Sicherheit.«

»Hört sich gut an. Vorerst bleibt alle draußen. Los geht's, Leute.« Er joggte los und gab den anderen im Weggehen Anweisungen.

Declan stellte die Anfrage nach Hilfe, legte dann auf und ging los, um nach den anderen zu sehen, beginnend mit den

Kindern. Sie waren erschüttert, aber ihre Atemprobleme waren geringfügig.

Er blieb vor Tara stehen, die im Gras saß, und kauerte sich auf ihre Höhe. »Alles okay bei dir?«

Sie nickte und hustete leicht. »Ja. Nur erschüttert.« Tränen bildeten sich in ihren Augen. »Warum passiert das immer wieder? Warum ist es so, dass jedes Mal, wenn etwas Gutes passiert, irgendein Arschloch kommt und es ruiniert?«

»Es ist nicht ruiniert.« Er legte eine Hand auf ihr Knie. »Du hast immer noch Jace. Der Pfarrer hat überlebt.«

Sie lachte.

»Du kannst überall heiraten, solange du diese beiden Dinge hast. Der Rest sind nur Nebensächlichkeiten.«

»Danke.« Sie tätschelte seine Hand. »Das musste ich hören.«

Er lächelte. »Gut. Bist du jetzt sicher, dass es dir gut geht? Keine Probleme beim Atmen?«

»Nein. Nur Husten.«

»Bewegen sich die Babys?«

Sie legte eine Hand über ihren Bauch. »Ja. Sie sind aufgeregt, genau wie ihre Mama.«

»Okay. Wenn sich etwas ändert, lass es mich wissen. Du solltest wahrscheinlich trotzdem ins Krankenhaus gehen und dich und die Zwillinge untersuchen lassen.«

»Wie wäre es, wenn ich mich in einen Krankenwagen setze und mich eine Weile überwachen lasse?«

»Und du fährst ins Krankenhaus, wenn sie es aufgrund ihrer Beobachtungen für nötig halten.«

»Abgemacht. Jetzt geh und schau nach meiner Schwester. Sie hustet stärker als alle anderen.«

Er blickte auf und suchte Maggie in der Menge. Tara hatte recht. Sie versuchte hart, sich zu kontrollieren, aber es sah aus, als würde sie einen aussichtslosen Kampf führen.

Declan stand auf und ging zu ihr. »Maggie, du solltest dich setzen.« Er half ihr, sich ins Gras zu setzen. Sie hustete weiter. »Wo ist dein Inhalator?«

»Zuhause.«

»Wo?«

»In meiner Handtasche.« Sie hustete stark. »Auf der Theke.«

»Geht es ihr gut?« Macy kam mit besorgtem Gesicht herüber.

»Sie braucht ihren Inhalator. Kannst du bei ihr bleiben, während ich ihn hole?«

»Natürlich.« Macy ließ sich auf den Boden fallen.

»Ich bin gleich zurück.« Er rannte los und ignorierte die Stiche in seiner Brust, während er eilig den Weg zu den Häusern hinunterlief. Mit schmerzenden Rippen vom heftigen Atmen und Husten gab er den Code ein, um in die Garage zu gelangen, und ließ sich hinein. Er kippte den Inhalt ihrer Handtasche auf die Theke, fischte den Inhalator aus dem Durcheinander und stürzte wieder hinaus, wobei er die Garagentür schloss.

Als er das Haus verließ, erregte eine Bewegung zu seiner Linken seine Aufmerksamkeit. Er hielt inne und starrte in die zunehmende Dunkelheit. Die Silhouette eines Mannes bewegte sich hinter Thomas' Haus weiter unten am Weg.

»Hey!«

Die Gestalt zögerte, dann lief sie los, tiefer ins Gelände der Broken Bow Ranch. Declan setzte an, ihm nachzujagen, erkannte aber, dass er nicht gleichzeitig den Mann verfolgen und Maggie ihren Inhalator bringen konnte.

»Verdammt!« Die Sorge um Maggie gewann, und er drehte um in Richtung der brennenden Scheune. Er nahm sein Telefon heraus, während er rannte, und rief Seb an.

»Da ist jemand, der von den Häusern aus in die Hügel läuft«, sagte er, ohne eine Begrüßung abzuwarten, als Seb antwortete. »Ich habe ihn hinter Thomas' Haus gesehen, als ich Maggies Inhalator holen ging.«

»Verstanden. Wir werden in diese Richtung gehen. Danke.« Er legte auf.

Declan hörte die ersten Sirenen, als er die anderen erreichte. Er sprach ein Dankgebet für die Verstärkung. Vielleicht konnten sie die Person finden, die er gesehen hatte.

Er kam vor Maggie zum Stehen und reichte ihr den Inhalator. Sie nahm zwei Züge, und ihre Atmung beruhigte sich.

»Fühlst du dich besser?«

Sie nickte und nahm mehrere langsame, tiefe Atemzüge. »Ja. Danke.«

»Ich muss gehen und bei der Koordinierung der Brandbekämpfung helfen. Bleibst du hier?«

Wieder nickte sie.

Er drückte ihre Hand und eilte zu den Feuerwehrwagen.

»Wir müssen aufhören, uns so zu treffen«, sagte Crichton, als Declan herbeirannte.

»Allerdings. Zündpunkte sind vordere und hintere Türen

und unter jedem Fenster. Der Mistkerl hat versucht, uns einzuschließen.«

Crichton bellte Befehle an seine Männer, wo sie die Flammen bekämpfen sollten, dann wandte er sich an Declan. »Wie seid ihr rausgekommen?«

»Wir haben uns durch die Wand geschlagen.«

»Verdammt. Gut, dass ihr in der Scheune wart. Wäre es eines der Häuser gewesen, hättet ihr es vielleicht nicht rausgeschafft.«

»Das stimmt. Wir müssen einige Alarmanlagen installieren. Das war zu knapp.« Er wusste nicht, wie sie das auf einer Ranch von der Größe der Broken Bow bewerkstelligen würden, aber sie mussten etwas tun.

»Ist jemand verletzt?«

»Nein. Nur leichte Rauchvergiftungen. Tara sollte untersucht werden, da sie schwanger ist. Und Maggie, da sie kürzlich einer Rauchentwicklung ausgesetzt war. Oh, und London auch. Maggie hat mir gestern gesagt, dass sie ebenfalls schwanger ist.«

»Ich werde die Sanitäter darauf ansetzen. Geht es den Kindern allen gut?«

»Ja. Wir haben sie unten gehalten und zuerst evakuiert, sodass sie dem Schlimmsten entgangen sind.«

»Gut. Geh und setz dich zu deiner Frau. Ich kümmere mich um das hier.«

Declan blickte zwischen der brennenden Scheune und dem Archer-Clan, der sich auf dem Feld versammelt hatte, hin und her, hin- und hergerissen. Er wollte beim Feuer helfen, aber er wollte auch bei Maggie sein.

Sein Wunsch, bei ihr zu sein, gewann die Oberhand. »Hol mich, wenn du bereit bist, die Untersuchung durchzuführen. Ich bezweifle, dass wir etwas finden werden, das ich nicht schon erwarte, aber ich möchte trotzdem nachsehen.«

»Geht klar. Geh schon.«

Declan joggte zurück zu seinen Freunden, ein Auge auf das Feuer gerichtet. Wut ließ sein Rückgrat erstarren. Er würde diesen Bastard zur Strecke bringen.

SCHWEIß RANN ZWISCHEN MAGGIES BRÜSTEN HINUNTER, ALS SIE sich an die Wand in Bradys Büro in der Hauptscheune lehnte. Ruß verlieh ihrer Haut eine feine Körnigkeit. Sie konnte es kaum erwarten, unter die Dusche zu kommen und den Schmutz abzuwaschen. Aber zuerst wollte sie die Sicherheitsaufnahmen der Ranch sehen. Seb und seine Deputies hatten wenig Glück bei der Suche nach dem Täter. Der Suchhund verfolgte eine Spur von den Häusern etwa einen Kilometer weit, verlor sie dann aber. Seb vermutete, dass ein Fahrzeug wartete. Die gute Nachricht war jedoch, dass das Bombenkommando keine versteckten Sprengsätze anderswo auf der Ranch gefunden hatte. Maggie hatte das Gefühl, dass Declan den Mann verjagt hatte, bevor er welche platzieren konnte.

»Können wir das schnell erledigen?« fragte Macy. »Wir sind hier zusammengepfercht wie die Sardinen, und es ist heiß.«

»Tippe so schnell ich kann, Schätzchen«, murmelte Brady. Seine Finger flogen über die Tastatur, während er die Aufnahmen aufrief.

Sie schnipste ihm ans Ohr. »Nicht dein Schätzchen.«

»Au!« Er wich ihrer Hand aus. »Hör auf, Mace.«

»Nenn mich nicht Schätzchen.« Ein freches Grinsen breitete sich auf ihrem hübschen Gesicht aus. »Es sei denn, du meinst es ernst.«

Sein Gesicht errötete. Maggie unterdrückte ein Lächeln. Es war so lustig, ihren großen, bullrigen Bruder erröten zu sehen.

Er hielt seinen Mund geschlossen und seine Augen auf den Computerbildschirm gerichtet.

»Spul bis kurz vor dem Ausbruch des Feuers vor«, sagte Seb.

Brady bewegte den Cursor auf dem Video, stellte alle Streams auf einige Minuten vor dem Sichtbarwerden der Flammen ein und teilte dann die Streams auf drei Monitore auf, damit sie leichter zu beurteilen waren. Alle beugten sich vor, als er auf Wiedergabe drückte.

Auf dem mittleren Bildschirm kam eine Gestalt ins Bild. Ein Mann ging mit einem Benzinkanister um den Umfang der Scheune herum und goss den Kraftstoff unter die Fenster. Er verschwand für eine Minute aus dem Blickfeld, tauchte dann wieder an der Ecke der Scheune auf, wo er zwei Molotowcocktails anzündete. Er rannte vor und warf sie in den offenen Eingang der Scheune, dann stürmte er nach hinten, um einen dritten auf die geschlossenen Türen zu werfen.

»Verdammt. Es gibt keine gute Aufnahme von seinem Gesicht«, sagte Jace.

»Nicht bei der Scheune.« Brady isolierte die Scheunenaufnahmen und legte sie auf einen Seitenbildschirm. »Aber bei den Häusern ist die Beleuchtung besser.« Er legte die Aufnahmen aus dem Wohnbereich auf den mittleren Bildschirm und drückte auf Wiedergabe. Sie schauten mehrere Minuten zu, bevor der Mann auftauchte. Er überprüfte jedes Haus und versuchte hineinzugehen, aber wegen all der

Probleme in letzter Zeit hatte jeder seine Türen abgeschlossen, bevor er ging.

Die Kameras erfassten Declans Ankunft. Brady wechselte zu der Kamera, die Thomas' Haus am nächsten war. Der Mann überprüfte die Fenster, erstarrte dann, als er Declan sah, und floh erst, als Declan ihn entdeckte.

»Kannst du auf sein Gesicht zoomen?« fragte Seb.

»Klar.« Brady scrollte mit dem Mausrad und zoomte auf das Gesicht des Mannes.

Declan keuchte. »Was zum Teufel?« knurrte er.

»Was?« fragte Seb.

»Wie konnte ich das nicht sehen?« Declan deutete auf den Bildschirm. »Das ist einer meiner Anfänger, Jameson Gehring.«

»Ernsthaft?« Seb lehnte sich näher an den Bildschirm. »Wie wurde er eingestellt? Prüft ihr Leute nicht auf Feuerteufel?«

»Doch. Ich weiß nicht, wie er den Psychotest bestanden hat.«

»Wenn er ein Soziopath und hochintelligent ist, wäre es für ihn nicht schwierig, das gut vorzutäuschen«, sagte Maggie. »Ich habe im Jurastudium mehrere Fallstudien über Brandstifter und Serienmörder gelesen. Diejenigen, die Soziopathen waren, täuschten sogar ihre engsten Vertrauten jahrelang.«

»Das bedeutet, du hast seine Privatadresse, richtig?« sagte Seb.

Declan nickte. »Sie ist in meinem Büro in der Feuerwache.«

»Gut. Lass uns gehen.« Er sah sich um und sein Blick blieb bei Tara stehen. »Ich muss mir Jace ausleihen.«

Sie seufzte. »Das dachte ich mir schon.« Sie drehte sich um, um zu ihrem Verlobten aufzuschauen. »Sei vorsichtig, bitte? Ich würde wirklich gerne morgen heiraten.«

»Schatz, das wird nur dann nicht passieren, wenn ich tot bin. Und ich habe nicht vor zu sterben.« Er drückte einen Kuss auf ihre Lippen. »Ich liebe dich. Ich bin so bald wie möglich zurück.«

Maggie spürte Tränen in ihre Augen steigen, als sie den verliebten Blick im Gesicht ihrer Schwester sah. Es war nicht nur ein schöner Anblick, sondern auch einer, den sie nie wieder bei Tara zu sehen gedacht hätte. Jace hatte sie wirklich geöffnet und ihr geholfen zu heilen.

»Bring ihn in einem Stück zurück, Sebastian«, sagte Tara.

»Das werde ich.«

Declan berührte Maggies Schulter und gewann ihre Aufmerksamkeit. Sie nickte, als er sich stillschweigend verabschiedete. Die drei gingen und nahmen etwas von der Energie im Raum mit. Sie waren jetzt im Wartezustand.

Jenny klatschte in die Hände, um ihre Aufmerksamkeit zu erlangen. »Also gut. Jetzt, da wir das geregelt haben, ist es Zeit, uns damit zu befassen, wie wir diese Hochzeit retten können. Offensichtlich können wir sie nicht in der Scheune abhalten. Das Wetter wird schön, wenn auch etwas kühl, also wie wäre es, wenn wir hinter dem Haupthaus aufbauen? Wir haben all diese Pavillons, die wir zum Camping mitnehmen. Wir können sie aufstellen und die Heizstrahler, die wir in den Scheunen verwenden, darunter stellen.«

»Was ist mit Tischen und Stühlen?« fragte Lee. »Die waren alle in der Scheune.«

»Wir können unsere Esszimmergarnituren verwenden, und ich bin sicher, unsere Freunde und Nachbarn haben nichts dagegen, ihre eigenen mitzubringen.« Sie sah Tara an. »Was sagst du, Liebes? Ich weiß, es ist nicht die Hochzeit, von der du geträumt hast, aber wir können sie trotzdem wunderschön gestalten.«

»Ich sage, wir machen es. Es wird auf jeden Fall unvergesslich sein.«

Jenny strahlte. »Dann legen wir los.« Sie scheuchte sie alle aus dem Raum und übernahm das Kommando, erteilte Befehle besser als jeder Ausbilder es je könnte.

Innerhalb von Momenten hielt Maggie die Hausschlüssel aller in der Hand. Sie und Macy stiegen in Declans Truck, um Stühle aus ihren Häusern zu holen. Thomas und Brady würden später die Tische holen. Nach getaner Arbeit würde kein einziger Esszimmerstuhl mehr in den Häusern stehen.

Trotz der späten Stunde erfüllte sie neue Energie. Sie würden alles tun, um Taras Hochzeit unter den gegebenen Umständen so perfekt wie möglich zu machen.

Nach dem Besuch aller Häuser fuhren sie zurück zum Haupthaus und luden ihre Beute ab. Thomas und Brady hatten bereits mehrere Pavillons aufgebaut, und Jenny stand auf einer Leiter und spannte ihre Weihnachtsbeleuchtung um den ersten herum.

»Hast du die Hausschlüssel?« fragte Thomas und kam auf sie zu. »Brady und ich werden jetzt alle Küchentische holen.«

»Sie sind in der Mittelkonsole.« Sie nahm zwei weitere Stühle und ging in Richtung der Pavillons.

Tara saß auf einem Stuhl und entknotete weitere Lichterketten.

»Das wird toll aussehen«, sagte Maggie und stellte die Stühle ab. »Vielleicht nicht das, wovon du geträumt hast, aber trotzdem toll.«

»Ich weiß.« Tara blickte mit einem Lächeln auf. »Ich habe Jace und meine Familie. Das ist alles, was wichtig ist.«

Maggie trat näher und umarmte sie. »Ich liebe dich, T. Du wirst die beste Hochzeit aller Zeiten haben.«

Tara schnaubte. »Ich liebe dich auch, aber nein, werde ich nicht. Es wird aussehen wie eine Redneck-Schrotflinten-Hochzeit.« Sie löste sich, um zu ihr aufzuschauen. »Aber es wird ein Knaller.«

Maggie lachte. »Das wird es auf jeden Fall.«

Dreizehn

Declan marschierte in sein Büro in der Feuerwache, Seb und Jace auf seinen Fersen. Sie zogen Blicke auf sich, als sie vorbeigingen, aber das war ihm egal. Das Personal würde früh genug erfahren, was los war. Er schloss seine Tür auf, schaltete das Licht ein, als er eintrat, und steuerte direkt auf den Aktenschrank zu. Er öffnete die Schublade mit den Personalakten und fand Gehrings Akte.

»Hier, bitte.« Er hielt Seb den Ordner hin.

Seb öffnete ihn und suchte nach Gehrings Adresse. »Es ist eine Wohnung in diesem neuen Komplex an der Autobahn.« Er blickte zu Jace auf. »Das sollte es einfach machen. Ein Eingangspunkt.«

»Und jede Menge Leute im Weg«, fügte Jace hinzu. »Wie groß ist die Chance, dass er dort ist?«

»So gut wie keine. Nicht nachdem er gesehen wurde.«

»Ihr solltet die Bombenentschärfer den Ort durchsuchen lassen, bevor ihr reingeht«, sagte Declan. »Er könnte lange genug zurückgelaufen sein, um ein paar Sachen zu holen und die Wohnung zu präparieren. Ihr wollt nicht versehentlich etwas auslösen.«

»Das ist ein guter Punkt«, sagte Jace. »Sind sie noch nicht weg?«

Seb schüttelte den Kopf. »Nein. Sie haben die letzten Scheunen überprüft, als wir die Ranch verlassen haben.«

»Leitet sie zu diesem Apartmentkomplex um«, sagte Declan. »Die Scheunen können warten. Es könnte eine Bombe geben, die nur darauf wartet, hochzugehen, wo Dutzende von Menschen sind.«

Seb wählte bereits. Sein Gespräch war kurz.

»Sie treffen uns dort.«

»Gut.« Declan bewegte sich zur Tür.

»Wo gehst du hin?« fragte Seb. »Ich muss noch mein Team koordinieren.«

Declan blickte über seine Schulter. »Mit meinen Leuten reden. Jemand muss etwas wissen.«

Seb sah Jace an. »Geh mit ihm.«

Ohne darauf zu warten, dass Jace ihm folgte, ging Declan hinaus. Er betrat den Gemeinschaftsraum und stieß einen scharfen Pfiff aus. Crichtons gesamte Einheit drehte sich um.

»Sagt mir, was ihr über Jameson Gehring wisst.«

Sie sahen ihn verwirrt an.

»Gehring gehört zu Ihrer Einheit, Sir«, sagte Stickley.

»Das ist mir bewusst, aber einige von euch müssen ihn kennen.«

»Wir waren einmal zusammen in einer Bar«, sagte McPherson.

»Wohin seid ihr gegangen?« fragte Jace und nahm sein Handy heraus, um sich Notizen zu machen.

McPherson nannte die Bar. »Ich bin nur einmal mit ihm hingegangen. Ehrlich gesagt, er ist ein bisschen seltsam.«

»Inwiefern?«

»Ich weiß nicht. Es war nur die Art, wie er mit Menschen interagierte. Als wären sie nur da, um ihn zu amüsieren. Wir hatten ein paar Drinks, dann rief ich ein Taxi und ging.«

»Hat er etwas Persönliches erzählt, während ihr zusammen wart? Hat er dir von einem Ort erzählt, zu dem er gerne geht?«

»Er erwähnte Camping mit seinem Vater.«

»Hat er gesagt wo?«

»Nur in den Bergen.«

»Was ist mit Freunden oder Freundinnen? Hat er eine davon erwähnt?«

»Nein. Moment. Als wir in der Bar waren, fragte ich ihn, ob er jemanden sah, der ihm gefiel. Er zuckte mit den Schultern und sagte, eine oder zwei. Aber er war fast abweisend. Er zuckte einfach mit den Schultern, als würde es ihn nicht interessieren. Ich fragte ihn, ob er ein Mädchen hat, das auf ihn wartet. Er sagte, da war mal jemand, aber es hat nicht funktioniert, und er sei nicht bereit für eine neue Beziehung.«

»In seiner Akte steht, er kommt aus Cheyenne«, sagte Declan. »Ist das das, was er dir erzählt hat?«

McPherson nickte.

»Ich werde das überprüfen«, sagte Jace. »Vielleicht kann ich dort jemanden finden, der ihn kennt. Die Freundin auch.«

»Du meinst, vielleicht kann Seb das. Du fährst morgen für zwei Wochen weg, erinnerst du dich?«

Jace fluchte. »Ja.« Er fuhr sich mit der Hand durchs Haar. »Ich bin müde, tut mir leid. Ich werde alle Informationen weitergeben.« Er seufzte. »Fällt dir noch etwas ein?« fragte er McPherson.

»Nein, aber wenn mir noch etwas einfällt, rufe ich den Sheriff an.«

Declan scannte den Raum. »Weiß sonst noch jemand etwas, das uns helfen kann?«

Es gab einen Chor von Neins.

»Warum suchen Sie ihn?« fragte Stickley.

»Er ist derjenige, der uns heute Nacht grillen wollte«, antwortete Jace. »Komm schon, Deck. Lass uns seine Wohnung überprüfen und das hier weitergeben. Ich weiß nicht, wie es dir geht, aber ich bin bereit, ins Bett zu gehen.«

Er war es definitiv. Dieser Tag fühlte sich an, als würde er nie enden.

»Weißt du, ich habe nachgedacht«, sagte Declan, als sie zurück zu seinem Büro gingen, um Seb zu finden. »Ich bin nicht sicher, ob Gehring allein gehandelt hat.«

Jace runzelte die Stirn. »Was bringt dich darauf?«

»Weil er beim ersten Brand bei mir war. Und er war den ganzen Tag vorher in der Wache. Unsere Schicht begann um sieben Uhr morgens. Keiner von uns verließ die Wache, es sei denn, wir waren bei einem Einsatz.«

»Bist du dir sicher? Er konnte nicht kurz raus und niemand hat es bemerkt?«

»Theoretisch könnte er das, aber ich glaube nicht, dass er das riskiert hätte. Wenn er gegangen wäre und wir während seiner Abwesenheit einen Anruf bekommen hätten, hätte das zu Fragen geführt, wo er gewesen war. Er hätte Verdacht vermeiden wollen.«

»Verdammt.«

Seb trat aus Declans Büro. »Warum fluchst du? Was ist passiert?«

»Declan hat einen guten Punkt gemacht. Gehring hat einen Partner.«

»Was?«

Declan erklärte seine Theorie.

Seb stöhnte. »Ja, das macht Sinn. Okay. Jace, schick mir, was du von den Feuerwehrleuten bekommen hast. Ich gebe es morgen früh an Gentry und Wilder weiter. Lass uns zu Gehrings Wohnung gehen. Ich habe Streifenwagen unterwegs, um einen Sicherheitsperimeter einzurichten, und die Bombenentschärfer sind auf dem Weg.«

Die drei verließen das Gebäude und stiegen in Sebs Truck. Sie durchquerten die Stadt in nur wenigen Minuten und fuhren in den Komplex ein, als die ersten Streifenwagen am Tatort eintrafen. Declan lief zu Gehrings Tür, während Seb und Jace mit der Evakuierung des Gebäudes begannen.

Hockend leuchtete Declan mit seiner Taschenlampe auf den Türknauf, um nach Drähten zu suchen. Es sah sauber aus. Er erhob sich und untersuchte den Türrahmen, aber nichts schien verdächtig. Das bedeutete nicht, dass es drinnen nichts gab. Er würde sie nicht öffnen. Er würde die Bombenentschärfer ihr Endoskop benutzen lassen, um zuerst hinter die Tür zu schauen.

Der Lärm um ihn herum wuchs, als Familien aus ihren Wohnungen strömten. Declan trat von der Tür weg, um Gehrings Vorderfenster zu betrachten und nach weiteren Anzeichen zu suchen, ob es präpariert war. Wieder schien alles in Ordnung zu sein, aber die Jalousien waren zugezogen, also war er auf das beschränkt, was von außen sichtbar war.

Ein lauter Motor durchbrach die Stimmen. Declan drehte sich um und sah, wie das taktische Fahrzeug der Bombenentschärfer in den Parkplatz rollte. Er joggte vom Gebäude weg, um sie zu treffen.

»Was haben wir?« fragte ihr Kommandant, als Declan sie erreichte.

»Möglicher Sprengkörper. Ein Eingangspunkt. Keine sichtbaren Stolperdrähte.« Er drehte sich um und führte den Mann in Richtung des Apartmentgebäudes. Der Rest des Teams folgte mit ihrer Ausrüstung.

»Das ist die Wohnung.« Declan zeigte auf Gehrings Tür. »Wir wissen, dass er in der Lage ist, eine Bombe zu bauen, aber es ist unbekannt, ob er hier eine hinterlassen hat.«

»Wir werden unsere Endoskopkamera benutzen und die Tür auf Drähte und Bewegungsmelder überprüfen.« Der Mann sah sich um. »Sind alle Bewohner aus dem Gebäude?«

»Seb und Jace sind von Tür zu Tür gegangen, also sollten sie draußen sein.« Menschen wuselten auf dem Parkplatz. Declan sah seine Freunde jedoch nicht. »Ich denke, sie könnten jetzt die angrenzenden Gebäude räumen.«

Der Kommandant nickte. »Wir werden die Wohnung mit der Kamera untersuchen. Sobald wir die Freigabe von Sheriff Archer haben, werden wir eindringen.«

»Klingt gut. Ich werde Sebastian finden.« Declan eilte weg und ließ die Bombenentschärfer an die Arbeit gehen. Er fand Seb zwei Gebäude weiter.

»Kannst du die Bewohner im Gebäude hinter diesem evakuieren?«

Declan nickte. »Ja. Sobald die Gebäude geräumt sind, gib den Bombenentschärfern Bescheid. Ihr Kommandant sagte, er wartet auf dein Wort, bevor sie Gehrings Wohnung betreten.«

»Dieses Gebäude und das dahinter sind alles, was wir noch haben.«

»Verstanden.« Declan drehte sich um und ging zum nächsten Gebäude. Er lief von Wohnung zu Wohnung, klopfte an Türen und evakuierte Bewohner. In weniger als zehn Minuten standen alle Mieter hinter einer Polizeilinie auf dem Parkplatz.

Er machte sich auf den Weg zurück zu Sebs Truck, der zu einem provisorischen Kommandoposten geworden war. Seb hob eine Augenbraue fragend, stumm nachfragend, ob das Gebäude geräumt sei. Declan nickte. »Alle sind draußen.«

Seb nahm sein Funkgerät und gab die Freigabe für die Bombenentschärfer.

»Ich nehme an, sie haben keine Stolperdrähte gefunden?«

»Nein. Vielleicht haben wir Glück, und es wird hier nichts geben.«

»Ich denke, es hängt davon ab, wie schnell er geflohen ist.« Declan lehnte sich gegen die vordere Stoßstange des Trucks und verschränkte die Arme, bereit zu warten. Fünfzehn angespannte Minuten vergingen, bevor das Funkgerät zum Leben erwachte.

»Die Wohnung ist frei. Wir werden die öffentlichen Bereiche durchsuchen, aber Sie können Ihre Männer hier reinschicken.«

»Verstanden.« Seb klemmte das Funkgerät an seinen Gürtel. »Lass uns sehen, was dein Neuling zurückgelassen hat.« Er stieß sich vom Truck ab und führte den Weg den Bürgersteig hinauf zur Wohnung. Jace und Declan folgten ihm hinein.

»Hier ist nicht viel«, bemerkte Jace, als sie ihren ersten Blick hineinwarfen.

Er hatte Recht, stellte Declan fest. Der Ort hatte ein abgenutztes Sofa mit einem Tabletttisch davor. Beide standen gegenüber einem großen Fernseher, der an der Wand montiert war.

»Teilt euch auf. Schaut, ob es einen Hinweis gibt, wohin er gegangen ist oder was er plant.«

Declan ging in die Küche, während Jace und Seb den Flur hinuntergingen. Er öffnete Schränke und den Kühlschrank. Er schaute in einige offene Müsli- und Cracker-Schachteln und die Kaffeedose, fand aber nichts, was nicht hineingehörte. Enttäuscht ging er zurück ins Wohnzimmer, sah sich schnell um und schaute in die Wandlüftungsschlitze. Nichts.

Seb und Jace kamen zurück, nachdem sie das Schlafzimmer und das Badezimmer durchsucht hatten.

»Etwas gefunden?« fragte Seb.

Declan und Jace schüttelten die Köpfe.

»Nun, verdammt. Okay. Lass uns nach Hause gehen. Wir gruppieren uns morgen neu.«

Declan würde nicht widersprechen. Er war völlig fertig.

KAPITEL
Vierzehn

Das leise Surren der Garagentür, die sich öffnete und schloss, drang an Maggies Ohren, während sie im Bett lag. Es war nach drei Uhr morgens, und eigentlich sollte sie nach diesem Tag tief schlafen. Aber selbst nach einer heißen Dusche und einem Schluck Whiskey war sie hellwach. Sie war unruhig. Und sie vermisste Declans Anwesenheit. Es spielte keine Rolle, dass sie seit der Nacht, in der Thomas' Klinik abbrannte, kein Bett mehr geteilt hatten. Das Wissen, dass er im selben Haus war, gab ihr ein Gefühl von Frieden. Ohne ihn lief ihre Angst Amok und hielt sie wach.

Aber jetzt ist er zu Hause.

Seine Schritte hallten auf dem Holzboden wider, als er durch das Wohnzimmer und den Flur zum Gästezimmer ging.

Sie kniff die Augen zusammen und versuchte, jenen Frieden zu spüren, den er ihr schenkte.

Die Badezimmertür schloss sich und die Dusche wurde angestellt.

Bilder seines Körpers, nackt und nass, überfluteten ihren Geist. Sie unterdrückte ein Stöhnen. Jetzt war sie aus einem anderen Grund wach. Ihr Körper brannte, während er sich an seine Berührung erinnerte. Sie wollte so viel mehr von ihm. Wenn sie selbstbewusster wäre, würde sie ins Badezimmer marschieren und zu ihm stoßen. Aber ihre jungfräuliche Sensibilität überstimmte ihre Libido. Sie hatte keine Ahnung, wie man einen Mann verführte. Besonders einen, der erschöpft war und dachte, er wäre nicht gut genug für sie.

Sie rollte sich auf die Seite und bedeckte ihren Kopf mit einem Kissen, versuchte, das Geräusch des Wassers zu übertönen. Vielleicht würde sie nicht an ihn unter der Dusche denken, wenn sie es nicht hören konnte.

Wasser, das auf definierten Muskeln glitzerte. Das sich im lockigen Haar auf seiner Brust verfing. Und tiefer.

»Verdammt.« Sie drückte das Kissen fester an ihr Ohr und versuchte, an Fallrecht zu denken. Nichts war langweiliger als juristischer Fachjargon.

Das Wasser wurde abgestellt, und sie atmete erleichtert auf. Er würde sich anziehen und ins Bett gehen, und sie würde *endlich* einschlafen können.

Ein leises Klopfen ertönte an ihrer Tür.

Nein!

Mit weit aufgerissenen Augen lugte sie unter dem Kissen hervor. Vielleicht würde er weggehen, wenn sie still bliebe. Wollte sie das überhaupt? Wie sehr würde sie sich blamieren, wenn sie mit ihm ein Gespräch führen würde?

Die Tür knarrte auf.

»Maggie? Bist du wach?«, flüsterte er.

Für eine halbe Sekunde überlegte sie, Schlaf vorzutäuschen. Aber sie war kein Feigling. Sie zog das Kissen weg und setzte sich auf. »Ja.«

Er öffnete die Tür weiter und trat ein. »Kannst nicht schlafen?«

»Nein. Mein Kopf kommt nicht zur Ruhe.«

Im Licht der Straßenlaternen von der Gasse draußen sah sie, wie er mit den Fingern gegen sein Bein trommelte. Er blickte aus dem Fenster und dann zu ihr. Sie konnte gerade das Funkeln der Lichter in seinen Augen in der Dunkelheit erkennen.

»Willst du etwas Gesellschaft?«

Jedes Hormon, das sie in seine Schachtel zurückgesteckt hatte, brach wieder frei. Sie kämpfte darum, sie einzufangen. »Äh. Ich bin nicht sicher, ob das eine gute Idee ist.«

»Du hattest kein Problem damit, in mein Bett zu klettern.«

»Ja, nun, wir waren beide verletzt.«

»Also war es sicher, meinst du?« Er kam näher und stellte sich über sie. »Vielleicht will ich nicht sicher, Mags.«

Sie schluckte schwer. »Willst du nicht?«

Er kniete sich aufs Bett und beugte sich über sie. »Nein. Will ich nicht.« Sein Mund presste sich auf ihren und all diese Hormone flogen wieder aus ihrer Box.

Gefühle, die sie noch nie zuvor gespürt hatte, überkamen sie. Aber ein Gedanke schaffte es noch durch ihr benebeltes Gehirn. Sie schob ihn zurück.

Er blickte stirnrunzelnd auf sie herab. »Was ist los?«

»Warum hast du deine Meinung geändert?«

Sein Gesichtsausdruck klarte auf. »Ein Gespräch mit Tara. Trotz allem, was passiert ist, und obwohl sie enttäuscht war, dass sie nicht die Hochzeit bekommen würde, von der sie geträumt hatte, war sie damit einverstanden, weil sie Jace hatte. Alles, was ihr wichtig war, war in Sicherheit. Und es hat mir klargemacht, wie wichtig du für mich bist. Ich bin immer noch nicht sicher, ob ich der beste Mann für dich bin, aber ich bin bereit, es zu versuchen.«

Es versuchen? »Ich will es nicht versuchen, Declan. Ich habe nicht mein ganzes Erwachsenenleben gewartet, um mich einem Mann hinzugeben, um es zu versuchen. Es ist alles oder nichts.«

Er blinzelte. »Warte. Du hattest noch nie Sex?«

»Oh mein Gott, das ist es, was du aus dieser Rede mitgenommen hast?« Sie ließ ihre Hände von seinen Schultern fallen und sank in die Matratze.

»Nun, es ist wichtig.«

»Das andere ist auch wichtig!«

Er seufzte und rollte sich neben sie. »Maggie-«

»Komm mir nicht mit Maggie.« Jetzt aufgebracht, setzte sie sich auf und sah ihn an. »Ich weiß nicht, wie ich es anders durch deinen dicken Schädel kriegen soll, dass es mir egal ist, wer deine Familie ist oder woher du kommst. Du bist es, der mir wichtig ist. Wenn in Zukunft dein Hintergrund ein Problem für meine Karriere wird, dann weiß ich, dass dieser bestimmte Weg nicht für mich bestimmt war. Ich will kein Leben ohne dich. Es ist nicht-«

Sie konnte ihren Satz nicht beenden, und ehrlich gesagt, redete sie sowieso nur wild drauflos. Er beugte sich über sie und verschmolz seinen Mund erneut mit ihrem.

»Ich will auch kein Leben ohne dich«, sagte er und löste sich. »Können wir uns darauf einigen, die Dinge einfach zu nehmen, wie sie kommen?«

Sie lächelte zu ihm hoch. »Solange wir es gemeinsam tun, ja.«

»Wie wäre es, wenn wir jetzt damit anfangen?« Seine Hände strichen leicht an ihren Seiten hinab.

Maggie erschauerte. »Okay.« Ihre Stimme kam als Seufzer heraus.

Er küsste sie wieder. Seine Hände tauchten unter ihr Shirt, um ihre nackte Haut zu verbrennen. Sie kratzte an seinem T-Shirt, begierig darauf, seine festen, geschmeidigen Muskeln zu spüren. Er setzte sich auf und zog es über seinen Kopf. Ihre Hände wanderten zu seiner Brust, um mit seinen Brustwarzen durch sein dunkles Brusthaar zu spielen.

»Gefällt dir, was du siehst?«

»Gott, ja.«

»Gut. Du bist dran.« Er zupfte mit einem Finger am Saum ihres Nachthemds.

Maggie setzte sich auf und brachte ihr Gesicht wieder nah an seines. Sie lehnte sich vor und knabberte an seiner Unterlippe. Er knurrte und versuchte, sie wieder zu küssen, aber sie löste sich, um ihr Shirt auszuziehen. Der Anblick ihrer nackten Brüste ließ ihn in seiner Bewegung innehalten.

»Du bist so verdammt schön. Ich verdiene dich nicht, aber ich werde jeden Moment wertschätzen.«

Er umfasste ihre Brüste und schickte Schauer der Lust durch Maggies Körper. Sie bohrte ihre Finger in sein Haar und hielt sich fest, als er sich hinunter beugte, um zu kosten. Sein heißer Atem strich über ihre empfindliche Haut und ließ Gänsehaut entstehen. Sie biss sich auf die Lippe, um ein Stöhnen zurückzuhalten.

Declan bemerkte es. »Halt dich nicht zurück, Baby. Ich will wissen, was sich gut anfühlt.«

Sie nickte.

Sein strahlendes Lächeln verwandelte sich schnell in ein freches. »Sollen wir sehen, ob ich dich zum Schreien bringen kann?«

Maggie errötete von den Haarwurzeln bis zu den Zehen. Was tat sie da? Sie hatte so gut wie keine Erfahrung, und Declan war Sex auf Beinen. Er datete Frauen, die wie Supermodels aussahen. Sie war nicht schlecht, aber Lilah spielte in einer anderen Liga. Maggie war nur ein Bücherwurm.

»Erde an Maggie.«

»Was?« Sie schaute ihn an.

»Ich habe dich verloren. Wo bist du gewesen?«

»Tut mir leid. Ich bin nur ein bisschen nervös. Ich habe nicht viel Erfahrung mit Männern.«

Er strich ihr Haar beiseite und legte eine Hand um ihren Nacken. »Wir müssen das nicht tun, wenn du nicht bereit bist.«

Oh, sie war bereit. So bereit, dass sie sich wie ein Champagnerkorken fühlte, der kurz davor war zu platzen. »Ich will nicht aufhören. Können wir einfach langsam machen?«

»Auf jeden Fall.« Er zog sie näher. »Das Letzte, was ich will, ist, dich zu verletzen oder zu erschrecken.«

Sie hob ihre Hände und strich mit den Fingern über seine Bizeps, als er sich vorbeugte. »Ich vertraue dir.«

Die Worte waren kaum aus ihrem Mund, als er sie küsste, diesmal mit Absicht.

Maggie umrahmte sein Gesicht und zog ihn mit ihr aufs Bett. Sein Gewicht legte sich auf sie, hüllte sie in seine Wärme ein. Er zog Küsse entlang ihres Kiefers und ihren Hals hinunter, um ihre Brüste zu liebkosen. Sie ließ das Stöhnen heraus, das sie vorhin zurückgehalten hatte, und verflocht ihre Finger in seinem dicken Haar. Er lächelte an ihrer Brust.

»Das gefällt mir besser.«

Es würde das erste von vielen sein, da war sie sich sicher.

Er zog heiße Küsse durch das Tal zwischen ihren Brüsten und über ihren Bauch, wodurch das Feuer in Maggies Innerem noch höher loderte. Als er weiterging, versteifte sie sich. »Declan?«

»Das ist auch neu?« Er schaute zu ihr hoch, seine Augen funkelten.

Sie nickte kurz.

Seine Zähne blitzten im schwachen Licht. »Ausgezeichnet. Nenn mich einen Höhlenmenschen, aber ich mag es zu wissen, dass kein anderer Mann dieses Privileg hatte.«

Bevor sie antworten konnte, senkte er seinen Kopf und küsste und knabberte sich an ihren Hüften vorbei, wobei er ihr Höschen mitnahm. Jeder Zentimeter näher an ihrem Zentrum ließ die Spannung höher spiralen. Seine Nase neckte dieses kleine Nervenbündel und sandte eine Welle der Lust durch ihre Adern, die ihre Hüften vom Bett hob.

Ein leises Summen der Zufriedenheit entwich seiner Brust. Er teilte ihre Falten mit seiner Hand und presste seine Zunge auf ihr erhitztes Fleisch.

Maggie dachte, sie würde explodieren. Farben tanzten vor ihren Augen und machten sie blind für alles außer dem Gefühl seines Mundes, der freche Dinge mit ihrem Körper anstellte. Er spielte mit ihr und fügte dann zwei Finger in ihren Kanal, dehnte sie, als er diesen verborgenen Punkt tief in ihrem Inneren fand. Nach nur wenigen Stößen explodierten die Farben in einem blendenden Licht, als ihr erster

Orgasmus durch sie hindurchriss. Sie schrie seinen Namen, als sie über die Kante flog.

Während sie von ihrem Höhepunkt herunterkam, kletterte er vom Bett, um seine Shorts und Boxershorts abzuwerfen. Ihre Augen weiteten sich, als sie ihn zum ersten Mal sah. Er war bereits erigiert, sein Schaft lang und dick. Mehr Feuchtigkeit durchflutete ihren Kern. Sie wollte nicht betteln, aber wenn er nicht in den nächsten Sekunden zu ihr zurückkehrte, würde sie es tun.

Er stellte ein Knie aufs Bett, dann hielt er inne. Ein leises Wimmern entwich ihr.

»Ich muss mein Portemonnaie holen.«

Verwirrt runzelte sie die Stirn, dann begriff sie, warum. »Oh, richtig. Eigentlich habe ich welche.« Sie zeigte auf den Nachttisch. »Wunschdenken letzte Woche.«

Er riss die Schublade auf und fischte die Schachtel heraus. »Ich mag, dass du eine Planerin bist«, sagte er mit einem schiefen Lächeln. Er öffnete die Schachtel und riss ein Päckchen vom Streifen, bevor er die Folie aufriss und sich damit überzog.

»Bist du bereit dafür? Für mich?«

»Wenn du Klamotten anhättest, würde ich dich auf mich ziehen.«

Sein Lächeln blitzte wieder auf. »Nun, dann lassen wir dich nicht warten.« Er kroch wieder über sie und ließ sich zwischen ihren Beinen nieder.

Ihre Augen rollten zurück, als er an ihrem Eingang stupste. Aber es waren seine Finger, die hineinrutschten. Ihr Kopf schnappte herunter, um ihn anzusehen. »Ich weiß, wir haben uns auf langsam geeinigt, aber das ist jetzt einfach Folter.«

»Keine Folter.« Er schmiegte sich an ihr Ohr, knabberte am Ohrläppchen, während seine Finger durch ihre feuchte Hitze glitten. »Ich will nur sichergehen, dass ich dir nicht weh tue.«

Ein Hauch von Beklommenheit spannte ihre Muskeln an. Als er jedoch seinen Angriff auf ihre Sinne begann, wurde der Schmerz, ihre Jungfräulichkeit zu verlieren, zur letzten Sorge in ihrem Kopf.

»Ich werde vorsichtig sein, ich schwöre.« Er zog seine Finger zurück und schmierte ihre Nässe um ihren Eingang. Er griff nach sich selbst, positionierte die Spitze und drang langsam ein.

Ein köstliches Brennen begann, als sie sich dehnte, um ihn aufzunehmen. Sie stöhnte. Ihr Herzschlag beschleunigte sich als Reaktion auf die aufbauende Lust. Er drang etwas tiefer ein, und Maggie spürte den Widerstand. Er zog sich zurück und stieß mehrmals vor, dehnte ihre Wände. Sie spürte ein Poppen und einen scharfen Schmerzstoß, als er tiefer glitt.

»Geht es dir gut?«, fragte er mit angespannter Stimme, während er sich still in ihr hielt.

Sie nickte. »Mach weiter. Es tut nicht weh.« Das Gegenteil war der Fall. Außer dem kurzen Schmerzausbruch fühlte es sich besser an als alles je zuvor.

Er nahm sie beim Wort, glitt heraus und stieß mit einem Stoß zurück. Ihre Hüften hoben sich, um seinen zu begegnen, und er nahm es als Zeichen, dass sie hundertprozentig einverstanden war. Seine Stöße wurden schneller und brachten sie höher den Berg hinauf. Maggie schlang ihre Beine um seine Taille, und er traf diesen Punkt, der sie in Sekundenschnelle zum Mond schickte. Sie ließ einen kleinen Schrei los, der ihn anspornte. Nach einer weiteren Handvoll Stöße flog sie über die Kante. Während sie auf den Wellen heißweißer Lust ritt, packte er ihre Hüften und pumpte weiter in sie hinein. Adern schwollen an seinem Hals an, und er rief ihren Namen, als sein Höhepunkt ihn traf.

Als die Intensität nachließ, verflüssigten sich Maggies Knochen. »Das war intensiv.«

Declan lachte auf und rollte sich an ihre Seite. »Untertreibung.« Er drehte seinen Kopf, um sie anzusehen. »Ist alles okay bei dir?«

Sie schenkte ihm ein sanftes Lächeln. »Noch nie besser. Wie sieht's bei dir aus? Diese Rippen haben ein Workout bekommen.«

»Sie brennen, aber nichts zu Schlimmes. Ich werde überleben.« Er setzte sich auf. »Bin gleich wieder da.« Er ging ins Badezimmer, um das Kondom zu entsorgen, und kehrte dann zu ihr zurück.

Maggie legte einen Arm über seinen Bauch und stützte ihren Kopf auf seine Schulter. Ein Gähnen ließ ihren Kiefer knacken. Er folgte mit einem noch größeren.

»Wir sollten wahrscheinlich schlafen.«

Seine tiefe Stimme rumpelte über ihre Nervenenden und sandte einen Schauer durch sie. Würde sie jemals genug von diesem Mann bekommen? Er hatte sie gerade in Brand gesetzt und in einem Haufen satter Glückseligkeit zurückgelassen, und schon wollte sie ihn wieder.

Ein weiteres Gähnen überkam sie. Ein Teil des Verlangens verblasste, als endlich die Müdigkeit einsetzte. »Ja. Wir haben morgen viel zu tun.«

Er drückte einen Kuss auf ihren Scheitel. »Süße Träume, Mags.«

Sie lächelte gegen seine Schulter und schloss die Augen. »Mmm. Gute Nacht.«

Fünfzehn

Mit einem Stöhnen ließ sich Declan auf einen Stuhl am Rand der Tanzfläche fallen. Maggie war mit ihrer Schwester davongeeilt, um Tara bei der Benutzung der Toilette in ihrem sperrigen Hochzeitskleid zu helfen. Er nutzte ihre Abwesenheit voll aus, um ein paar Minuten zu sitzen. Die ganze Aktivität ließ seine Rippen schmerzen. Außerdem war er hundemüde. Er und Maggie waren erst gegen vier eingeschlafen. Um sechs waren sie wieder auf, um die letzten Vorbereitungen zu treffen.

Ein sanftes Lächeln breitete sich auf seinem Gesicht aus, als er an die vergangene Nacht dachte. Er hätte gerne auf Schlaf verzichtet für Sex mit Maggie. Was sie teilten, war intensiv. Atemberaubend wunderbar. Und beängstigend. Er wollte alles mit ihr, aber er fühlte sich immer noch unzulänglich. Sie war erstaunlich. Klug, witzig, sexy, nett – sie erfüllte alle Kriterien für das, was er sich in einer Frau wünschte. Aber das Graben in seiner Familiengeschichte ließ ihn neben ihr wie Müll fühlen. Er betete, dass sie es ernst meinte, als sie sagte, dass es keine Rolle spiele. Er war an einem Punkt, an dem er nicht mehr weggehen konnte.

Ein Bier erschien vor seinem Gesicht und riss ihn aus seinen Überlegungen. Er schaute auf und sah Jenny.

Sie lächelte. »Du sahst durstig aus.«

»Danke.« Er nahm die Flasche und setzte sie an seinen Mund, schluckte etwas von der kühlen Flüssigkeit hinunter. Trotz der kühlen Temperaturen war ihm vom Tanzen im Anzug etwas warm.

»Diese Feier ist ziemlich gut gelungen«, sagte sie und setzte sich neben ihn, während sie einen Schluck von ihrem eigenen Bier nahm. »Es hilft, dass wir großartige Musik haben.« Sie nickte Richtung Bühne. »Ich kann immer noch nicht glauben, dass Brady Knox dazu gebracht hat, Asa Mitchell zum Auftreten zu überreden.«

Declan war auch überrascht, als er den Country-Superstar früher aus einem SUV mit Knox aussteigen sah. Er wusste, dass der Mann aufgrund von Ranch-Geschäften mit Knox und Brady befreundet war, aber er wusste nicht, dass sie so eng waren. »Ich auch, aber ich bin froh darüber. Tara war wirklich überrascht und erfreut, dass er bereit war, auf ihrer Hochzeit zu singen. Ich glaube auch, dass Brady die Entscheidung, ihn zu fragen, vielleicht bereut.« Er deutete auf die Stelle, wo Asa jetzt mit Macy in ein tiefes Gespräch vertieft stand. Er war von der Bühne gestiegen und hatte Abigails Freund Trent und seiner Band für ein paar Minuten den Vortritt gelassen. Brady stand zehn Meter entfernt und starrte Macy böse an, als sie über etwas lachte, das Asa sagte.

Ein breites Lächeln teilte Jennys Gesicht. »Na, na, na. Die Sache wird spannender. Er sieht ziemlich verärgert aus, dass sie mit ihm redet, nicht wahr?«

»Das Lustige ist, er hat nichts zu befürchten.«

»Wirklich?«

»Ja. Wenn er seinen Kopf aus seinem Hintern ziehen würde, würde er erkennen, dass sie nur Augen für ihn hat. Ich warte darauf, dass sie es müde wird, dass er sie ignoriert, und ihn zur Rede stellt.« Er war überrascht, dass sie es nicht schon getan hatte. Besonders da die schüchterne Maggie genau das mit ihm getan hatte.

»Was ist los?«

Er runzelte die Stirn und sah sie an. »Was meinst du?«

»Du hast etwas im Kopf. Ich kann es sehen. Dein Gesicht hat sich plötzlich verdunkelt. Was ist los?«

Declan öffnete seinen Mund und schloss ihn wieder, unsicher, wie er die Gedanken ausdrücken sollte, die ihm durch den Kopf gingen. »Ich bin sicher, du hast bemerkt, dass Maggie und ich... etwas am Laufen haben.«

Sie nickte lächelnd. »Das habe ich. Ich finde es wunderbar.«

»Tatsächlich?«

»Natürlich. Warum sollte ich nicht?«

»Maggie sagte dasselbe.«

»Ich verstehe nicht ganz.«

Er seufzte. »Wir umkreisen uns schon seit Juni. Als sie einzog, um mir zu helfen, spitzte sich alles zu. Ich wollte keine Beziehung, weil meine Vergangenheit ihre Zukunft beeinträchtigen könnte.«

»Das ist ein Haufen Pferdemist.«

Declan lachte laut auf und hob dann eine Hand. »Entschuldige. Ich sehe, dass Tara und Maggie ihre Einstellung ehrlich von dir haben.«

Ein sardonisches Lächeln hob einen Mundwinkel von Jenny. »Das ist ziemlich wahrscheinlich, ja. Aber versuche nicht, das

Thema zu wechseln. Maggie kümmert sich nicht um deine Vergangenheit. Und wenn doch, müssen sie und ich ein Gespräch führen.«

»Sie sagt, es stört sie nicht, aber ich mache mir weniger Sorgen darüber, was sie denkt, sondern wie es ihrem Ruf schaden könnte. Ich weiß, dass sie für ein Amt kandidieren will. Mich in ihrer Nähe zu haben, könnte ihre Chancen, gewählt zu werden, beeinträchtigen. Sie sagte, wenn das der Fall ist, würde es sie nicht stören, aber ich bin mir nicht so sicher. Ich schätze, was mich wirklich beunruhigt, ist, wie ich darüber hinwegkomme. Ich möchte Teil ihres Lebens sein, aber ich will ihren Träumen nicht im Weg stehen.«

»Declan«, sie bedeckte seine Hand mit ihrer, »macht sie dich glücklich?«

»Ja.« Das war eine leichte Frage. Sein ganzes Leben war heller mit ihr darin.

»Machst du sie glücklich?«

»Ich denke schon.«

»Dann ist alles andere nur das Sahnehäubchen auf dem Kuchen. Du machst dir Sorgen, dass sie anfangen wird, dir zu grollen, richtig?«

Er nickte.

»Das wird sie nicht. Maggie wurde dazu erzogen, Gott und Menschen über alles andere zu stellen. Wenn die Liebe zu dir sie davon abhält, zu einer gewählten Amtsträgerin zu werden, wird sie es als Zeichen sehen, dass das nicht ihr Weg war.«

»Das ist ziemlich genau das, was sie gesagt hat.«

Jenny tippte auf seinen Arm. »Da hast du's. Du brauchst dir keine Sorgen zu machen. Genieße die Liebe meiner Tochter.«

Er wollte ihr nicht sagen, wie sehr er das schon tat.

Sie kicherte, als sie seinen Gesichtsausdruck sah. »Ich werde nicht einmal fragen.«

»Danke.«

»Also, was genau an deiner Vergangenheit macht dir solche Sorgen? Die falschen Mordvorwürfe?«

Dankbar für die Atempause – er wollte sein Sexleben wirklich nicht mit der Mutter seiner Freundin besprechen – stürzte er sich auf den Themenwechsel. »Das und meine Eltern. Meine Mutter, die ihr Leben als Junkie und Alkoholikerin verbrachte, wird ermordet in einem Brandanschlag gefunden. Und mein Vater war mein ganzes Leben lang im Gefängnis und hat eine geheime Familie.«

»Maggie hat das erwähnt. Es klingt so, als hättest du die Rolle des großen Bruders angenommen. Nun, ich schätze, du warst das schon mit Macy, aber du weißt, was ich meine.«

»Ja. Hannah und Jessie scheinen großartig zu sein. Ich kann es kaum erwarten, mehr Zeit mit ihnen zu verbringen. Ich bin sicher, ich werde Michael auch mögen, wenn ich ihn treffe.«

Jenny schüttelte den Kopf. »Bei all den Fehlern deines Vaters hat er einige großartige Kinder hervorgebracht.«

Ihr Lob ließ ihn lächeln. Er schätzte ihre Meinung über ihn mehr als fast jede andere. »Wie gut kanntest du meinen Vater? Er war nicht oft da.«

»Gut genug, denke ich. Lee stellte ihn einen Sommer lang ein. Er hätte ihn behalten – er war ein guter Arbeiter, wenn er nüchtern war – aber einige Rinder verschwanden. Lee und ein paar Helfer überwachten die Weiden und erwischten Cole beim Viehdiebstahl.«

Declans Augen weiteten sich. »Das wusste ich nicht.«

»Das überrascht mich nicht. Du warst noch ziemlich jung. Das war das erste Mal, dass dein Vater ins Gefängnis ging. Cole flehte Lee an, ihn gehen zu lassen, aber er hatte Vieh im Wert von fast zehntausend Dollar gestohlen.

»Gott. Es tut mir so leid.«

»Es ist nicht deine Schuld.«

»Nein, aber ich fühle trotzdem, dass ich mich entschuldigen sollte. Er ist meine Familie.«

»Cole Briggs qualifiziert sich kaum als dein Elternteil, Declan. Er war nicht genug da, um wirklich deine Familie zu sein. Hast du nicht gelernt, dass Familie das ist, was du daraus machst?«

Er runzelte die Stirn. Sie hatte einen Punkt. Er fühlte sich bei Lee und Jenny mehr zu Hause als je bei seinen Eltern. Ein plötzlicher Gedanke traf ihn, und er lachte. »Heißt das, ich date meine Schwester?«

Sie lachte. »Gott sei Dank gibt es keine Blutsverwandtschaft.«

»Allerdings.«

Das Rascheln von Chiffon lenkte seine Aufmerksamkeit auf sich, und er drehte seinen Kopf, um Maggie und Tara zu sehen, die durch das Gras gingen. Beide sahen umwerfend aus, aber er konnte seine Augen nicht von Maggie nehmen. Er hatte sie auch während der Zeremonie angestarrt. Sie war wunderschön in ihrem cranberryfarbenen Brautjungfernkleid. Es lag knapp an ihren Schultern, fiel tief nach vorne, und schmiegte sich an ihren Körper bis über die Knie. Sie hatte ihr Haar in einem glatten Pferdeschwanz zurückgebunden, mit Strängen von Wildblumen durchzogen. Silberne Absätze vollendeten ihr Outfit und sorgten dafür, dass seine Augen immer wieder zu ihren langen Beinen wanderten. Er stellte sich ständig vor, wie sie in diesen Absätzen und sonst nichts vor ihm stand.

Sie blickte in seine Richtung und ertappte ihn dabei, wie er sie beobachtete. Ein hübsches Lächeln erhellte ihr Gesicht, und sie entschuldigte sich bei Tara, um auf ihn zuzugehen.

»Entschuldige mich«, sagte er und stand auf.

»Declan.«

Jennys Hand auf seiner ließ ihn innehalten. Er schaute nach unten.

»Du bist ein guter Mann. Maggie weiß das, und du musst dich daran erinnern.«

Er beugte sich hinunter und gab ihr einen Kuss auf die Wange. »Danke, Jenny. Für alles.«

»Gern geschehen, Liebling.«

Mit einem Lächeln drehte er sich weg.

»Worüber habt ihr beide geredet?«, fragte Maggie, als er sie vor dem Kuchentisch traf.

Er berührte den Rand des silbernen Bretts, auf dem der rote Samtkuchen stand, mit einem Finger und zuckte mit den Schultern. »Dies und das.«

Sie summte. »Geheimnisvoll. Okay.«

»Kein Geheimnis. Nur Zeug. Sie ist eine weise Frau.«

»Das ist sie.« Sie gab ihm einen neugierigen Blick und grinste dann. Sie lehnte sich hinein und drehte seine Krawatte zwischen ihren Fingern. »Also, denkst du, es wäre unhöflich, wenn die Trauzeugin vor dem glücklichen Paar geht?«

Declan lachte und schlang seine Hände hinter ihre Taille.

»Das wäre es, aber ich denke, sie gehen bald.« Er nickte zu Tara, die sich den Rücken rieb, während Jace besorgt zusah.

»Perfekt.« Sie drehte sich zu ihm um, um ihre Arme um seinen Nacken zu schlingen. Sie drückte einen schnellen Kuss auf seinen Mund.

»Fang damit nicht an. Noch nicht«, murmelte er und zog sich mit einem Lächeln zurück.

Sie gab ihm ein freches Grinsen.

Jace stieß einen scharfen Pfiff aus und zog die Aufmerksamkeit aller auf sich.

»Ich möchte euch allen danken, dass ihr trotz der kurzfristigen Planänderungen gekommen seid. Wir fühlen uns sehr gesegnet, dass ihr Teil unseres Tages seid.«

»Das gesagt«, fuhr Tara fort, »werden wir euch alle zurücklassen, um ohne uns weiterzufeiern. Nach so einer späten Nacht sind wir beide bereit einzuschlafen. Danke nochmals fürs Kommen.«

Unter Applaus und Jubel gingen sie aus dem Garten ins Haupthaus.

»Heißt das, wir können jetzt gehen?« flüsterte Maggie in sein Ohr.

Hitzeprickeln jagte über seinen Nacken und seinen Rücken hinunter. »Verflucht, ja.« Er schaute zu ihr hinunter. »Müssen wir nicht bleiben, um aufzuräumen?«

»Mom sagte, wir räumen nur das Essen weg und bringen den Müll raus, um die Tiere fernzuhalten, und machen den Rest morgen.«

Er knurrte. »Das könnte noch ein paar Stunden dauern. Auch ohne Braut und Bräutigam wollen die Leute nicht gehen. Asa bereitet sich auf einen weiteren Auftritt vor.« Er zeigte auf die

Bühne, wo Asa seine Gitarre in der Hand hielt und abseits stand, während die Band von Trent ihren Song beendete.

Sie nahm seine Hand und ging rückwärts. Ein freches Lächeln breitete sich über ihr Gesicht aus. »Nun, ich schätze, wir haben ein paar Stunden zu überbrücken.«

Declan kämpfte darum, seinen Körper unter Kontrolle zu halten bei dem, was sie vorschlug. Sie waren in der Öffentlichkeit, und er wollte nicht offensichtlich machen, warum sie von der Party weggingen. Mit neutralem Gesichtsausdruck hielt er ihr Tempo langsam, während sie von der Menge weggingen. Sobald sie in der wachsenden Dämmerung verschwanden, beschleunigte er das Tempo und zog sie zu den nahen Nebengebäuden.

»Hier rein?« Er zeigte auf einen Schuppen in der Nähe der Getreidelagerbehälter.

»Das funktioniert.«

Er drehte den Knopf, dankte seinen Glückssternen, dass er nicht verschlossen war, und ließ sie ein. Declan zog sie hinein, schloss die Tür und drückte sie dagegen, verschmolz seinen Mund mit ihrem.

Sie stöhnte, als seine Hände ihren Körper erkundeten, was seine Erregung auf eine andere Ebene brachte.

»Gibt es hier ein Licht?« fragte er und bewegte seinen Mund ihren Hals hinunter und schmiegte sich an ihr Dekolleté.

Sie ließ ein ersticktes Stöhnen hören, als er seine Zunge unter den Ausschnitt ihres Kleides tauchte. Ihre Hand klatschte an die Wand, Momente bevor die Lichter flackerten und angingen.

»Ausgezeichnet. Jetzt kann ich dich in nichts als diesen Absätzen sehen.« Er trat zurück und schaute sie von oben bis unten an. »Zieh dein Kleid aus.«

Maggie streckte einen Arm hinter sich nach dem Reißverschluss und schob ihre Brüste nach vorn.

»Gott, Maggie. Du bringst mich um.«

Ihr Lächeln war frech, als sie den Reißverschluss nach unten zog. Der Ausschnitt sackte ab, und Declan wartete nicht. Er schob seine Hände hinein und drückte das Kleid ihre Arme hinunter, entblößte ihre Brust seinem hungrigen Blick. Er griff um sie herum, öffnete ihren trägerlosen BH und warf ihn zu Boden, dann umfasste er ihre Brüste mit seinen Händen. Sie verflocht ihre Hände in seinem Haar und küsste ihn.

Declan steckte seine Hände in ihr Kleid und zog es über ihre Hüften, nahm ihren Slip mit. Es traf den Boden mit einem weichen Rascheln. Er trat zurück, um sie anzuschauen, nahm ihren langen, geschmeidigen Körper auf, der nur mit ihren silbernen Absätzen bekleidet war.

»Verdammt, ich liebe deine Beine.«

Sie krümmte einen Finger. »Komm her, damit ich sie um dich wickeln kann.«

Mit einem Schritt war er vor ihr und leckte mit seiner Zunge ihre Brustwarze. »Wer hat dir beigebracht, so schmutzig zu reden?«

Sie gab ein kehliges Lachen. »Hast du meine Schwester kennengelernt?«

Er lächelte gegen ihre Brust.

»Und du hast zu viele Klamotten an.« Sie zog sein Hemd aus seinem Hosenbund.

»Einverstanden.« Er streifte seinen Mantel ab und öffnete seine Hose, während sie an den Knöpfen seines Hemdes arbeitete. Er nahm das Kondom aus seiner Brieftasche und warf die Geldbörse auf den Stoffhaufen zu ihren Füßen.

Maggie schnappte sich das Folienpaket aus seinen Händen. »Lass mich.«

Die erste Berührung ihrer Finger an seinem Schaft brachte ihn fast über die Kante. »Verweile nicht, oder das wird enden, bevor es beginnt.«

Ein weiteres freches Lächeln schnitt über ihr Gesicht. Sie drückte ihn fest, schickte Lichtpunkte durch sein Sichtfeld tanzend, dann rollte sie das Kondom über seine Länge. Sobald er umhüllt war, packte er sie an den Rückseiten ihrer Schenkel und hob sie gegen die Tür, ignorierte das scharfe Zwicken in seinen Rippen. Sie schlang diese langen, absatzgeschmückten Beine um ihn.

»Bitte, Deck. Ich kann nicht warten.«

Er konnte es auch nicht. Mit einem langen Stoß platzierte er sich in ihr. Ihr atemloser Stöhner setzte ihn in Bewegung. Ihre Vereinigung war schnell und elektrisch, als er sie beide höher trieb. Er verlagerte sich, um einen besseren Winkel zu bekommen, und legte eine Hand an die Tür. Die Rauheit des Holzes registrierte sich, und er verlangsamte.

Sie knurrte. »Warum hast du aufgehört?«

»Die Tür ist rau. Ich will dir nicht wehtun.«

»Das ist mir egal.«

»Mir nicht.« Er schaute sich verzweifelt um, hoffend auf eine andere Oberfläche. Ein kleiner Tisch stand an der gegenüberliegenden Wand. »Da.« Er schloss seine Hände um ihre Hüften und stolperte hinüber.

»Er ist nicht hoch genug. Du bist zu groß.«

Sie wand sich wieder, und Declans Augen flatterten. Er musste schnell an etwas denken. Er wickelte ihre Beine ab, stellte ihre Füße auf den Boden, drehte sie dann um und beugte sie über den Tisch. Die zusätzliche Höhe ihrer Absätze brachte sie in den perfekten Winkel.

»Ist es für dich so in Ordnung?« Er fuhr mit einem Finger über ihre Weiblichkeit, hielt sie erregt.

Maggie stöhnte, lehnte sich auf ihre Unterarme, während sie zurückblickte. »Verdammt, ja.«

»Gut.« Er trat hinter sie und glitt erneut in ihren engen Kanal. Es war eine schnelle Reise zum Höhepunkt in diesem Winkel und dieser Position. Innerhalb von Momenten flogen sie beide über die Kante. Er hielt ihre Hüften gegen seine gepresst, während er in sie pumpte und die Wellen seines Höhepunkts über ihn hereinbrechen ließ.

»Ugh. Ich glaube, ich bin gestorben«, stöhnte sie.

Declans Beine sackten ab, und er lehnte sich über ihren Rücken, ruhte neben ihr auf dem Tisch, versuchte seinen Atem zu fangen. »Gleichfalls, Honig. Wow.«

Sie kicherte. »Ich hoffe wirklich, dass jetzt niemand hereinkommt. Sie werden einen Blick auf unsere Hintern bekommen, wenn sie es tun.«

Er lachte. »Unter anderem.« Etwas Kraft kam in seine Beine zurück, und er richtete sich auf, legte eine Hand an seine Rippen, als sie protestierten. Dieses Zwischenspiel war den Schmerz jedoch wert. »Sollten wir zurückgehen?«

Sie stand auf und wickelte ihre Arme um seine Schultern, presste sich gegen ihn. Die Flammen der Erregung leckten zurück zum Leben, schickten sein Blut durch seine Adern pulsierend.

»Noch nicht. Sie werden uns eine Weile nicht vermissen. Vielleicht können wir diese Türsache noch einmal versuchen. Ich werde deine Jacke tragen.«

Er drehte sie herum und drängte sie zur Tür zurück. »Absätze und ein Anzugmantel? Du bist wie meine Fantasie, die lebendig wird.«

Sie lachte. »Aber ich bin sehr, sehr real.«

Er umfasste ihren Kiefer, fuhr mit einem Daumen über ihre volle Unterlippe und hielt ihren Blick. Sie fühlte sich wie ein Traum an, aber sie war es nicht. »Ich weiß.« Er beugte sich hinunter, um ihr einen zärtlichen Kuss zu geben. Die Erregung verwandelte sich in ein langsames Brennen. Er lächelte gegen ihren Mund. Eine weitere Stunde oder so zu überbrücken, würde einfach sein. Und spaßig.

Mit schmerzenden Füßen trat Maggie aus der Hintertür ihrer Anwaltskanzlei und nahm ihre Umgebung in sich auf. Der Parkplatz war leer, abgesehen von ihrem geliehenen Auto. Ihr Handy trillerte in ihrer Handtasche, als sie die Tür zuzog. Sie fischte es heraus, während sie zum Auto ging, und runzelte die Stirn, als sie Angie Tulleys Nummer auf dem Display sah.

Als sie ihre Autotür öffnete, spähte sie unter den Sitz, suchte nach allem Ungewöhnlichen, bevor sie einstieg. Sobald sie im Inneren eingeschlossen war, nahm sie das Gespräch an.

»Hallo?«

»Oh, Maggie, Gott sei Dank. Ich wusste nicht, wen ich sonst anrufen sollte.« Angies atemlose und panische Stimme drang durch die Leitung.

»Was ist los?«

»Ich glaube, Hank hat uns gefunden.«

»Was? Hast du das Sheriffbüro angerufen und es gemeldet?«

»Ja, aber sie können nichts tun. Ich habe eigentlich nichts Konkretes. Es ist einfach ein Gefühl. Jedes Mal, wenn ich in den letzten Tagen nach draußen gegangen bin, fühle ich, dass mich jemand beobachtet. Und ich schwöre, ich habe heute Morgen jemanden in den Bäumen gesehen. Da habe ich die Polizei gerufen. Sie haben einen Deputy geschickt, aber er hat nichts gefunden. Ich weiß nicht, was ich tun soll. Ich meine, bilde ich mir das alles nur ein?«

»Das könnte sein, aber es könnten auch deine Instinkte sein, die dir sagen, dass etwas nicht stimmt. Vielleicht sollten wir euch woanders unterbringen. Deine Anklagen wurden fallengelassen, also gibt es keinen Grund, warum du das Gebiet nicht verlassen kannst. Du kannst zurückkommen, wenn es Zeit ist, gegen Hank auszusagen.«

»Aber wohin sollten wir gehen? Ich weiß nicht, wie ich mit all dem umgehen soll. Wenn es nicht das Frauenhaus und ihre Hilfe bei der Beschaffung dieses Hauses gewesen wäre, wären wir auf der Straße.« Ihre Stimme zitterte.

»Du machst das gut, Angie. Atme durch. Wir werden das klären. Ich fahre jetzt sofort zu dir hoch, und wir schmieden einen Plan, okay?«

»Wirklich? Oh, das wäre wunderbar. Ich bin dir wirklich dankbar.«

»Natürlich. In etwa einer Stunde bin ich da.«

»Okay, super. Danke!«

»Klar, bis gleich.« Maggie legte auf und wählte sofort Declans Nummer.

»Hey. Bist du auf dem Heimweg?« fragte er, als er ranging.

»Noch nicht. Ich muss Angie Tulley besuchen. Sie wird nervös, da oben in den Bergen allein. Ich werde ihr helfen, einen Plan zu entwickeln, um aus der Gegend rauszukommen. Sie muss neu anfangen und ist einfach überfordert.«

Er seufzte. »Ja. Das verstehe ich. Du solltest jedoch nicht alleine dort hochfahren, und ich sitze bis morgen früh auf der Wache fest. Kann einer deiner Brüder mitkommen?«

»Wahrscheinlich nicht.« Sie blickte auf ihre Uhr. »Aber Macy könnte frei sein. Der Coffeeshop hat schon geschlossen.«

Er brummte. »Mir wäre lieber, wenn einer deiner Brüder mitkäme.«

Sie startete ihr Auto. »Declan, ich brauche einfach nur jemanden als zusätzliches Augenpaar. Ich kann auf mich selbst aufpassen.«

»Berühmte letzte Worte, Mags. Ich weiß, dass du einen Angreifer abwehren kannst. Ich habe dich deine Katas üben sehen. Aber du bist immer noch verwundbarer als einer deiner riesigen Brüder.«

»Ich werde sie anrufen und sehen, ob sie Zeit haben, aber ich fahre so oder so. Ich kann sie nicht bitten, in die Stadt zu kommen und zu riskieren, dass Hank sie sieht. Er ist endlich auf Kaution freigekommen.«

»Toll.« Er seufzte erneut. »Okay. Sei einfach... vorsichtig. Und schick mir ein oder zwei Nachrichten, während du weg bist, damit ich weiß, dass du sicher bist? Es war ruhig in der letzten Woche, seit wir Gehring in den Überwachungsaufnahmen identifiziert haben, aber ich bin immer noch nervös. Er hat nicht allein gehandelt.«

»Ich weiß und werde es tun. Ich bin zurück, bevor du es merkst.«

»Ja, ja. Ruf deine Brüder an.«

Sie konnte nicht anders, als über den trockenen Ton in seiner Stimme zu lächeln. »Mache ich jetzt. Wir sehen uns morgen früh.«

Sie verabschiedeten sich voneinander, und sie legte auf, dann wählte sie Thomas' Nummer. Seb war heute für ein weiteres Treffen in Colorado Springs, und Brady war wahrscheinlich noch auf der Ranch.

Er nahm beim vierten Klingeln ab. »Hey, Mags. Was gibt's?«

»Hast du Zeit, mich auf einen kleinen Ausflug den Berg hinauf zu begleiten?«

»Eigentlich nicht, nein. Ich habe endlich einige Ersatzgeräte bekommen und arbeite meinen Kundenstau ab. Ich habe heute Abend noch mehrere Termine. Hast du es schon bei Brady versucht?«

»Noch nicht. Ich rufe ihn als Nächstes an.«

»Okay. Was ist mit Declan?«

»Er arbeitet. Er hat wieder volle Schichten und wird erst morgen früh zu Hause sein.«

»Na ja, fahr nicht allein dort hoch. Seb hat Gehring noch nicht gefunden.«

»Ich weiß. Ich werde jemanden finden. Geh zurück an die Arbeit. Wir sprechen später.«

»Sei vorsichtig.«

»Werde ich. Tschüss.« Sie legte mit einem Seufzer auf und rief Brady an. Sein Telefon klingelte, aber schaltete auf die Mailbox. Nun, dann eben Macy. Maggie scrollte durch ihre Kontakte, um Macys Nummer zu finden, und tippte auf das Telefonsymbol.

Macy nahm beim zweiten Klingeln ab. »Hey! Was gibt's?«

»Hast du heute Abend Zeit?«

»Ja.« Macy zog das Wort in die Länge. »Warum?«

»Ich muss Angie Tulley helfen, einen Plan zu entwickeln, um wegzuziehen. Ich will wegen all dem, was gerade passiert, nicht alleine fahren.«

»Das ist eine gute Idee. Ja, ich kann mitkommen. Willst du jetzt gleich los?«

»Sobald ich mir einen Burger von Boone's geholt habe, ja.«

»Klingt gut. Ich bin bereit, wenn du hier bist.«

»Danke, Macy.«

»Kein Problem. Bis gleich.«

Maggie verabschiedete sich, dann schrieb sie Declan eine Nachricht. Sie legte den Gang ein und fuhr zum Diner. Nachdem sie einen Burger und einen Milchshake geholt hatte, fuhr sie zu Macys Haus. Wie versprochen trat Macy aus der Haustür, als Maggie einfuhr, bereit loszufahren.

»Willst du fahren, damit ich essen kann?« fragte Macy.

»Das wäre toll.« Maggie stieg aus und ging um die Motorhaube herum, setzte sich auf den Beifahrersitz.

Macy schnallte sich an und fuhr rückwärts aus ihrer Einfahrt. Maggie sagte ihr, sie solle Richtung Ranch aus der Stadt hinausfahren, dann zog sie die Folie ihres Burgers ab und nahm einen Bissen.

»Also, warum diese spontane Aktion? Ich nehme zumindest an, dass es so ist. Ich stelle mir vor, wenn es nicht so wäre, würde Declan mit dir fahren.«

»Ja, so ist es. Angie hat angerufen und gesagt, sie fühle sich beobachtet. Ich dachte, es wäre eine gute Idee, sie früher als später aus der Stadt zu bringen, falls sie es sich nicht nur einbildet. Sie hat jedoch noch nie etwas Derartiges tun müssen und ist ein wenig verloren.«

»Das glaube ich. Sie hat Hank direkt nach der Highschool geheiratet. Du bist ein guter Mensch, Maggie.«

»Danke. Ich möchte nur, dass sie sich sicher fühlt. Sie hat genug durchgemacht.«

»Wir werden sie wieder auf die Beine bringen und richtig einrichten.«

Das war der Plan. Maggie hoffte, es wäre so einfach.

»Also.« In diesem einen Wort lag eine Menge Neugier.

Maggie warf Macy einen Seitenblick zu, wissend, worauf sie mit dem Gespräch hinauswollte.

»Ich konnte nicht umhin zu bemerken, dass du und mein Bruder euch letzte Woche bei der Hochzeit davongeschlichen habt. Ich war so beschäftigt, dass ich keine Chance hatte, länger mit einem von euch zu reden. Rück raus mit der Sprache, Schwester.«

»Uh-uh.« Sie rutschte auf ihrem Sitz, Hitze sammelte sich in ihrem Inneren, als sie an ihre Zeit im Schuppen dachte.

Macy lachte. »Ich bin sowohl erfreut als auch angewidert. Declan verdient es, glücklich zu sein, und du machst ihn glücklich. Aber ich will nicht über sein Sexleben nachdenken. Entschuldige, wenn ich nicht nach Details frage.«

Nun war es an Maggie zu lachen. »Kein Problem. Ich bin nicht scharf darauf, zu teilen.«

»Liebst du ihn?«

Dieses Wort – Liebe – hüpfte in Maggies Gehirn herum. Sie wusste, dass sie sich jedes Mal so überschwänglich wie ein Teenager bei seinem ersten Schwarm fühlte, wenn er in der

Nähe war. Und er war alles, woran sie denken konnte. In den letzten Tagen musste sie sich bei der Arbeit zwingen, sich zu konzentrieren. Selbst dann ertappte sie sich dabei, wie sie mehr, als ihr lieb war, ins Leere starrte und an ihn dachte.

Aber Maggie war noch nie verliebt gewesen. Sie hatte nichts, womit sie es vergleichen konnte.

»Ich bin mir nicht sicher.« Sie zuckte mit den Schultern. »Ich weiß, dass ich mir ein Leben ohne ihn jetzt nicht vorstellen kann. Ich will das auch nicht. Diese letzten Wochen waren erstaunlich, obwohl wir die ersten paar damit verbracht haben, uns gegenseitig um unsere gebrochenen Körper zu kümmern.«

»Daran erkennst du, dass es echt ist. Wenn es die Gesellschaft ist, nach der du dich sehnst. Versteh mich nicht falsch, der Sex sollte fantastisch sein, aber das ist nicht das Wichtigste.«

»Nein. Ich will mit ihm zusammen sein, selbst wenn wir nichts tun.«

Macy grinste. »Willkommen in der Familie, Süße.«

Maggies Augen weiteten sich. »Whoa, Moment mal. Heirat ist noch weit weg.«

»Hmm, vielleicht nicht so weit, wie du denkst. Declan ist sechsunddreißig. Und er wollte schon immer Kinder.«

Die Ernsthaftigkeit ihrer Beziehung wurde Maggie in diesem Moment bewusst. Genauso wie der Wunsch, die Frau zu sein, die ihm diese Kinder schenkt.

»Ich bitte nur darum, oft babysitten zu dürfen. So wie es läuft, sind die Kinder meiner Freunde die einzigen, die ich je lieben und knuddeln werde.«

»Ach was. Eines Tages wirst du es leid sein, darauf zu warten, dass Brady den ersten Schritt macht, und du wirst es selbst tun. Ich bin überrascht, dass du es nicht schon längst getan hast.«

»Was? Das ist nicht- Ich bin nicht-«

»Oh, versuch gar nicht erst, es zu leugnen. Ich weiß, dass du Rayna, Tara und London gesagt hast, was du für ihn empfindest. Und es ist für jeden mit Augen offensichtlich.«

Macy schnaubte. »Außer für ihn.«

»Für einen klugen Mann ist er ziemlich ahnungslos. Ich glaube, das hat mehr mit den Scheuklappen zu tun, die er sich nach seiner Scheidung aufgesetzt hat. Er will nicht wieder verletzt werden. Es hilft auch nicht, dass er schüchtern ist. Ich weiß nicht, wie das in unserer Familie passiert ist, aber es ist so. Wenn du es ernst mit ihm meinst, musst du vielleicht den ersten Schritt machen.«

»Ich weiß.« Macy seufzte und ließ ihren Kopf gegen die Kopfstütze fallen. »Es ist einfach seltsam. Nicht nur, weil ich es nicht gewohnt bin, diejenige zu sein, die verfolgt, sondern auch, weil wir Freunde sind.«

Maggie lachte. »Das sollte nicht seltsam sein.«

»Nein?«

»Nein. All unsere anderen Freunde und Geschwister kommen zusammen. Warum nicht du und Brady?«

Macy kicherte. »Das stimmt. So habe ich nicht darüber nachgedacht.« Sie zuckte mit den Schultern. »Ich denke, das gibt mir etwas zum Nachdenken.«

Sie war nicht die Einzige, die jetzt Stoff zum Nachdenken hatte. Dieses »L«-Wort hörte nicht auf, in Maggies Kopf herumzuspringen.

～

REGEN PRASSELTE AUF DIE WINDSCHUTZSCHEIBE, ALS MAGGIE IN Macys Einfahrt fuhr. Die Scheibenwischer machten ein stetiges Wisch-Klatsch, und das Auto piepte, als Macy ihre Tür öffnete.

»Danke nochmal, dass du mitgekommen bist«, sagte Maggie.

»Jederzeit. Ich denke, wir haben sie in die richtige Richtung gebracht. Das Ausfüllen all dieser Online-Bewerbungen in verschiedenen Städten war ein guter Anfang.« Sie schwang ihre Beine aus dem Auto und klammerte sich an ihre Handtasche. »Wir sehen uns später.« Sie wackelte mit den Fingern. »Tschüss.« Sie knallte die Tür zu und rannte durch den Regen.

Maggie wartete, bis Macy drinnen war, bevor sie rückwärts auf die Straße fuhr und das Auto in Richtung Ranch lenkte. Der Regen nahm zu, als sie aus der Stadt herauskam. Sie schaltete die Scheibenwischer höher und verlangsamte ihre Fahrt. Im Regen zu fahren war ärgerlich, aber wenigstens war es kein Schnee. Der würde nur allzu bald kommen.

Scheinwerfer erschienen in ihrem Rückspiegel, kamen schnell auf sie zu. »Mensch.« Sie behielt ein Auge auf dem Spiegel, während sie die kurvenreiche Straße entlangfuhr. »Merken sie nicht, wie gefährlich es bei diesem Wetter ist? Wahrscheinlich irgendein Tourist.« Sie schüttelte den Kopf. Unterkünfte in der Gegend sollten mit einem Kurs über das Fahren auf Bergstraßen bei schlechtem Wetter ausgestattet sein.

Die Lichter wurden größer, als das Fahrzeug sie einholte. Sie betätigte ihre Warnblinkanlage, um dem Auto zu signalisieren, sie zu überholen, aber es fuhr ihr einfach dicht auf. Maggie umfasste das Lenkrad in einer defensiveren Position und setzte sich aufrechter hin. Was zum Teufel hatte dieser Typ vor? Sie wünschte, sie könnte schneller fahren – sie war nur etwa fünf Kilometer von der Ranch entfernt –, aber es kam eine scharfe Kurve. Bei diesem Wetter wäre es eine Katastrophe, diese Kurve zu schnell zu nehmen.

Sie verlangsamte, als sie näher an die Kurve kam. Zu ihrer Erleichterung zog das Auto auf die andere Fahrspur. Es war kein guter Ort zum Überholen, aber sie wollte nur, dass sie um sie herumfahren. Sie entspannte sich ein wenig, bis sie merkte, dass das Auto nicht überholte, sondern neben ihr herfuhr. Maggie trat auf die Bremse, und das andere Auto schoss vorwärts. Seine Bremslichter leuchteten auf, und es schwenkte vor ihr wieder auf ihre Spur, immer noch bremsend. Sie verlangsamte auf Schrittgeschwindigkeit. Die Rückfahrlichter des anderen Autos leuchteten auf. Ihr Herzschlag beschleunigte sich und ihre Atmung wurde schneller, als Entsetzen über sie hereinbrach. Sie würden sie rammen!

Adrenalin durchflutete ihre Adern, und sie legte den Rückwärtsgang ein und betete, dass niemand hinter ihr auftauchte. Sie warf einen Arm über den Beifahrersitz und steuerte den SUV rückwärts die Straße hinunter, wobei sie über ihre ganze Spur schlingerte. Ihr Auto ruckte, als das andere Fahrzeug die vordere Stoßstange traf. Sie stieß einen Schrei aus, als sie um Kontrolle kämpfte. Sobald sie aufhörte zu schlingern, drückte sie härter aufs Gaspedal.

Oh mein Gott! Was ging hier vor?

Sie unterdrückte die Panik, die ihr die Kehle hochkroch, und konzentrierte sich aufs Fahren. Eine Seitenstraße erschien, und sie warf ihr Auto hinein, immer noch rückwärts fahrend. Das andere Auto raste auf der Hauptstraße vorbei, die Bremsen quietschten, als es langsamer wurde. Sie schob den Schalthebel auf Vorwärtsfahrt und schoss zurück auf die Hauptstraße, trat das Gaspedal durch. Es verschaffte ihr nicht viel Vorsprung vor dem Auto hinter ihr, aber sie hoffte, es reichte aus, um sicher durch die kommenden Kurven zu kommen. Sobald sie diese passiert hatte, könnte sie den Rest des Weges zur Ranch rasen.

Ein Blick in den Rückspiegel zeigte, dass das andere Auto wieder aufholte. Obwohl sie gerade in die Kurven fuhr, beschleunigte sie. Ihre Reifen quietschten, und das Fahrzeug drohte zu kippen, als sie um die Biegungen raste, der dunkle SUV direkt auf ihren Fersen. Sie flog um eine Kurve, genau als das andere Auto ihre hintere Stoßstange berührte. Die Bäume rasten in einem Wirbel vorbei, als ihr Auto wild über den nassen Asphalt drehte. Sie rutschte von der Straße in den Graben und kam abrupt zum Stehen.

Benommen und schwindelig fumelte sie an ihrem Sicherheitsgurt. Sie musste aus dem Auto herauskommen, bevor die Person im anderen Fahrzeug zurückkam. Der Gurt löste sich mit einem Klick, und sie drückte gegen ihre Tür, um auszusteigen. Das Auto stand in einem Winkel im tiefen Graben, also war die Schwerkraft nicht auf ihrer Seite. Sie bewegte sich, um ihre Beine unter sich zu bekommen, und nutzte ihre Größe, um zu versuchen, die Tür zu öffnen. Sie bekam sie nur einen Spalt weit auf, bevor sie ihr aus der Hand gerissen wurde.

Maggie stieß einen überraschten Schrei aus. Regen tropfte auf sie herab, als sie aufblickte. Das Gesicht, das die Tür füllte, ließ sie zweimal hinschauen. *Nein. Das konnte nicht sein...*

»Hallo, Maggie. Erinnerst du dich an mich?« Der Mann streckte die Hand aus, um ihren Kragen zu packen.

Maggie schrie und wand sich, hielt sich am Rahmen des Autos fest, als er versuchte, sie hinauszuziehen. »Lass los!«

Er stemmte seine Füße auf und zog stärker, verfing eine Hand in ihrem Haar.

Sie packte sein Handgelenk, als Schmerz über ihre Kopfhaut jagte. »Bitte, hör auf! Was willst du?«

Er bekam sie aus dem Auto und drückte sie dagegen, lehnte sich in sie, schwer atmend vom Kampf. »Du bist ziemlich kämpferisch. Ich kann verstehen, was mein Sohn an dir findet.« Er trat zurück und hielt ihren Arm in einem schmerzhaften Griff. »Seine Mutter war auch kämpferisch. Das brachte sie um. Sei nicht wie Sherri.«

Entsetzen durchströmte ihre Adern, ließ ihre Beine wie Pudding werden, als sie erkannte, dass Cole Sherri getötet hatte. Wahrscheinlich auch Jed. Er würde auch sie töten, wenn sie nicht kooperierte. Sie bekämpfte die Panik, die sie übernehmen wollte, und zwang etwas Steifheit zurück in ihr Rückgrat. »Was willst du, Cole?«

Er lächelte ein böses Lächeln. »Klug auch. Whoo-ee, du bist das Gesamtpaket, nicht wahr?« Er schüttelte den Kopf. »Woher er seinen Geschmack bei Frauen hat, werde ich nie verstehen. Diese Lilah war eine noch zickigere Version von dir.«

Maggies Augen weiteten sich. »Woher weißt du von ihr?«

»Ich behalte alle meine Kinder im Auge. Stelle sicher, dass sie nicht auf den falschen Weg geraten. Declan – der Junge ist definitiv auf den falschen Weg geraten.«

»W-was meinst du?«

Er lehnte sich vor, sein Ausdruck dunkel und bedrohlich. »Er ist mit dir zusammen.«

Sie zuckte zurück, als hätte er sie geschlagen. »Was ist falsch an mir?«

»Du bist eine Archer.« Er zog an ihrem Arm. »Komm schon. Wir müssen hier weg, bevor jemand vorbeikommt.«

Maggie pflanzte ihre Füße fest auf den Boden.

Cole drehte sich um und schlug ohne Vorwarnung zu. Sie stieß einen Schrei aus und sank auf die Knie in den Schlamm. *Verdammt.* Maggie bedeckte ihren Kiefer mit einer Hand. Sie hätte das kommen sehen müssen. Er hatte sie jedoch verwirrt. Es war nicht alltäglich, dass der Vater ihres Freundes einen Mord gestand und versuchte, sie zu entführen.

»Erinnerst du dich an das, was ich über Kämpferische gesagt habe? Ein weiser Rat, hübsches Fräulein. Bekämpfe es.«

Wut ließ ihr Blut kochen. Sie würde tun, was er sagte. Vorerst. Aber in dem Moment, in dem sie eine Gelegenheit sah, würde sie sie ergreifen.

»Steh auf.« Er zog an ihrem Arm.

Maggie tat so, als wäre sie aus dem Gleichgewicht, und fiel wieder hin. Sie wusste, dass sie es übertrieb, aber jede Sekunde zählte.

»Diese Absätze sind lächerlich. Zieh sie aus.«

»Aber das sind Manolos.« Es war ihr egal, ob sie ihre Schuhe ruinierte. Sie wollte nur Zeit schinden.

Er schüttelte sie, und sie wusste, dass ihre Zeit abgelaufen war.

»Okay, okay.« Sie erhob sich und trat aus ihren Schuhen.

Sobald ihre Füße das Leder verließen, zog er sie zu seinem SUV, einem älteren Modell, das bessere Tage gesehen hatte, selbst bevor er sie gerammt hatte. Er nahm ein Paar Handschellen vom Vordersitz und klemmte sie über ihre Handgelenke, dann öffnete er die Hintertür und setzte sie hinein. Er nahm eine Rolle Klebeband vom Boden und band ihre Knöchel zusammen, zerschlug ihre Hoffnungen, aus dem Auto zu springen. Er riss ein weiteres Stück ab und ging auf ihr Gesicht zu. Maggie bewegte sich weg.

»Ist das wirklich nötig?«

Er hielt inne, zuckte dann mit den Schultern und rollte das Klebeband zusammen, warf es auf den Boden. »Ich denke nicht. Da, wo wir hingehen, wird dich niemand hören.« Seine Augen verengten sich. »Aber wenn du mich auf der Fahrt dorthin nervst, bekommst du mehr als nur Klebeband, wenn wir anhalten. Verstanden?«

Sie nickte. »Still wie eine Maus, ich schwöre.«

Er trat zurück und schlug die Tür zu, dann rannte er um die Fahrerseite und sprang hinein. Das Auto stieß nach vorne, als er losfuhr. Sie bemerkte, dass er immer noch in Richtung der Broken Bow fuhr, und rutschte so nah wie möglich an das Fenster. Seb hatte eine Kamera am Eingang der Auffahrt angebracht. Wenn Cole auf dieser Straße blieb, würde er direkt durch das Sichtfeld der Kamera fahren.

Ihr Herz pochte in ihrer Brust, als sie aus dem Fenster starrte und betete, dass er nicht abbog, bevor sie vorbeifuhren. Als das Laternenlicht am Ende der Auffahrt in Sicht kam, ließ Freude ihr Adrenalin ansteigen. Sie presste sich an das Fenster und drehte ihr Gesicht, um auf das Grundstück zu schauen, als sie am Tor vorbeifuhren.

Cole lachte. »Sag Auf Wiedersehen zu deinem Zuhause. Du wirst es wahrscheinlich nie wiedersehen.«

Tränen stiegen in ihren Augen auf, aber das Brennen der Wut glühte heller. »Warum hast du mich nicht einfach getötet? Und warum hast du mir bedrohliche Nachrichten geschickt oder mein Auto in die Luft gejagt? Was willst du?«

Sie sah, wie sich sein Gesicht im Rückspiegel verzog. »Das war ein fehlgeleiteter Versuch, dich aus dem Spiel zu nehmen. Der Plan jetzt ist jedoch einfach. Ich brauche meinen Sohn, damit er zu mir kommt. Allein. Dich zu nehmen ist der beste Weg, das zu erreichen.«

Sie schluckte schwer. »Was wirst du mit Declan machen?«

»Ihn zur Vernunft bringen.«

»Was bedeutet das?«

»Es bedeutet, dass er entweder die Dinge so sieht wie ich oder gar nicht. Er muss eine Seite wählen.«

»Seite? Welche Seite? Ich verstehe nicht, was hier vorgeht.«

»Genug Fragen. Alles wird erklärt, sobald Declan eintrifft.«

»Darf ich noch eine Frage stellen?«

Er seufzte. »Sicher.«

»Welche Rolle spielt Jameson Gehring in all dem?«

Cole lachte. Es begann tief und langsam in seiner Brust und steigerte sich, bis er nach vorne gebeugt war und sich eine Träne aus dem Gesicht wischte. Maggie war immer noch verwirrt. Jetzt mehr denn je.

Er blickte zurück und schüttelte einen Finger. »Auch darauf wirst du warten müssen.«

Frustration mischte sich in die Wut, die sie empfand. Sie ließ sich in den Sitz sinken, beobachtete ihre Route, ihr Verstand rotierte. Nichts ergab einen Sinn. Wie kannte Cole Jameson? Und was hatte ihre Familie mit all dem zu tun?

KAPITEL
Siebzehn

D as Feueralarm lenkte Declans Aufmerksamkeit von seinem Computerbildschirm ab. Die Leitstelle meldete sich über Lautsprecher und forderte einen Löschzug und einen Krankenwagen für einen Unfall auf der Landstraße in der Nähe der Broken Bow an. Er schob sich von seinem Schreibtisch weg und rannte in die Fahrzeughalle, wo er seine Einsatzkleidung anzog. Er war so froh, wieder eingeschränkt dienstfähig zu sein. Er konnte zwar noch nicht mit einem Schlauch in ein brennendes Haus laufen, aber er durfte zu Einsätzen mitfahren. Er war schon fast schielend geworden vom Starren auf Computer und Däumchendrehen, während der Rest seiner Crew die ganze Action erlebte.

Mit angelegter Ausrüstung stieg er auf den Beifahrersitz des Feuerwehrautos und funkte ihren Status durch, während Reeves mit heulender Sirene aus der Garage fuhr. Der Krankenwagen folgte ihnen.

»Was wettest du, dass jemand die Kurven zu schnell genommen hat?«

Declan schnaubte. »Die Wette nehme ich nicht an. Bei einem Wetter wie heute und dem Unfallort – das ist genau in diesem

Bereich.« Diese Kurven waren berüchtigt für Unfälle bei schlechtem Wetter. Selbst mit den Warnschildern nahmen Touristen sie immer noch viel zu schnell, ohne zu begreifen, wie scharf die Serpentinen waren. Er hoffte nur, dass die Leute im Auto den Unfall überleben würden. Viele hatten es nicht geschafft.

Reeves raste aus der Stadt und über die nasse Straße und brachte sie in weniger als zehn Minuten zur Unfallstelle. Ein Pickup stand auf der Straße mit eingeschalteter Warnblinkanlage, und ein Mann stieg aus dem Fahrzeug, als sie vorfuhren. Declan konnte von ihrer Position aus gerade noch ein silbernes Auto im Straßengraben erkennen.

Sobald Reeves anhielt, sprang Declan heraus und ging hinüber, um den Mann zu begrüßen.

»Haben Sie den Unfall gefunden?«

Der Mann nickte. »Ich war gerade auf der Durchfahrt und sah das Auto.«

»Irgendwelche Verletzten?«

»Das ist ja das Ding. Es ist leer.«

Declan runzelte die Stirn, ein Hauch von Unruhe erfüllte ihn. »Was?«

»Ja. Die Tür stand offen, und drinnen ist eine Handtasche. Ich habe sie aber nicht angefasst. Nur Hilfe gerufen.«

»Okay. Wir werden uns das ansehen, danke. Sie können in Ihrem Auto warten, wenn Sie aus dem Regen raus wollen.«

Der Mann nickte, und Declan joggte an ihm vorbei, um das andere Fahrzeug zu überprüfen. Seine Schritte verlangsamten sich, als er Marke und Modell erkannte. Es sah aus wie Maggies geliehener SUV. Adrenalin schoss durch seinen Körper, und er rannte vorwärts.

Bitte, Gott, nein!

»Lou?« Reeves trat zurück, als Declan an ihm vorbeieilte, um ins Innere zu schauen. Entsetzen erfüllte ihn, als er Maggies Handtasche an der Beifahrertür liegen sah.

»Das ist Maggies Auto.« Er wich zurück und sah sich um, suchte nach irgendeinem Zeichen von ihr. Ein Paar braune Lederpumps lag knapp hinter der vorderen Stoßstange. Sein Blick wanderte die Straße hinunter. Vielleicht hatte sie angefangen zu laufen. Er schaute zurück zum Auto. Aber warum sollte sie ihre Handtasche zurücklassen?

»Bist du sicher?« fragte Sam.

Declan nickte. »Ja. Das ist ihre Tasche da drin, und das sind die Schuhe, die sie heute Morgen angezogen hat.« Er zeigte auf die High Heels, die im Schlamm lagen.

»Wo ist sie hingegangen?« Er blickte die Straße auf und ab. »Vielleicht hat sie beschlossen, nach Hause zu laufen? Die Ranch ist nur ein paar Kilometer von hier entfernt.«

Declan schüttelte den Kopf. »Ich kann mir vorstellen, dass sie die Schuhe ausgezogen hat, aber nicht, dass sie ihre Tasche zurücklässt. Ich werde Seb anrufen. Fasst das Auto nicht an. Er wird wahrscheinlich wollen, dass die Spurensicherung es untersucht.« Er trat zurück und ging zum Feuerwehrwagen. Er zog sich auf seinen Sitz und nahm das Funkgerät, um sich mit dem Sheriff verbinden zu lassen. Seb kam eine Minute später in die Leitung.

»Engine 2, hier Sheriff Archer.«

»Seb, hier ist Deck. Du musst auf die Landstraße Richtung Ranch kommen. Maggie wird vermisst.«

Eine lange Pause folgte seinen Worten. »Sag das noch einmal.«

»Maggies Auto liegt im Straßengraben, und sie ist nicht dabei.«

»Und sie ist nicht zu Fuß weggegangen.«

»Ich glaube nicht. Sie hat ihre Handtasche zurückgelassen.«

»Verstanden. Ich lasse jemanden von der Ranch in diese Richtung fahren, um nach ihr zu suchen. Ich bin unterwegs.«

»Verstanden. Engine 2 Ende.« Er hängte das Mikrofon ein und drückte dann seine Handballen auf die Augen, um die dort aufsteigenden Tränen zurückzuhalten. Er hatte ein schreckliches Gefühl. Der Drang, etwas zu schlagen, ließ ihn die Fäuste ballen. Er atmete tief ein und begrüßte den Schmerz in seiner Brust als Ablenkung von dem Schmerz, der sein Herz durchdrang. Verdammt, wo könnte sie sein? Wer hatte sie? Und warum?

Sein Handy klingelte in der Cargotasche seiner Dickies. Er fischte es heraus und runzelte die Stirn bei der unbekannten Nummer, wischte dann mit dem Daumen über den Bildschirm.

»Hallo?«

»Sohn, ich bin froh, dass du meinen Anruf angenommen hast.«

Der Schock raubte Declan die Sprache.

»Ich habe etwas, das dir gehört.« Declan hörte ein Rascheln, dann die gedämpfte Stimme seines Vaters.

»Sag Hallo.«

»Declan?«

»Maggie?« Declans Herz stockte kurz, dann schlug es rasend schnell. »Oh, Gott sei Dank, du bist in Sicherheit. Warum hast du deine Handtasche und deine Schuhe zurückgelassen? Ich dachte-«

Coles Lachen unterbrach ihn. »Oh, sie ist nicht in Sicherheit, mein Junge. Das Gegenteil ist der Fall.«

»Was? Was meinst du? Dad, was geht hier vor? Geht es Maggie gut?«

»Es geht ihr gut. Vorerst. Ob das so bleibt, hängt von dir ab.«

»Häh? Wovon zum Teufel redest du?«

»Wirklich, Declan? Ich dachte, du wärst schlauer. Du bist gerade an einer Unfallstelle, nicht wahr? Und es ist Maggies Auto?«

»Ja. Woher wusstest du das?«

»Ich bin derjenige, der sie von der Straße gedrängt hat.«

»Warte. Warum würdest du das tun?« Verständnis dämmerte ihm, während er fragte. Entsetzen und Furcht folgten schnell. »Dad. Nein. Warum?«

»Ich werde es erklären, wenn ich dich sehe. Ich brauche dich an den folgenden Koordinaten.« Er ratterte sie herunter. Declan wiederholte sie in seinem Kopf, damit er sie nicht vergessen würde. »Nimm dir nicht zu viel Zeit, um herzukommen. Ich könnte denken, dass du nicht kommst und beschließen, meine Verluste zu begrenzen.«

»Ich werde da sein. Verletze sie nur nicht. Bitte.«

»Ich werde warten. Und ich glaube, ich muss dir nicht sagen, dass du diese Koordinaten nicht weitergeben sollst, oder?«

Die Leitung war tot, und Declan starrte einen Moment lang auf das Telefon, bevor er in Aktion explodierte. Er öffnete die Notizen-App auf seinem Handy und schrieb die Koordinaten auf, dann kletterte er aus dem Wagen.

Wie zum Teufel sollte er von hier wegkommen? Er konnte ja schlecht das Feuerwehrauto nehmen. Nicht nur würde jeder es bemerken, es war auch mit GPS ausgestattet. So sehr er auch wollte, dass Seb Cole aufspürte, befürchtete er, dass es geschehen würde, bevor Declan Maggie in Sicherheit bringen konnte.

Ein schneller Blick umher zeigte die einzige Möglichkeit: den Mann, der ihr Auto gefunden hatte. Deck würde jedoch nicht gehen, ohne einige Brotkrumen für Seb zum Folgen zu hinterlassen.

»Sam!« Declan joggte zu Reeves, der in der Nähe des Autos Wache hielt und auf das Eintreffen der Polizei wartete. »Ich habe gerade mit Seb gesprochen. Er möchte, dass der Zeuge zur Wache kommt, um eine Aussage zu machen. Ich bin hier nutzlos für euch, also werde ich mit ihm zurückfahren. Ich muss etwas *tun*.«

»Ich verstehe das. Ich hoffe, ihr findet sie bald. Wir kommen hier klar.«

»Danke, Mann.« Er begann wegzugehen, hielt dann inne. »Noch eine Sache. Ich habe vergessen, Seb vorhin zu sagen, dass ich Cole getroffen habe. Er sagte, ich solle alle grüßen. Kannst du das dem Sheriff ausrichten? Ich fürchte, ich werde es bei allem, was los ist, wieder vergessen.«

»Äh, sicher.« Sam runzelte die Stirn und sah verwirrt aus, fragte aber nicht nach.

»Danke. Wir kennen uns alle schon lange.« Er winkte und joggte weg, Richtung des Mannes im Truck. Declan bedeutete ihm, das Fenster herunterzukurbeln.

»Was gibt's?«

»Der Sheriff möchte, dass Sie in die Stadt fahren und Ihre Aussage auf der Wache machen.«

»Oh. Ähm, ich denke, das kann ich machen. Ich bin aber nicht von hier. Können Sie mir sagen, wo das ist?«

Perfekt. »Tatsächlich kann ich es noch besser. Es ist ein weiterer Notfall aufgetreten, bei dem ich sein muss, aber ich brauche eine Fahrgelegenheit zurück in die Stadt. Die Feuerwache ist in der Nähe des Sheriffbüros. Können Sie mich mitnehmen und ich gebe Ihnen die Wegbeschreibung?«

»Das passt. Steig ein.«

»Großartig, danke.« Declan lief um die Motorhaube und stieg ein. »Ich danke Ihnen. Ich bin der einzige Vorgesetzte, der heute Nacht Dienst hat, also bin ich ziemlich dünn gesät.«

»Kein Problem.« Er startete den Truck und streckte Declan die Hand entgegen. »Ich heiße Robby.«

Declan schüttelte seine Hand. »Declan. Nett, dich kennenzulernen.«

Sie machten Smalltalk für den Rest der Fahrt in die Stadt. An einem Punkt duckte sich Declan, tat so, als würde er seinen Stiefel überprüfen, als er Scheinwerfer auf sie zukommen sah. Das Letzte, was er brauchte, war, dass Seb ihn sah und umdrehte.

Robby hielt vor der Feuerwache und Declan stieg aus. »Danke für die Fahrt. Das Sheriffbüro ist gleich die Straße hoch. Sag einfach dem Diensthabenden, wer du bist und warum du da bist. Sie wird den Rest erledigen.«

»Klingt gut. Danke.«

Mit einem Nicken schloss Declan die Tür und eilte hinein. Er streifte seine Ausrüstung ab und schnappte sich die Schlüssel seines Trucks aus seinem Büro, wobei er jeden vermied, der noch in der Wache war. Einmal in seinem Truck, gab er die Koordinaten in die GPS-App seines Telefons ein und raste vom Parkplatz. Er musste ein paar Umwege nehmen, um die

Unfallstelle zu umgehen und unerwünschte Aufmerksamkeit zu vermeiden.

So schnell er es wagte, fuhr er tiefer in die Berge, und bog bald auf eine unbefestigte Straße ab. Seine Reifen rutschten im Schlamm, und er kämpfte darum, das Fahrzeug aus dem Graben zu halten. Ein Unfall würde Maggie nicht helfen. Er kämpfte sich durch.

Die Koordinaten führten ihn einen Feldweg hinunter, der die Seite des Berges hinaufführte. Dankbar für seinen Allradantrieb hoppelte er über das unebene Gelände durch die Bäume, bis eine alte, aber gut gepflegte Hütte in Sicht kam. Er parkte in der Nähe der Veranda und stieg aus, scannte seine Umgebung, als er an die Tür klopfte. Der Mann, der öffnete – wenn auch nicht derjenige, den er erwartet hatte – war keine Überraschung.

»Hey, Bruder. Schön, dich zu sehen. Komm rein.« Jameson Gehring hielt die Tür weit auf, damit Declan durchgehen konnte.

Er musterte den jüngeren Mann, als er eintrat. »Wir sind keine Brüder. Dieser Titel ist Feuerwehrleuten vorbehalten, die Brände *löschen*, nicht legen.«

Jameson lachte, antwortete aber nicht.

Declan sah sich im Raum um und runzelte die Stirn. »Wo ist Maggie? Und mein Vater?«

»Maggie ist im Bad gefesselt. Er ist gegangen, um sie zu holen.« Kaum waren die Worte aus seinem Mund, öffnete sich die Badezimmertür. Cole schob Maggie vor sich her, eine Pistole auf ihre Seite gerichtet.

»Geht es dir gut?« fragte er, seine Augen wanderten über ihr Gesicht und verweilten auf dem blauen Fleck, der sich an ihrem Kiefer bildete.

Sie nickte, ihr Gesichtsausdruck sorgfältig beherrscht. Er konnte sehen, dass sie Angst hatte, aber sie tat ihr Bestes, um es nicht zu zeigen. Er bewunderte ihren Mut.

»Mir geht's gut.«

»Siehst du? Unverletzt, wie ich versprochen habe«, sagte Cole. »Setz dich, Junge.«

Declan verschränkte die Arme und pflanzte seine Füße fest auf. Cole verdrehte die Augen. »Wie du willst. Es spielt keine Rolle.«

»Erklär einfach, was zum Teufel du tust. Und warum.«

»Warum? Ich sage dir warum.« Er schüttelte Maggies Arm wie eine Stoffpuppe. »Ihre Familie hat mein Leben ruiniert.«

Maggie schnaubte. »Das kann ich mir kaum vorstellen.«

Declan auch nicht. »Ich stimme zu. Was bringt dich dazu, das zu sagen?«

»Wusstest du, dass ihr Vater der Grund ist, warum ich das erste Mal ins Gefängnis ging? Er hat mich auf einen Weg gesetzt, den ich nicht abschütteln kann.«

»Nein, du bist der Grund, warum du ins Gefängnis gegangen bist. Jenny hat mir erzählt, dass du eine Menge Rinder von ihnen gestohlen hast. Und du hast niemanden außer dir selbst dafür verantwortlich zu machen, dass du dein kriminelles Leben fortgeführt hast. Außerdem hast du jetzt diesen armen Kerl in die Sache hineingezogen.« Er deutete mit dem Daumen auf Gehring. »Was ich nicht verstehe, ist, wie sich dein Groll gegen Lee darauf überträgt, dass du deinen Zorn an der gesamten Familie Archer und ihren Freunden auslassen musst.«

Zwei rote Flecken blühten auf Coles Wangen auf. Seine hellgrauen Augen verwandelten sich in gehärteten Stahl. Er schob Maggie zu Jameson und ging auf Declan zu, bis sie Nase an Nase standen. »Ich sage dir warum. Weil ihre Familie leiden muss, wie meine gelitten hat. Wie du gelitten hast.« Er stocherte mit einem Finger in Declans Brust. »Keines meiner Kinder hat wegen ihnen eine faire Chance im Leben bekommen. Ich hatte Pläne für all das Geld aus diesen Rindern. Es ist nicht so, als ob sie ein paar Stück vermisst hätten. Sie sind Millionen wert! Ich wollte euch alle aus diesem Höllenloch rausholen. Ein Boot kaufen und einen Fischerei-Charter-Service starten. Aber Lee hat das alles ruiniert. Und als ich rausgekommen bin, wollte mich niemand einstellen. Ich hatte einem Archer Unrecht getan, und das machte mich hier in der Gegend unbeschäftigbar. Deshalb bin ich schließlich gegangen.«

Declan blieb standhaft, während sein Vater ihm Hass gegen Maggies Familie ins Gesicht spuckte. Er tat ihm leid. So viel Bitterkeit für so lange Zeit festzuhalten, hatte ihn innerlich verdreht. Er wünschte, jemand hätte seinem Vater vor Jahren geholfen, die Wahrheit zu sehen – dass es niemanden außer ihm selbst gab, dem er die Art, wie sein Leben verlaufen war, anlasten konnte.

»Ich versuchte, neu anzufangen«, fuhr Cole fort. »Aber ich konnte dem Stigma, ein Ex-Häftling zu sein, nicht entkommen. Und selbst in Denver hat der Name Archer Gewicht. Sobald potenzielle Arbeitgeber Wind davon bekamen, *wem* ich Unrecht getan hatte, warfen sie mich raus.«

»Ich habe deine Geliebte und deine Töchter kennengelernt«, sagte Declan und versuchte, das Gespräch umzulenken. Er bezweifelte, dass er ihn überzeugen könnte, sich zu stellen, aber vielleicht könnte er Cole dazu bringen, sie gehen zu lassen.

»Ich weiß.« Er lächelte. »Sie sind gute Mädchen. Denise hat

einen wunderbaren Job mit ihnen gemacht. Ich wünschte, ich hätte häufiger da sein können.«

»Du hast mit ihr gesprochen?« Er dachte nicht, dass sie regelmäßigen Kontakt hatten.

»Nein. Michael hat es mir gesagt, nachdem sie ihm erzählt hatte, dass du vorbeigeschaut hast.«

»Oh. Ich würde ihn auch gerne treffen. Sie sagte, er wäre ein Ölarbeiter im Norden.«

Jameson lachte. »Das ist, was ich wollte, dass sie denkt.«

Declan pausierte stirnrunzelnd. Er ließ die Worte des Jungen Revue passieren. *Was?*

Jameson lachte noch lauter. »All diese Monate und du hast nie etwas geahnt. Ich kann es verstehen. Wir sehen uns nicht sehr ähnlich. Du siehst mehr nach deiner Mutter aus. Ich bin aber eine gute Mischung meiner Eltern, meinst du nicht?« Er drehte seinen Kopf und fuhr mit einem Finger entlang seines Kiefers, hob eine Augenbraue, dann drehte er sich zurück, um Declan anzugrinsen.

»Du bist Michael?«

Der Junge nickte.

»Wie hast du die Hintergrundüberprüfung für deinen Job bestanden?«

Er zuckte mit den Schultern. »Dad kannte die richtigen Leute, um die richtigen Papiere zu bekommen. Mit denen in der Hand war es einfach.«

Declan stolperte zum Stuhl und setzte sich. Er stützte seine Ellbogen auf seine Knie und fuhr sich mit den Händen durch die Haare, während völliger Unglaube ihm die Stimme raubte.

»Warum bist du Teil seiner Vendetta?« fragte Maggie. »Du hast keinen von uns je getroffen.«

»Weil ich mein Leben lang gehört habe, wie die Archers unser Leben ruiniert haben. Ich wollte nur, was uns rechtmäßig zustand. Diese ganze Sache war meine Idee.«

Declans Kopf schoss hoch, um Cole böse anzustarren. »Du bist so besorgt um das Leben deiner Kinder, aber du hast mich benutzt, um an die Archers heranzukommen?« Er schnaubte. »Ich fühle mich wirklich geliebt, Dad.«

»Ich habe dich benutzt, weil du zum Verräter geworden bist. Du und Macy, ihr beide. Es war nur einfacher, einen Zugang über dich zu finden als über sie.«

»Nun, was zum Teufel hast du erwartet? Du hast uns im Stich gelassen. Erst indem du Verbrechen begangen hast und ins Gefängnis gekommen bist, dann später, als du einfach aufgestanden und verdammt nochmal gegangen bist. Mom war die ganze verdammte Zeit high oder betrunken. Die Archers haben uns praktisch großgezogen. Vielleicht, wenn du deine Fehler eingestanden und versucht hättest, ein besserer Mann zu sein, hätten wir nicht nach ihnen Ausschau gehalten, um Führung zu bekommen. Ich hätte gerne einen Vater gehabt, der da war.«

Michael ging nach vorne und bevor Declan reagieren konnte, schlug er ihm auf den Kiefer und warf ihn vom Stuhl.

»Zeig unserem Vater etwas Respekt. Du hast keine Ahnung, wie sein Leben war. Wie mein Leben war. Du hattest deine kostbaren Archers, auf die du zurückgreifen konntest. Wir hatten kein Sicherheitsnetz.«

Declan rieb sich das Kinn und funkelte seinen jüngeren Halbbruder an. Er erhob sich, ragte über den Jungen. Michael hatte nicht ganz seine Größe, und Declan hatte etwa fünfzehn

Kilo mehr Muskelmasse. »Fass mich noch einmal an, und wir bekommen ein Problem.«

Michael grinste und wich zurück, griff wieder nach Maggies Arm. »Nicht solange ich sie habe.«

»Nicht er ist es, vor dem du Angst haben solltest«, sagte Maggie. »Nimm mir diese Handschellen ab. Lass uns sehen, was dann passiert.«

»Da ist sie wieder, diese Wildheit«, sagte Cole. »So temperamentvoll.« Er blickte zu Declan. »Ich wette, sie ist feurig im Bett. Glaub mir, du willst eine zahmere Frau.« Er schüttelte den Kopf. »Das wird sich später rächen, wenn du nicht aufpasst.«

»Er hat deine Mutter umgebracht, Deck«, sagte Maggie. »Und ich vermute auch Jed Stafford.«

»Was? Ist das wahr?« Er wandte sich von Michael ab und sah seinen Vater an. »Warum?«

»Sie erfuhr von meinen Plänen für die Archers und wollte sie warnen. Anscheinend hatte sie auch eine Schwäche für sie. Jed stolperte über Michael und mich zusammen und erkannte mich. Michael folgte ihm und tötete ihn. Als ich erkannte, wer er war, nun, es schien der perfekte Anfang zu sein, um mit den Archers zu spielen.«

»Du Bastard«, presste Declan zwischen den Zähnen hervor.

»Warum interessiert dich das? Es ist ja nicht so, als ob du dich um sie gekümmert hättest.«

»Zumindest ist sie geblieben.«

Cole lachte. »Aber wie oft war sie nüchtern? Ein paar Tage im Jahr, vielleicht?« Er schüttelte den Kopf. »Ich hätte es schon längst tun sollen und dir etwas Pubertätsfrust erspart.«

Declan hatte das Gefühl, dass sie nicht weiterkamen. Sie redeten nur noch im Kreis, und das war nicht das Wichtigste. »Genug davon. Was willst du? Warum sind wir hier?«

»Fragst du dich, warum ich deine Lady am Leben gelassen habe?«

Er nickte.

»Es ist ganz einfach. Wenn du leben willst – und dein Mädchen am Leben halten willst – musst du uns helfen.«

»Ja, klar. Ihr lasst uns einfach gehen, wenn alles gesagt und getan ist? Das glaube ich nicht.«

Cole zuckte mit den Schultern. »Ich kann sie auch jetzt gleich töten.« Er spannte den Hahn seiner Pistole und richtete sie auf Maggie.

»Nein, warte!« Declan hielt die Hände hoch. »Sag mir, was du von mir willst.«

»Das ist besser.« Cole grinste. »Du hast Michael letzte Woche unterbrochen, bevor er seinen Job beenden konnte. Ich brauche dich, um ihn auf die Ranch zu bringen, damit er es zu Ende bringen kann. Außerdem brauchst du Lee herzubringen.«

Declan sah Maggie an. Sie stand in Michaels Griff, ihr Ausdruck hart, aber ihre Augen flehten ihn an, während Tränen über ihr Gesicht liefen. Ob sie wollte, dass er kooperierte oder nicht, wusste er nicht. Aber wenn er raten müsste, bezweifelte er, dass sie wollte, dass er tat, was Cole verlangte. Er wollte ihre Familie nicht mehr in Gefahr bringen, als sie es bereits war, aber er konnte nicht hier stehen und zusehen, wie sie starb.

»Wie lautet deine Entscheidung, Sohn? Wirst du helfen, oder siehst du zu, wie die Liebe deines Lebens jetzt stirbt?«

»Was wird er tun, wenn ich ihn auf die Ranch bringe? Mehr Gebäude niederbrennen?«

»So etwas in der Art«, wich Cole aus.

Declan hatte das Gefühl, dass sein sadistischer Halbbruder viel mehr für die Archers im Sinn hatte als nur ein paar Brände. Aber er konnte Maggies Todesurteil nicht unterschreiben.

»In Ordnung. Ich mache es.«

»Declan.« Maggies Stimme kam als ersticktes Flüstern heraus.

»Es tut mir leid, Liebling. Ich kann nicht-« Emotionen erstickten seine Worte. »Es tut mir leid.«

Michael ließ Maggie los und bewegte sich auf Declan zu, schob ihn zur Tür. »Lass uns gehen.«

Er warf einen letzten Blick über die Schulter auf Maggie, als Michael ihn nach draußen stieß, und betete, dass sie noch am Leben sein würde, wenn er zurückkehrte. *Falls* er zurückkehrte.

»Wir nehmen deinen Truck, damit sie nicht misstrauisch werden.« Er öffnete den Kofferraum des uralten SUVs, der neben dem Gebäude parkte, und nahm eine Decke, eine Plane und ein Funkgerät heraus, die er auf die Ladefläche von Declans Pickup warf. »Fahr rückwärts an den Schuppen heran.«

Declan tat, wie ihm geheißen wurde, und sah zu, wie Michael zwei Sporttaschen hinten hineinwarf und dann auf die Ladefläche sprang. Er klopfte mit den Knöcheln an das Heckfenster, und Declan öffnete es.

»Ich werde unter der Plane mitfahren. Wenn wir irgendwo anders als auf der Broken Bow landen oder ich deine Kumpel hinter uns sehe, rufe ich Dad per Funk und sage ihm, er soll

Maggie erschießen. Und für den Fall, dass du daran denkst, anzuhalten und zu versuchen, mich zu überwältigen: Wenn Dad nicht innerhalb einer festgelegten Zeit von mir hört, stirbt Maggie.« Er warf Declan einen harten Blick zu. »Gib mir dein Handy.«

Gott, er wollte es nicht, aber er holte es trotzdem aus seiner Tasche und reichte es ihm. Michael nahm es und duckte sich unter die Decke und die Plane.

Flüche vor sich hin murmelnd schloss Declan das Fenster, knirschte mit den Zähnen und schaltete den Truck in Drive, fuhr von der Hütte weg. Auf dem Weg den Berg hinunter traf er jeden Felsen und jede Senke, die er im Regen sehen konnte. Es würde ihn überhaupt nicht stören, wenn der Kerl direkt aus der Ladefläche fallen würde. Wie der Mistkerl, der sich dort hinten versteckte, mit ihren süßen Schwestern verwandt sein konnte, wusste Declan nicht.

Er bog auf die unbefestigte Straße ein und tat sein Bestes, um nicht abzurutschen, während er sie zur Landstraße steuerte. Als seine Reifen den Asphalt berührten, trat er aufs Gaspedal. Sein Feuerwehrfunk fiel ihm auf. Er dachte daran, ihn zu benutzen, wusste aber nicht, ob Cole den Funkverkehr überwachte. Declan erinnerte sich, einen Polizeiscanner auf dem Tisch gesehen zu haben.

Er schlug mit der Hand auf das Lenkrad. »Scheiße!« Er brauchte einen Plan. Und zwar schnell. Das Licht am Ende der Ranchzufahrt kam in Sicht, und er verlangsamte. Er bog auf die Einfahrt ein, raste den Weg hinunter, am Restaurant vorbei, hielt nur an, um durch das neue Tor zum Familienanwesen zu kommen. Er gab seinen Code in die Box ein. Die schweren Eisentore schwangen auf, und er fuhr hinein, bog ab, sobald sie auf der anderen Seite waren, außer Sichtweite der Kameras.

Declan klopfte an das Fenster und schob es auf. »Wir sind da. Wohin fahre ich?«

Michaels Kopf tauchte unter der Plane auf. »Zu den Häusern. Fahr in Maggies Garage.« Er duckte sich wieder unter die Plane.

Er hörte das Kreischen des Funkgeräts, als Michael Cole anrief. Er legte einen Gang ein und fuhr den Weg hinunter. In weniger als einer Minute fuhr er in die Garage. Er schaltete den Motor ab und schloss das Oberlicht. Als er ausstieg, war Michael bereits unter der Plane hervorgekommen. Der jüngere Mann sprang über die Seite und hob die beiden Taschen hinaus.

»Wirst du mir deinen Plan verraten, oder soll ich dir einfach wie ein geschlagener Hund hinterherlaufen?«

Michael hockte sich über eine Tasche und öffnete den Reißverschluss. Er blickte auf und grinste. »Wir werden ein paar Bomben legen.«

»Du bist ein kranker, sadistischer Bastard.«

»Ja?« Michael erhob sich mit zwei der Rohrbomben in seinen Händen. Er stieß eine gegen Declans Brust. »Nun, du bist mein Bruder, also was sagt das über dich aus?«

»Dass ich unglücklich dran bin. Aber ich bin nicht wie du.«

»Glaubst du, Maggie wird das auch denken? Besonders nachdem sie erfährt, dass du geholfen hast, die Ranch ihrer Familie in die Luft zu jagen?«

Die gleichen Zweifel, gegen die er gekämpft hatte, hoben wieder ihre Köpfe. Er schob sie zurück in ihre Schachtel. Es gab keine Möglichkeit, dass er Bomben auf der Broken Bow legen würde. Michael hatte bei Dad nachgefragt. Er machte einen bedrohlichen Schritt auf seinen Bruder zu.

Michael sprang zurück und wedelte mit dem Funkgerät. »Nein-nein-nein. Er will regelmäßige Updates.«

Declan fletschte die Zähne, während er knurrte.

Michael lachte. »Lass uns gehen.«

Auf seine Zunge beißend folgte er ihm. Michael schaltete die Bombe ein, die er hielt, und stellte sie in der Nähe der Innentür ab. Declan warf einen Blick darauf und bemerkte den Fernzünder sowie den Timer, der immer noch Null anzeigte.

»Wenn du die scharf machst, wie viel Zeit haben wir, um uns in Sicherheit zu bringen?«

»Fünf Minuten.« Er hob die Taschen auf und ging durch die Hintertür der Garage.

Sie schlichen am Haus entlang, gingen die Reihe hinunter und legten Bomben an den Vorder- und Hintertüren jedes Hauses. Mit jeder weiteren Bombe, die sie legten, klemmte Declans Kiefer fester. Wenn Michael sie alle scharf machte, würde er eine Höllenzeit haben, sie alle zu entschärfen, bevor sie hochgingen.

»Dir ist klar, dass all das von Kameras aufgezeichnet wird, oder?« Declan zeigte auf die Stange, die außerhalb von Jace und Taras Haus montiert war. Eine Kamera war etwa auf halber Höhe daran befestigt.

Michael nickte. »Jetzt schon. Ich wusste nicht, dass es so viel Sicherheit gab, als ich das erste Mal hier war. Aber jetzt spielt das keine Rolle mehr. Soweit ich das beurteilen kann, ist es ein passives System, also wenn sie nicht gerade in diesem Moment auf die Monitore starren, wissen sie nicht, dass wir hier sind. Bis sie es herausfinden, werden Dad und ich längst weg sein.« Er schob Declan vorwärts. »Weitergehen.«

Sebs Haus war das letzte. Michael legte Bomben an den Vorder- und Hintertüren und führte Declan dann zum Haupthaus. Sie liefen durch Regen und Dunkelheit, um die Veranda zu erreichen. Michael trampelte die Stufen hinauf und klopfte an.

»Was zum Teufel machst du da?«

»Wir brauchen Lee. Es gibt keinen besseren Weg, ihn zu bekommen, als durch die Vordertür.«

Declan stöhnte auf und fuhr sich mit der Hand übers Gesicht. Er musste Lee allein sprechen – um es zu erklären – aber das sah immer unwahrscheinlicher aus. Michael hatte einen Plan, und Declan war nur ein Anhängsel.

Die Tür schwang auf. Declan dankte mit einem Gebet, dass es Lee war und nicht Jenny, die öffnete. Er konnte sich nicht vorstellen, was Michael ihr antun würde.

Lee starrte den jungen Mann stirnrunzelnd an, sein Blick wurde neugierig, als er Declan sah. »Declan. Hast du Maggie gefunden? Und wer ist das? Er kommt mir bekannt vor.«

»Oh, er hat sie tatsächlich gefunden. Mr. Archer, ich möchte mich vorstellen. Ich bin Michael James, Declans Bruder.«

Lee lächelte und streckte eine Hand aus. »Es freut mich, dich kennenzulernen. Warst du bei Declan, als er hörte, dass Maggie vermisst wird?«

»Nicht wirklich.« Michael nahm Lees Hand und zerrte ihn nach draußen.

»Was zum Teufel?«, rief Lee aus.

»Ich sollte erwähnen, dass ich unter einem anderen Namen bekannt bin. Du könntest mit ihm vertrauter sein. Jameson Gehring.«

Lees Augen weiteten sich. Er sah Declan an. »Was ist hier los?«

»Keine Zeit dafür. Wir haben einen Zeitplan einzuhalten. Er wird es dir unterwegs erklären.« Michael packte eine Handvoll von Lees Hemd und schleifte ihn von der Veranda.

»Lass mich los! Was zum Teufel ist hier los? Declan?«

Trotz seiner Windungen behielt Michael einen festen Griff an Lee. Mit der anderen Hand brachte er sein Funkgerät hoch, um Cole zu sagen, dass er den ältesten Archer hatte und sie auf dem Rückweg waren.

Declan hatte auch einen Plan. Und es war Zeit, ihn umzusetzen. Er trat hinter seinen Bruder, wartete, während er mit dem Türgriff des Trucks herumfummelte. Abgelenkt sah er nicht, wie Declan auf ihn zustürzte. Wut trieb ihn an, Declan packte Michael am Kragen und zog ihn zurück, drehte ihn herum. Er verpasste dem Kerl einen Schlag auf den Kiefer, der ihn zu Boden schickte. Michael sprang auf und blieb gerade außerhalb von Declans Reichweite.

»Großer Fehler, Bruder.« Er nahm ein Handy aus seiner Tasche und schaltete es ein. »Wir wollten warten, den Ort in die Luft zu jagen, bis wir außer Reichweite waren, aber ich denke, jetzt ist ein genauso guter Zeitpunkt wie jeder andere.« Sein Daumen schwebte über der Tastatur.

»Einen Teufel wirst du«, sagte Lee und rannte los, um Michael zu tackeln.

Das Telefon flog davon, als der ältere Mann mit ihm rang. Declan hob es auf, schaltete es aus und stürzte sich dann ins Getümmel. Er zog Michael vom Boden hoch, weg von Lee, und verdrehte seinen Arm hinter seinen Rücken.

»Weißt du, dein Plan war eigentlich ziemlich gut«, sagte Declan. »Aber du hattest einen entscheidenden Fehler.«

»Oh, ja?« Schmerz durchzog Michaels Stimme, als Declan auf seinen Arm drückte. »Welcher?«

»Du warst zu arrogant.«

»Was auch immer, Mann.« Er funkelte Declan über seine Schulter an. »Du bist genauso schlimm wie sie. Dad hatte nie vor, dich gehen zu lassen, weißt du. Maggie ist wahrscheinlich schon tot.«

Declan wusste, dass das durchaus möglich war. Er hatte versucht, nicht daran zu denken. »Zu deinem Glück hoffe ich, dass sie es nicht ist. Ich bin normalerweise kein gewalttätiger Mensch, aber ich werde keine Probleme haben, euer beider erbärmliches Leben auszulöschen, wenn er ihr auch nur einen Finger krumm gemacht hat.«

»Mann, sie muss ein verdammt guter Fick sein, dass du für sie einen Mord begehen würdest.«

Declan sah rot. Er drückte Michaels Arm höher und hörte ein Knacken, als sein Unterarm brach. Michael schrie auf. Seine Beine sackten ein, aber das verstärkte nur seinen Schmerz, also stand er auf Zehenspitzen.

»Sag noch ein Wort über sie, und ich werde mehr tun, als deinen Arm zu brechen. Steig in den Truck.« Er schob ihn vorwärts. Michael stieß einen Schrei aus und taumelte vorwärts.

Lee rannte um sie herum, um die Tür zu öffnen. »Willst du mir jetzt sagen, was los ist?«

»In einer Sekunde. In der Werkzeugkiste ist ein Seil. Hol es.«

Lee sprang auf die Ladefläche und öffnete die Bettbox, zog ein Stück Seil heraus. Er sprang herunter und half Declan, Michael zu fesseln. Sie legten ihn auf den Boden des Rücksitzes, dann stiegen sie vorne ein.

»Erklär's, Declan. Jetzt.«

»Wo ist Jenny?«, fragte er stattdessen.

»Im Gasthaus. Bitte sag mir, was hier los ist.«

»Mein Vater steckt hinter den Bränden.« Declan legte einen Gang ein und schoss die Einfahrt hinunter. »Er ist wütend auf dich, weil du ihn all die Jahre zuvor ins Gefängnis geschickt hast. Seine Vendetta ist auf den Idioten da hinten übergegangen, der all das geplant hat. Maggie ist mit Dad in einer Jagdhütte oben auf dem Berg, und er droht, sie zu töten, wenn ich Michael nicht helfe. Was mich daran erinnert, wir müssen die Ranch evakuieren. Wir haben eine Menge Bomben an allen Häusern angebracht, bevor wir hierherkamen. Sie sind aktiv, aber ich glaube nicht, dass sie scharf sind. Ich denke, ich habe ihm das Telefon weggenommen, bevor er das Signal senden konnte.«

Lee saß neben ihm, mit weit aufgerissenen Augen, und starrte einen Moment lang. »Ist das alles?« Er schluckte schwer. »Wir müssen Seb anrufen.« Er klopfte auf seine Tasche. »Ich habe mein Telefon nicht. Es ist im Haus.«

»Er hat meins genommen. Ich denke, es ist auf der Ladefläche des Trucks.« Er bremste.

»Ich nehme einfach das Funkgerät.« Lee griff nach dem Mikrofon am Armaturenbrett.

»Nein!« Er stellte den Truck auf Parken. »Dad hatte einen Polizeiscanner in der Hütte. Ich glaube, er überwacht den Verkehr. Wir müssen andere Mittel benutzen. Ich hole mein Handy.« Er kletterte aus und sprang auf die Ladefläche seines Trucks, tastete durch Plane und Decke nach dem Gerät. Es klapperte auf dem Metall, als er die Decke anhob und schüttelte. Er hob es auf und sprang herunter, stieg in die Fahrerkabine.

»Ruf ihn an. Stell es auf Lautsprecher.« Er warf Lee das Telefon zu und legte einen Gang ein, verlangsamte nur, damit sich die Tore öffneten.

»Wo zum Teufel bist du?«, hallte Sebs wütende Begrüßung durch den Truck. »Reeves sagte, du hast den Tatort mit dem Zeugen verlassen. Dass ich wollte, dass er seine Aussage auf der Wache macht. Oh, und dass Cole hallo sagt. Der einzige Cole, den ich kenne, ist dein Vater. Was hat er mit diesem ganzen Scheiß zu tun?«

»Dad hat Maggie genommen. Mein Bruder ist Jameson Gehring, dessen richtiger Name Michael James ist. Ich bin in meinem Truck auf dem Weg den Berg hinauf, mit ihm wie ein Truthahn verschnürt auf dem Rücksitz. Dein Vater ist bei mir. Oh, und es gibt etwa ein Dutzend Bomben auf der Ranch, also solltest du vielleicht das Bombenräumkommando rufen.«

Stille folgte seiner Rede. »Süßer Jesus. Okay. Ich rufe die Zentrale an-«

»Du kannst keine Polizeifunkgeräte benutzen. Dad hat einen Scanner. Bis ich Maggie von ihm wegbringe, ist es nicht sicher.«

»Dann eben Telefone, verstanden. Ich werde die Bombentechniker dorthin schicken. Wohin soll ich Verstärkung für dich senden?«

»Lee, öffne die Notiz-App und lies ihm diese Koordinaten vor.«

Der andere Mann tat, wie ihm geheißen wurde.

»Schick sie leise rein, Sebastian, es sei denn, du hörst von mir.«

»Das werde ich. Ich würde dir sagen, du sollst auf Verstärkung warten, aber da ich in deiner Lage war, weiß ich, dass das nicht passieren wird. Sei einfach vorsichtig.«

»Ja.« Er nickte Lee zu, der sich verabschiedete und auflegte.

»Es tut mir leid, Declan.«

»Wofür?«

»Das ist meine Schuld. Wenn ich deinen Vater nicht angezeigt hätte-«

»Nein. Das geht auf seine Kappe. Ich bin sicher, er hatte Gelegenheiten, auf den rechten Weg zurückzukehren, nachdem er aus dem Gefängnis für den Diebstahl deiner Rinder rauskam. Er hat sich entschieden, weiter den falschen Weg zu gehen und verbittert darüber zu sein.«

»Trotzdem. Ich hätte ihm Hilfe anbieten können, nachdem er rauskam. Versuchen können, irgendwas zu tun.«

»Ich bezweifle, dass er Hilfe angenommen hätte. Er hatte Jahre im Knast, um über seine vermeintliche Kränkung zu brüten. Wer weiß? Vielleicht hätte er das genutzt, um sich früher an dir zu rächen.«

»Dann wäre meine Tochter vielleicht nicht in Gefahr.«

»Wir werden sie zurückholen.« Das mussten sie. Declan konnte ohne sie nicht leben. Er liebte diese Frau mehr als alles andere. Er würde den Rest seines Lebens damit verbringen, ihr zu beweisen, dass er nichts mit seinem Vater und seinem Bruder gemeinsam hatte, wenn sie ihn ließe.

Achtzehn

Regen prasselte gegen die Fenster. Maggie saß gefesselt im Schaukelstuhl aus Holz und beobachtete, wie Cole die Zündschnur von einer aus Benzinkanistern gebauten Bombe in der Mitte des Raumes zu den Türen und Fenstern verlegte. Sobald Declan mit ihrem Vater zurückkehren würde, würden ihre Fluchtchancen drastisch sinken. Sie musste etwas unternehmen. Jetzt.

»Es tut mir leid.«

Er hielt inne und sah sie an. »Hä? Warum?«

»Wegen meines Vaters. Es tut mir leid. Ich habe über das nachgedacht, was du gesagt hast. Du hast Recht. Er hätte dich gehen lassen sollen. Er war schon immer etwas pingelig, was sich gehört und was nicht. Ich bin eigentlich erstaunt, dass er Tara und Thomas nie verstoßen hat. Sie waren echte Wildfänge, als sie aufwuchsen.«

Ein Mundwinkel zuckte nach oben. »Ich erinnere mich.«

»Sie hatten viel Ärger mit ihm. Sie saßen sogar im Gefängnis. Sie haben eines der Ranchfahrzeuge gestohlen. Dad hat dafür gesorgt, dass sie im Countygefängnis saßen.« Nur für ein paar Stunden, bis er sie abholen konnte, aber das musste er nicht wissen.

»Ernsthaft?« Er schüttelte den Kopf. »Was für ein Mann ruft wegen seiner eigenen Kinder die Polizei?«

»Oh, da stimme ich dir zu. Ich lebe zwar auf der Ranch, aber er und ich sind uns nicht einig. Ich spare, um wegzuziehen.«

»Wirklich?« Bei diesem Wort troff Skepsis von seinen Lippen. »Hast du nicht gerade deine Anwaltskanzlei eröffnet? Mit Papis Hilfe?«

Verdammt. Er war besser informiert, als sie dachte. Sie überlegte schnell.

»Ich brauchte etwas Erfahrung, bevor ich versuche, mich in einer größeren Stadt niederzulassen, und ich wollte für niemand anderen arbeiten. Er hat das Kapital angeboten, also habe ich es angenommen. Aber glaub mir, ich werde bald von hier abhauen und nie zurückblicken.«

»Gut für dich. Dieser Ort ist ein Loch. Saugt dir das Leben aus.«

Sie nickte. »Absolut.« Sie rutschte auf ihrem Sitz herum. »Äh, ich könnte nicht zufällig mal auf die Toilette gehen, oder? Ich habe vorhin ungefähr einen Liter Kaffee getrunken.«

Er betrachtete sie einen Moment. Maggie gab ihr Bestes, jede Emotion aus ihrem Gesicht fernzuhalten außer dem Wunsch zu pinkeln. Schließlich nickte er und band sie los, aber ließ die Handschellen an. Sie hob ihre Hände. Er schüttelte den Kopf.

»Die bleiben dran. Ich bin nicht dumm.«

Sie ließ sie in ihren Schoß fallen. »Ich versuche nicht, dich zu täuschen. Ich fühle mit dir. Ich würde gern von hier wegfahren und niemandem je etwas erzählen. Dad kann sich allein den Konsequenzen seiner Taten stellen«, sagte sie und führte die verletzte Prinzessin-Nummer fort, die sie spielte. Er musste denken, dass sie auf seiner Seite war, wenn sie ihn überrumpeln wollte. Sie stand auf und ging zur Toilette, schloss sich drinnen ein.

Maggies Augen schweiften durch den kleinen Raum und suchten nach allem, was ihr bei der Flucht helfen könnte. Das Fenster war viel zu klein, als dass sie durchpassen würde, also fiel das weg. Der Raum war ziemlich karg. Nicht einmal eine Zahnbürste lag am Waschbecken.

Ihr Blick blieb an der Toilette hängen. So leise wie möglich mit ihren gefesselten Händen hob sie den Deckel vom Spül-kasten und spähte hinein. »Ja!«, zischte sie. Sie legte den Deckel ab, griff dann hinein und zog den Stift heraus, der die Kette am Kolben hielt. Sie steckte ihn ins Schlüsselloch ihrer Handschellen und versuchte, das Schloss zu knacken. Die Fessel gab ein leises Klicken von sich und lockerte sich. Sie zog sie schnell ab und verdoppelte sie an ihrem anderen Handgelenk, um sie aus dem Weg zu halten. Sie würde sich später darum kümmern, sie ganz loszuwerden.

Sie stand auf, schob den Stift in die Tasche ihres Kleides und spülte die Toilette, indem sie den Hebel nach oben zog. Sie drehte den Wasserhahn auf, um den Anschein zu erwecken, dass alles in Ordnung sei, und zählte bis zwanzig. Nachdem sie ihn abgedreht hatte, zählte sie bis zehn, holte dann tief Luft. Die Dinge würden jetzt ernst werden.

Sie öffnete die Tür und bedeckte ihre freie Hand mit der gefesselten, während sie hinausging. Statt jedoch zu ihrem Stuhl zurückzukehren, schlenderte sie zum Fenster.

»Hey. Wo gehst du hin? Setz dich wieder auf den Stuhl.«

Maggie blieb, wo sie war. Sie musste ihn dazu bringen, zu ihr zu kommen.

Seine Stiefel klapperten über den Holzboden. »Bist du taub? Ich sagte, setz dich.« Er berührte ihre Schulter.

Maggie wirbelte herum und schlug seinen Arm beiseite. Sie brachte ihre andere Hand nach oben, um mit der Handkante auf seine Nase zu schlagen. Blut spritzte, sofort und leuchtend rot. Er taumelte zurück und bedeckte sein Gesicht. Sie wartete nicht, bis er sich erholte, sondern ging stattdessen auf ihn zu. Sie packte seinen Kopf und zog ihn nach unten, während sie ihr Knie hochbrachte und seine Nase erneut zertrümmerte. Sie trat ihm in die Eier und versetzte ihm dann einen Rundhaust-Kick gegen die Schläfe. Er fiel wie ein Sack Kartoffeln zu Boden.

Schwer atmend, mehr vom Adrenalin als von der Anstrengung, stieß sie ihn an, um sicherzustellen, dass er bewusstlos war, dann holte sie den Handschellenschlüssel aus seiner Tasche und öffnete ihre Handschellen. Sie fielen mit einem Klonk auf den Boden.

Scheinwerfer blitzten durch das Fenster. Sie rannte nach vorne und spähte hinaus, um Declans Pickup einfahren zu sehen. Verdammt, sie war noch nicht bereit!

Sie packte Cole an den Knöcheln und zog ihn über den Boden in Richtung Badezimmer. *Jesus, er ist schwer.* Maggie betete, dass sie ihn aus dem Blickfeld schaffen könnte, bevor Michael hereinkam.

Autotüren knallten und spornten sie an, sich schneller zu bewegen. Sie bekam ihn in den winzigen Raum, aber erkannte, dass er zu groß war, um flach zu liegen und trotzdem die Tür zu schließen.

»Verfickte Männer und ihre verfickte Größe«, murmelte sie, während sie über ihn kletterte. »Warum müssen sie so verdammt groß sein?« Sie packte sein Hemd an den Schultern und hob seinen Oberkörper, lehnte ihn gegen den Waschbeckenschrank, genau als Stiefel auf der Veranda erklangen. Sie schloss die Tür und flog zum Schaukelstuhl, setzte sich, als die Tür quietschend aufging.

Maggie versuchte, ihre Atmung zu verlangsamen, in der Erwartung, dass Michael hereinkam. Aber der Türrahmen blieb leer. Sie runzelte die Stirn und starrte nach draußen.

»Hallo?«

Stille erwiderte ihre Frage, also versuchte sie es erneut. »Ist da jemand?«

Declans Stimme folgte nach einer Pause. »Maggie?« Er spähte um den Türrahmen, seine Augen durchsuchten den Raum. Er trat in die Hütte, ihr Vater hinter ihm. »Wo ist Dad?«

Sie stand auf. »Bewusstlos im Badezimmer. Wo ist Michael?«

»Gefesselt in meinem Truck.«

Sie rannte nach vorne und warf sich in seine Arme. Er fing sie auf und vergrub seine Nase in ihrem Haar.

»Geht's dir gut? Hat er dir wehgetan?«

»Mir geht's gut.« Sie löste sich, um ihren Vater zu umarmen. Er drückte sie fest.

»Ich bin so froh, dass es dir gut geht, Mädchen. Wir waren so besorgt, als sie dein Auto gefunden haben.«

»Mir geht's aber gut. Und es ist vorbei.«

»Das ist es.« Er ließ sie los. »Ich werde Seb Bescheid geben. Dann will ich ein Wort mit Cole wechseln.« Er ging kurz vor die Tür, um den Anruf zu tätigen.

Declan zog sie an sich und küsste sie. Maggie genoss das Gefühl seines Mundes auf ihrem. Sie wollte es jeden Tag für den Rest ihres Lebens spüren.

»Bist du sicher, dass es dir gut geht?«, fragte er und zog sich zurück.

Sie fuhr mit ihren Händen durch sein Haar. »Völlig. Und wie geht's dir? Wie sind deine Rippen?«

»Sie schmerzen, aber mir geht's gut.«

»Gut. Ich könnte es nicht ertragen, wenn dir etwas zustoßen würde. Ich liebe dich, Declan Briggs. So sehr.«

Er strich ihr das Haar aus dem Gesicht. »Ich liebe dich auch«, flüsterte er. »Ich verdiene dich nicht, aber ich verspreche, dass ich meine Tage damit verbringen werde, dich glücklich zu machen.«

Sie küsste ihn. »Allein deine Nähe macht mich glücklich, das wird also nicht schwer sein.«

Die Badezimmertür knallte auf. Sie schreckten auseinander und drehten sich um, um Cole zu sehen, der in den Hauptraum taumelte, Blut bedeckte die untere Hälfte seines Gesichts und befleckte sein Hemd. Er hatte einen Zünder in der Hand.

»Dad. Dad, tu das nicht.« Declan schob Maggie hinter sich und machte mehrere Schritte auf Cole zu.

Sie griff verzweifelt nach Declans Kleidung, um ihn zurückzuhalten, aber er bewegte sich aus ihrer Reichweite.

»Bitte. Es muss nicht so enden«, flehte Declan, als er sich seinem Vater näherte.

»Warum sollte es nicht? Ich werde einen Archer ausschalten – das Baby der Familie – und ich werde nicht ins Gefängnis zurückkehren. Und als Bonus lebt Lee noch und muss damit leben, dass er seine Tochter nicht retten konnte. Du solltest aber gehen, Sohn. Trotz deines schrecklichen Urteils musst du nicht sterben. Sie zu verlieren, wird Strafe genug sein.«

»Nein. Wenn du dich in die Luft sprengst, musst du mich mitnehmen.«

Ein erstickter Laut entwich Maggie. Sie hielt ihre Füße jedoch fest am Boden und ließ Declan reden. Sie wusste, wenn sie vortreten würde, könnte Cole einfach diesen Knopf drücken.

»Ich habe bereits deine Mutter getötet. Denk nicht, dass ich dich nicht auch töten werde.«

»Du hast völlig klargemacht, dass du mich für einen Verräter hältst.« Er rückte näher. »Aber das heißt nicht, dass ich will, dass du stirbst.«

»Cole. Leg den Zünder hin«, sagte Lee von der Tür. »Lass uns das besprechen.«

»Es gibt nichts zu besprechen. Ich gehe nicht zurück ins Gefängnis.« Sein Daumen näherte sich dem Knopf.

Maggies Herz setzte aus, nur um mit dreifacher Geschwindigkeit wieder zu schlagen.

»Dad! Bitte. Denk an die Mädchen. Willst du wirklich Hannah und Jessie ohne ihren Vater zurücklassen?«

Cole schnaubte. »Denise hält sie meist von mir fern. Schickt sie zu irgendeiner Freundin, wenn ich in der Nähe bin. Ich glaube nicht, dass es ihnen etwas ausmacht, ob ich lebe oder sterbe.«

»Es wird ihnen etwas ausmachen. Vertrau mir.« Er machte noch einige Schritte näher.

»Was machst du da?«

»Was meinst du?« Declan erstarrte.

Maggie hielt den Atem an.

»Junge, du konntest noch nie gut lügen. Stehen bleiben. Genug davon.«

Die nächsten Sekunden liefen wie in Zeitlupe ab. Declan schrie Lee zu, sie aus der Hütte zu bringen, während er nach vorne rannte. Ihr Vater packte sie um die Taille und stürzte aus dem Haus. Sie schlugen hart auf dem Boden auf. Sie hatte keine Zeit, sich zu erholen, bevor er einen Teil ihres Kleides packte und sie rückwärts zum Truck zog.

Auf halbem Weg über den Hof explodierte die Hütte. Flammen schossen aus den Fenstern und der offenen Tür, und ein Teil des Daches flog ab, und Flammen schossen durch den Regen in den Nachthimmel.

»Declan!« Tränen verschleierten ihre Sicht, als sie die Flammen anstarrte.

Teile des Gebäudes regneten herab, und Lee drückte sie zu Boden, faltete sich über sie wie ein Schutzschild. Sie drückte gegen ihn. »Dad, bitte! Lass mich los! Ich muss zu ihm. Bitte!«

»Nein, Schätzchen. Du musst hier bleiben. Du wirst es nie bis zur Tür schaffen.« Er hielt sie fest, während sie an seiner Brust schluchzte.

Sirenen ertönten über dem Grollen des Feuers und kündigten Sebastians Ankunft mit seinen Deputies an. Lee half ihr aufzustehen, als Seb auf die Lichtung fuhr. Er schoss aus seinem SUV, als dieser schwankend zum Halt kam.

»Was ist passiert?«

»Cole hat die Hütte in die Luft gejagt«, sagte Lee, während er Maggie aufrecht hielt. »Er und Declan waren drinnen.«

»Was? Nein.« Seb ging nach vorne, aber Lee legte eine Hand auf seinen Arm.

»Junge, nein. Es ist zu heiß.«

Seb blickte zurück, dann schaute er ins Feuer. Durch ihren Nebel sah sie den Schmerz sein Gesicht überqueren, als er erkannte, dass er seinen Freund in diesem Inferno zurücklassen musste.

»Gott, nein.« Er fuhr sich mit der Hand durch die Haare und lief vor ihnen auf und ab.

Maggie sackte gegen ihren Vater, starrte ins Feuer. Der Schmerz, den Mann zu verlieren, den sie liebte, überwältigte ihre Nerven wie eine Verbrennung dritten Grades. Es hinterließ die Wunde roh, aber taub. Innerlich leer schaute sie zu, wie die Flammen in der Türöffnung flackerten und knisterten. Als sie starrte, erschien ein Schatten.

Sie stupste Lee an. »Hey. Hey, was ist das?« Sie zeigte auf die Hütte.

Lee drehte sich um, und Seb hörte auf zu laufen, um zu schauen, worauf sie deutete. Maggies Herz stolperte, und sie atmete kaum. Der Schatten wuchs, und sie beobachtete, wie ein Mann aus den Flammen trat und jemanden trug.

»Oh mein Gott«, hauchte Lee.

Die drei liefen nach vorne. Maggie konnte nicht erkennen, ob es Declan oder Cole war, der herauskam. Sie waren ähnlich gebaut, und Handtücher bedeckten beide. Als sie näher kam, erkannte sie Declans Kleidung.

Seb und Lee halfen ihm weg von dem brennenden Gebäude und nahmen Cole von seinen Schultern. Maggie riss das nasse Handtuch von Declans Kopf und umrahmte sein rußverschmiertes Gesicht mit ihren Händen. Sie fuhr mit ihren Fingern über seine Wangen und Augenbrauen und seine Nase hinunter, um sich zu vergewissern, dass er echt war. »Wie?«

»Ich bin auf ihn zugesprungen, und es hat uns ins Badezimmer geschleudert.« Er hustete heftig und verzog das Gesicht. »Irgendwie habe ich die Tür mit einem Tritt zugeschlagen, während ich seine Hand festhielt, aber er schlug mir in die Rippen. Ich blickte gerade noch rechtzeitig auf, um zu sehen, wie er wild grinste, als er den Knopf drückte. Ich hatte gerade genug Zeit, in die Duschkabine zu springen. Das gab eine zusätzliche Pufferzone zwischen mir und der Explosion.« Er hustete wieder. »Lebt er? Ich habe nur einige Handtücher nass gemacht, sie über uns drapiert und bin hinausgegangen.«

»Er atmet«, sagte Seb. »Kaum.« Er drückte den Mikrofon-Knopf an seinem Funkgerät und fragte nach einer Ankunftszeit der Sanitäter.

Declan hustete, kniete sich aber neben seinen Vater, prüfte seinen Puls und bewertete seine Verletzungen. Unruhe aus seinem Truck zog ihre Aufmerksamkeit auf sich. Maggie schaute hinüber und sah Michael gegen das Fenster gedrückt, schreiend.

»Lasst ihn raus«, sagte Declan. Er nahm seine Schlüssel aus der Tasche und gab sie Seb.

Seb öffnete das Fahrzeug und ging hinüber, holte den jungen Mann aus dem Rücksitz. Michael eilte so schnell vorwärts, wie Seb es erlaubte, und fiel neben einem bewusstlosen Cole nieder.

»Dad?« Tränen sammelten sich in den Augen des jungen Mannes. Er schaute zu Declan auf, alle Spuren des wütenden Kindes waren verschwunden. »Wird er in Ordnung sein?«

»Ich weiß es nicht. Er wollte sterben, Michael. Ich bin mir nicht sicher, ob er einen Lebenswillen hat.«

»Das war nicht der Plan«, flüsterte Michael, während er auf ihren Vater starrte. »Die Archers sollten sterben. Wir wollten irgendwo anders neu anfangen. Wo niemand wusste, wer wir waren.«

»Das hättet ihr tun können, ohne jemanden zu ermorden«, sagte Declan.

Michael kauerte sich zusammen, wiegte seinen gebrochenen Arm, während er leise weinte. Declan stand auf und nahm Maggie unter seinen Arm, während sie auf den Krankenwagen warteten. Er konnte ihn auf der Autobahn hören. Sein Blick nahm die umgebende Zerstörung wahr, und etwas von der Anspannung verließ ihn. Es war endlich vorbei.

Epilog

Nervosität überkam Declan, während er nach draußen starrte. Schneeflocken schwebten durch die Luft unter einem stahlgrauen Himmel. Ein größerer Sturm würde kommen, aber glücklicherweise erst in einigen Stunden.

»Hey, bist du bereit?«

Er drehte sich um und sah Macy in der Türöffnung. Sie sah wunderschön aus in ihrem tiefblauen Chiffonkleid. Es schmiegte sich eng an ihre Taille und fiel dann ausgestellt wie eine Wolke um ihre Beine. Ihre jüngeren Schwestern standen neben ihr, in identischen Kleidern und mit riesigen Lächeln auf den Gesichtern.

»Ja, bist du bereit? Wir sind bereit!« Jessie hüpfte auf und ab. Der Blumenkranz auf ihrem Kopf rutschte schief, und Macy rückte ihn wieder zurecht.

Er lächelte sie an. »Wirklich? Ihr seht gar nicht bereit aus. Wo sind eure Blumen?«

Jessie rümpfte die Nase. »Mama hat sie. Die Blütenblätter sind immer abgefallen, wenn ich sie gehalten habe.«

Hannah kicherte. »Das liegt daran, dass du nicht aufhören konntest zu hüpfen.«

Jessie warf die Hände in die Luft. »Ich bin aufgeregt!«

Alle lachten. Declan hob sie hoch. »Na, dann lass uns sie suchen und die Show beginnen, ja?«

Das kleine Mädchen streckte triumphierend die Faust in die Luft. »Ja!«

Er führte sie durch den Kirchenflur zum Kirchenschiff und fand Denise. Ihr früher mattes blondes Haar war jetzt ein natürlicheres Hellbraun, und sie trug ein mintgrünes Strickkleid mit hohen braunen Stiefeln. In den letzten paar Monaten hatten er und Macy ihr und den Mädchen geholfen, aus dem Höllenloch, in dem sie lebten, herauszukommen. Seb hatte ihnen sein Haus auf der Ranch angeboten, und Macy hatte sie im Café eingestellt. Die Mädchen liebten es, unter den Archers zu leben und Zugang zu den Nutztieren zu haben.

Denise erwies sich als eine gute Frau, die der silbernen Zunge eines charismatischen Mannes zum Opfer gefallen war. Befreit von seinem Einfluss und an einem besseren Ort als diesem verfallenen Haus und der von Verbrechen geplagten Nachbarschaft, blühte sie auf. Macy schwärmte von ihrer Arbeitsethik und ihrer Fähigkeit, schnell neue Dinge zu lernen. Und sie war eine wunderbare Mutter. Die Mädchen liebten sie, und Declan und Macy betrachteten sie inzwischen wie eine Schwester. Sie war etwas zu jung, als dass sie in ihr eine Stiefmutterfigur sehen könnten.

»Ich brauche meine Blumen, Mama.« Declan setzte Jessie auf die Füße, und sie lief zu ihrer Mutter.

Denise sah auf und lächelte. Sie übergab Jessie ihre Blumen. »Sei diesmal vorsichtig damit.«

»Das werde ich.« Das Mädchen wirbelte herum. Ein weiteres Blütenblatt fiel ab. Sie nahm Macys Hand. »Lasst uns anstellen gehen!«

»Ich glaube, wir gehen jetzt«, sagte Macy lachend und schaute über ihre Schulter zurück, während Jessie sie zur Vorhalle zog.

Declan grinste, als er ihnen nachsah.

»Sie sehen alle wunderschön aus.«

Er drehte sich um, um Denise anzusehen.

»Du siehst auch nicht übel aus.« Ein trauriges Lächeln huschte über ihr Gesicht. »Eigentlich siehst du deinem Vater sehr ähnlich.«

Er wollte an einem Tag wie heute nicht an seinen Vater erinnert werden, aber er konnte nicht anders, als Mitgefühl für die Frau zu empfinden, die ihn einst geliebt hatte. Er legte eine Hand auf ihre Schulter. »Es tut mir leid.«

Sie winkte ab. »Das muss es nicht. Er ist ein gutaussehender Mann. Das hat mich damals zu ihm hingezogen. Ich wünschte nur, er wäre ein so guter Mensch wie du. Danke für alles, was du für mich und die Mädchen getan hast. Ich kann das gar nicht oft genug sagen. Und danke, dass du sie in eure Hochzeit einbezogen hast. Sie waren so aufgeregt, als sie gebeten wurden, Junior-Brautjungfern zu sein.«

»Es würde sich ohne sie nicht richtig anfühlen.« Und das war die Wahrheit. Die Mädchen waren in den letzten Monaten ein wichtiger Teil seines Lebens geworden. Er war froh, dass Maggie das erkannt und sie gebeten hatte, Teil ihres großen Tages zu sein.

Sie schniefte und wischte sich eine Träne weg. »Ihr wart so gut zu uns. Besonders zu mir, was mich immer noch verblüfft. Ich habe dieses Monster großgezogen. Nach allem, was er getan hat-«

»Schh«, unterbrach Declan sie sanft. »Michaels Taten waren seine eigenen. Er und Dad können uns nie wieder wehtun. Dad wird nie wieder das Tageslicht sehen, und Michael wird ein alter Mann sein. Es ist vorbei.« Nachdem Cole sich von seinen Verletzungen erholt hatte, bekannte er sich schuldig wegen Brandstiftung und Mord. Der Richter verurteilte ihn zu lebenslanger Haft ohne Bewährung. Michael kämpfte gegen die Anklage, verlor aber. Er wartete auf sein Urteil, und Declan erwartete, dass er mindestens dreißig Jahre für seine Rolle absitzen würde. Es war Zeit, weiterzumachen.

Sie griff nach oben und drückte seine Hand auf ihrer Schulter. »Ich werde für immer dankbar sein.« Sie schniefte erneut und deutete zum Altar, wo seine Trauzeugen und der Pfarrer standen. »Geh und nimm deinen Platz ein und heirate dieses Mädchen.«

Er grinste. »Das kann ich tun.« Er drückte sanft ihre Schulter und ging nach vorne.

»Nervös?« fragte Brady.

Declan sah seinen Trauzeugen an. »Eigentlich nicht. Nicht mehr.« Die Nervosität, die er vor ein paar Minuten gespürt hatte, war verschwunden. Er wusste, dass sie das Richtige taten, auch wenn es schnell ging. Als er ihr eine Woche nach der Explosion in der Hütte einen Antrag machte, war der Beinahe-Unfall für beide noch frisch. Er wollte keine Zeit mit Dates verschwenden, wenn er wusste, dass sie die Richtige für ihn war. Er würde jeden gemeinsamen Tag annehmen, den sie ihm schenkte. Der nagende Gedanke, dass sie irgendwann zur Besinnung kommen und erkennen würde, dass er nicht gut genug war, blieb im Hinterkopf, bis seine Schwestern im Vorbereitungsraum auftauchten. Als er die Mädchen als Brautjungfern sah – auf Maggies Wunsch – erkannte er endlich, dass sie ihn mit allen seinen Fehlern akzeptierte. Familie inklusive.

Die Musik schwoll an, und er richtete seine Aufmerksamkeit auf den hinteren Teil der Kirche. Hannah und Jessie gingen Arm in Arm nach vorne, mit strahlenden Lächeln auf ihren Gesichtern. Macy, Rayna und London folgten. Tara, als Trauzeugin, bildete das Schlusslicht. Hinter ihr erhaschte er einen Blick auf Weiß. Lee trat durch die Türen, von ihnen abgewandt. Er hielt einen Arm hoch, und Maggie trat vor.

Declan entfuhr ein langer Atemzug. Sie sah atemberaubend aus in ihrem schlichten weißen Satinkleid im Meerjungfrauen-Stil. Eine einzelne Perlenkette schmückte ihren Hals, und sie hatte ihr dunkles Haar zu einem lockeren Chignon hochgesteckt, wodurch ihre Schultern frei blieben.

»Verdammt«, sagte Brady. »Meine kleine Schwester ist wirklich erwachsen geworden.«

Sie ging auf sie zu, mit einem breiten Lächeln im Gesicht und ihren Blick fest auf Declans gerichtet. Es fühlte sich wie eine Ewigkeit an, bis sie ihn erreichte. Lee übergab ihre Hand an ihn, und er half ihr, die Stufen zum Altar hinaufzusteigen.

»Du siehst wunderschön aus.«

Sie strahlte. »Du auch.«

Sie wandten sich dem Pfarrer zu. Er lächelte sie an, als er seine Rede über immerwährende Liebe und Gemeinschaft begann. Declan hörte ihm kaum zu. Maggie fesselte ihn vollkommen und komplett. Er sprach seine Gelübde mit klarer Stimme und hörte ihr zu, als sie ihre für alle hörbar ablegte. Der Ehering fühlte sich kühl auf seiner Haut an, aber so, als gehöre er dorthin. Als der Pfarrer sie zu Mann und Frau erklärte, trat er vor und nahm seine neue Frau in die Arme. Sie lächelte zu ihm auf und hob ihr Gesicht für seinen Kuss. Declan spürte das Zeichen bis in die Zehenspitzen.

»Ich liebe dich, Mrs. Briggs«, murmelte er, als er sich zurückzog.

Sie lehnte ihre Stirn gegen seine. »Ich liebe dich auch, Mr. Briggs.«

Er gab ihr noch einen schnellen Kuss, während um sie herum laute Jubelrufe und Pfiffe ausbrachen. Sie lösten sich voneinander, und er lachte voller Freude und Glück. Jahrelang wusste er, dass etwas fehlte. Er genoss das Leben, aber es gab immer einen Teil, der unruhig war. Es dauerte lange, bis er herausfand, was es war, aber mit Maggie wusste er es endlich. Er hatte seine Familie gefunden. Er war zu Hause.

ICH HOFFE, EUCH HAT FEUER IM BLUT GEFALLEN! BUCH 6 DER Reihe, Licht der Morgenröte, ist jetzt erhältlich. Wenn Sie über Neuerscheinungen auf dem Laufenden bleiben möchten, tragen Sie sich bitte in meine Mailingliste ein. Allein für die Anmeldung erhalten Sie ein kostenloses E-Book! Danke fürs Lesen!

So melden Sie sich für meine Mailingliste an: https:// ashleyaquinn.com/deutsch

www.ingramcontent.com/pod-product-compliance
Lightning Source LLC
Chambersburg PA
CBHW021031310726
48969CB00006B/1614